FOR2

FOR pleasure　FOR life

弟子規

錢文忠 解讀

台灣版序

錢文忠

《錢文忠解讀〈弟子規〉》台灣版的問世，我在備覺榮幸的同時，內心更是充滿了感激之情。

這份感激之情，首先要敬獻給在前言〈今天，我們為什麼還要讀《弟子規》〉裡提到的那些師友，沒有他們的付出，是不可能有「百家講壇」這個電視節目和後來出版的圖書。大陸版出版後，一直高居各種圖書排行榜的前列，讀者的厚愛，更令我沒齒難忘，也讓我更深地認識到自己身上的責任。

台灣版面世前不久，就在二〇一一年的四、五月份，廣州和北京的兩個卓有影響的圖書評選活動，都將二〇一〇年中國十大圖書的殊榮頒給了《錢文忠解讀〈三字經〉》，這當然也是我必須深深感謝的。

「錢文忠解讀《弟子規》」是我緊接在「錢文忠解讀《三字經》」之後，在中央電視台「百家講壇」欄目推出的一個系列節目。這兩個節目播出以及同名的圖書出版後，特別是《錢文忠解讀〈弟子規〉》，產生了很大的影響，引發了一場關於中國傳統文化在當今中國的意義的討論。雖然這並不在我的意料之外，然而，影響之大、討論之烈，還是讓我有點始料未及。其中的有些觀點似曾相識，實實在在地告訴我，對於傳統文化的認識、弘揚，還有很長的路要走，還有很艱巨的工作要做。我始終堅信，沒有中國優秀的傳統文化的復興，單靠經濟的發展，中華民族的真正復興是談不上的。我願意為之付出自己的努力。

中國傳統文化在台灣的生命歷程和際遇，與在大陸地區相比，是有極大的不同。台灣的師友如果感興趣，在今天的網路時代，對於《弟子規》、《三字經》在大陸引發的大討論，是很容易瞭解的，我就不在此贅述了。

大塊文化的創始人郝明義先生不僅通過旗下文化事業的工作，澤披廣大讀者；郝先生本人也是我非常敬重的作家，從他獨具魅力的文字中，我受益良多。

大塊文化旗下的「網路與書」在台灣已經出版過我的《末那皈依》和《錢文忠解讀〈三字經〉》，滿足了我對繁體直排的渴望。台灣的師友大概是不容易體會「繁體直排」給我這樣的大陸作者帶來的那一份歡欣吧？今天，《錢文忠解讀〈弟子規〉》的台灣版接又由大塊文化催生，當然還是「繁體直排」，殊勝因緣，得以再續。我對郝明義先生以及大塊文化的謝意，是我拙劣的文字無法表達的。

目錄

今天，我們爲什麼還要讀《弟子規》

錢文忠

繼《玄奘西遊記》、《錢文忠解讀〈三字經〉》等節目之後，《錢文忠解讀〈弟子規〉》是我和中央電視台《百家講壇》又一次難忘的合作。現在呈現在大家面前的這本書，照例是根據《百家講壇》的同名節目編輯而成的。

在傳統中，比起《三字經》，《弟子規》的知名度和應用度恐怕都要略遜一籌。不過，自從問世以來，在現代學校教育普及以前，《弟子規》還是不少私塾先生選用的重要教材。它的特點就在於和《三字經》各有側重。如果說《三字經》偏重於知識，那麼，《弟子規》偏重的則是規矩。這當然只是大概言之，我們可不能認為《三字經》就不講規矩、《弟子規》就不講知識了。我想，我們或許還可以說：如果說《三字經》更多地是意在傳授「文化」，那麼，《弟子規》所看重的則更多是「文明」。

大概正是因為這樣的原因，原本比《三字經》更易被人淡忘的《弟子規》，近年來的影響越來越大，很多學校用它來教育孩子，也有很多單位，甚至還有不少的外資企業，用它來培訓員工。道理也很簡單：如今的孩子獲取知識的渠道很多，也很便利，社會和家長對這方面也很重視；然而，很多孩子卻不知道什麼是應有的規矩，孩子了解規矩的渠道就不那麼多，也不那麼便利，社會和家長也未必很在意。如今，我們已經充分地意識到，知識和規矩的失衡，是孩子成長過程的大問題，事關孩子的前途和命運。於是，《弟子規》也就「熱」了起來。

很多人可能不知道，這本書原先並不叫《弟子規》，而是叫《訓蒙文》。一位名叫賈存仁（也有賈有仁的說法）的先生對《訓蒙文》加以修訂，並且將它改名為《弟子規》。可惜，我們對賈存仁先生知之甚少。

《訓蒙文》，也即《弟子規》前身的作者則是一位普通的教書先生。他是山西絳州人，生活在清朝康熙、乾隆年間。我們對他的生平並不很了解，所能知道的是他以八十三歲（也有六十歲的說法）的年齡卒於乾隆年間。

這位教書先生名叫李毓秀，字子潛，號采三，一輩子以教書為生，沒有顯赫的科舉仕宦經歷，在當時算不上成功者。但是，他畢生鑽研《大學》、《中庸》等儒家典籍，創辦敦復齋，致力於教育講學。他不是一位冬烘先生，更不是魯迅先生筆下的將「郁郁乎文哉」讀成「郁郁平丈我」的混飯之輩，而是被尊稱為「李夫子」的。根據《弟子規》注解者之一衛紹生先生的介紹，山西省圖書館和北京大學圖書館還藏有這位李夫子的《四書證偽》、《四書字類釋義》、《學庸發明》、《讀大學偶記》等著作。不過，李毓秀夫子終究還是因為《弟子規》才被後人記住的，也因此，他的牌位得以被供奉進絳州先賢祠。

《弟子規》不是橫空出世的，它是對傳統文化的繼承和發展。為什麼叫《弟子規》呢？很明顯，全書就是以《論語．學而》「弟子，入則孝，出則悌，謹而信，泛愛衆，而親仁。行有餘力，則以學文」為總綱展開的，全部內容也正是分為這幾個部分。此外，《弟子規》接續了明朝呂得勝的《小兒語》，以及比父親呂得勝更為有名的兒子呂坤的《續小兒語》和《好人歌》。只不過，呂氏父子的作品或四言、或五言、或六言，句子的長短參差不齊，易懂好記的程度也相差頗大。後起的《弟子規》則避免了這些缺憾。我們完全可以推斷，《弟子規》受到了早已流行的《三字經》的影響。它一經問世，就廣受歡迎，不是沒有道理的。

電視節目由我主講，書也由我署名，但是，這絕不意味著，解讀《弟子規》的工作，完全是由我一個人完成的。我首先要感謝中央電視台《百家講壇》欄目對我的信任，感謝中央電視台社教中心教育專題部副主任魏淑青女士、《百家講壇》製片人聶叢叢女士的大力支持。我更應該感謝《百家講壇》執行主編王詠琴女士，她是我在《百家講壇》上所有節目的主編，無論是選題的確定，還是解讀風格的調節，她都付出了巨大的心血。我還要將我的感謝奉獻給編導迮方樂小姐、編導林屹屹小姐、編導才越小姐、編導馬曉燕小姐、總導演高虹先生、製片吳林先生，還有化妝師楊靜女士和她可愛的女兒小喬喬。我深深地感激他們，正是他們，使我在《百家講壇》的經歷成為我畢生的美麗記憶。

孩子們在節目中吟誦的《弟子規》是如此美妙，作曲者和錄製者是中國廣播藝術團的孫偉先生，我也要請他及他的團隊接受我的謝意。很多人一定會喜歡節目中的女聲吟唱，她們的聲音是如此動聽，將《弟子規》蘊含的美和雅表達無遺，吟唱者是著名的「黑鴨子」組合，我深深地感謝這三位美麗的女孩子。

我當然還要感謝接納《錢文忠解讀〈弟子規〉》的中國青年出版社，感謝出版社所有編輯、工作人員的辛勤付出。沒有他們，這本書不會以今天的面目呈現在大家面前。

最後，但絕對不是最小或者最不重要，我必須強調，在解讀《弟子規》的過程中，我參考了很多學者研究《弟子規》和其他蒙學讀物的成果，我對他們給予我的教益深表謝意。在此一一提及，幾乎是件不可能的事情。然而，我必須特別感謝趙震野先生編著的《〈弟子規〉故事徵引》，以及蔡振紳先生原輯的四冊《讀史心得》，它們為我在解讀過程中尋找例證和故事提供了很大的幫助。也正因為如此，當然絕不僅僅因為如此，這本《錢文忠解讀〈弟子規〉》沒有署「著」。

我的兩位助理任華女士、張倩小姐用出色的工作為我節省了大量的時間。她們也是我必須感謝的對象。

我希望，《錢文忠解讀〈弟子規〉》能夠為今天的中國教育和社會文明建設貢獻一點力量；我期待，觀衆、讀者朋友們能夠一如既往地給我指教和批評。

由衷地感謝大家！

二〇一〇年六月三十日於滬上履冰室

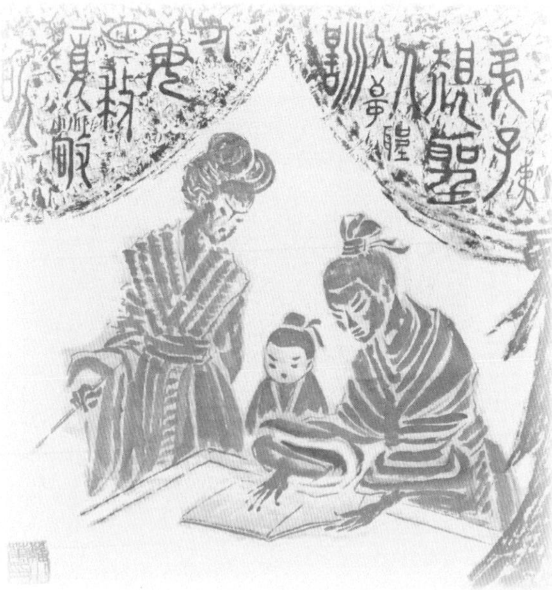

羅小華繪

第一講

弟子規，聖人訓[1]。首孝悌[2]，次謹[3]信[4]。泛愛眾，而親仁[5]。有餘力，則學文[6]。

❶聖人：指儒家創始人孔子。❷訓：教導，教誨。❸悌：指弟弟服從兄長。❹謹：出言慎重，寡言。❺信：誠信。❻文：文化知識或文獻典籍，泛指一切學問。

《弟子規》是一本只有一千來字的小冊子，儒家思想提倡的孝、悌、謹、信、泛愛眾、親仁、餘力學文等思想，都包含在《弟子規》中，它們有明確的行爲規範。那麼這些行爲規範，對於現代人會有什麼作用呢？《弟子規》爲什麼會引起眾多現代人的重視？《弟子規》的作者是誰？成書於哪個年代？其中都有哪些嚴格的規定？又是什麼原因，使越來越多的人，開始學習《弟子規》呢？

從今天開始，讓我們大家一起來學習《弟子規》。首先，《弟子規》到底是一本什麼樣的書？與《百家講壇》講過的《論語》、《莊子》、《老子》相比，《弟子規》是無法算作可以供奉在廟堂之中的經典之作的。哪怕跟《三字經》相比，《弟子規》從歷史悠久的角度也沒得比。《三字經》出現在南宋，至今有七八百年歷史，而《弟子規》什麼時候才出現的呢？是在清朝康熙年間。所以，在動輒上千年歷史的中國古籍當中，《弟子規》連小弟弟都排不上。

《弟子規》的作者李毓秀，字子潛，號采三，生於康熙年間，卒於乾隆年間，生卒年不詳。一般認為這位李夫子是公元一六六二年出生，公元一七二二年去世，換句話說，活了六十歲。但是，也有人說，他活了八十三歲。前後相差二十三年，這充分說明當時社會對他就沒有什麼明確的記載。如果是個大人物，史書上不僅會詳細地記載著他的出生年月日，而且還有他的生辰八字。李夫子終其一生，獲得的最高學位是秀才，此後再也沒有高中過，舉人沒考取過，進士更跟他沒關係，更別說什麼狀元、榜眼、探花了，這些都跟他沒關係。

在當時，一個秀才能幹什麼？就是教書。秀才不是舉人，舉人老爺有的時候可以當官，進士也可以當官。而秀才就只能教書，還教不了什麼好書，也當不了什麼書院的山長，只能開個私塾。

這位李先生為什麼寫出《弟子規》？那是因為他畢生研究《大學》、《中庸》，雖然李夫子學位不高、學歷不高，但是，有的時候好多科舉不成功的人恰恰學有所成，這位李先生就是一個典型。科舉道路上，他是一個失敗者，但是，在研究《大學》、《中庸》的領域裡，他卻頗有建樹，是一個相當了不起的學者。後來，他創辦了一所學校，叫「敦復齋」，起一個齋號講學。李先生講學取得了巨大的成功，吸引了很多人前來聽課，久而久之，他就被人尊稱為李夫子。所以，我們稱李先生是清朝早期傑出的教育家和學者，這一點是不為過的，這個稱號他也是當得起的。

後來，這位老夫子根據傳統對蒙童的規範方面的要求，並結合自己多年的教書實踐，寫成了一本教育孩子、啓蒙孩子的書，叫《訓蒙文》。訓者，教訓也；蒙者，啓蒙也。

當然，這位老夫子還有好多研究「四書」的作品，而且他在研究《大學》、《中庸》這樣的著作之餘，還堅持寫詩。也許是特別喜歡水仙花的緣故，他曾經寫了上百首歌頌水仙花的詩歌，後來結集為《水仙百詠》。現在，這本書在中國兩個地方藏著，一個是北京大學圖書館，另一個是他的家鄉山西省圖書館。

山長

書院的主持人，古稱「掌教」或「主講」，明代稱「山長」，謂其尊同山嶽。

那麼，在他那麼多的著作裡面，哪部作品流傳最廣呢？不用說，就是《訓蒙文》。

既然李毓秀先生是《弟子規》的作者，又為什麼說在他留下的衆多著作裡，流傳最廣的是《訓蒙文》呢？如果說《訓蒙文》和《弟子規》是同一部書，那麼《訓蒙文》是怎樣變成《弟子規》的呢？

現在很少有人知道《訓蒙文》，那麼《訓蒙文》後來怎麼會叫做《弟子規》的呢？那是因為後來有一個學者在《訓蒙文》的基礎上進行了修訂，並把書名改為《弟子規》。從此之後，這本書在一些私塾裡面開始廣泛流行。如此說來，這個人該算是《弟子規》的大功臣了。

有意思的是，大家現在到書店裡買的《弟子規》有幾十種版本，雖然原著都是李毓秀，但修訂者居然有兩個人，一個叫賈有仁，一個叫賈存仁，兩個名字僅一字之差。現在幾乎一半版本說《弟子規》是賈有仁校訂的，還有一半版本說是賈存仁校訂的。孰對孰錯，我想應該是賈存仁，至於這裡面的考據就不用說了，因為太複雜了。

一部並不古老，作者和修訂者又不是鼎鼎大名的《弟子規》，為什麼會產生那麼大的影響呢？這當然是由這本書本身決定的。

《弟子規》是從《論語・學而》篇中的「弟子，入則孝，出則悌，謹而信，泛愛衆，而親仁。行有餘力，則以學文」這句話開始的，講的正是孔夫子的核心思想：孝、悌、仁、愛。《弟子規》是按照三字一句的押韻形式寫成，毋庸置疑，這一點肯定是學習《三字經》。《弟子規》全文僅僅三百六十句，一千零八十字，對孩子的言語、行動、舉止、待人、接物等方面提出了詳細而明確的要求。《弟子規》的文字淺顯易懂，押韻順口，樸實無華，說理透徹，循循善誘，內容又來自於中國傳統基本的道德、倫理、規範，所以影響非常之大。從清朝中晚期開始，這本書就成為廣泛流傳的兒童讀本和啓蒙讀物，幾乎可以與《三字經》、《百家姓》、《千字文》相媲美。

這樣的一部書，正是我們今天迫切需要的，用來教育孩子、使之形成良好行為規範的傳統教材。那麼，對這樣一位先賢，我們怎能不懷抱一種感恩之情，怎能不去好好地誦讀他的作品呢？

《弟子規》是二三百年前，在私塾教育中對孩子們行為規範的一種要求，而現代教育與私塾教育完全不同，社會變了，教育制度變了，孩子們也變了，但是為什麼說，《弟子規》是今天迫切需要的，用來教育孩子的好教材呢？

我想講一個故事開始我們對《弟子規》的學習。

這個故事就發生在北京平谷區金海湖派出所。這個派出所有一位非常優秀的所長，叫耿國艷。耿所長在平谷區當了二十多年警察，平時特別關注轄區內發生的青少年案件，但他覺得僅僅靠日常的這些治安管理是遠遠不夠的，所以就在業餘時間主動承擔起給轄區十幾所中小學講課的任務，他所講授的是法治課。有一天晚上，耿所長在值班的時候，也不知道從哪裡扽（ㄉㄨㄣˋ）了一本古書來，打開一看，突然發現，自己在上法治課時絞盡腦汁想總結出來的話，全都在這部書裡。這是一部什麼書呢？那就是《弟子規》。

從此以後，耿所長就開始嘗試著講《弟子規》。這一講不得了，每次聽課的人數，少則七八百，多則一兩千。時間久了，耿所長發現，很多家長也陪著孩子靜靜地坐在下面聽他講《弟子規》。有一天，耿所長講課中隨口吟誦了一兩句《弟子規》中的話，結果發現全場幾百個孩子都跟著他朗誦起來。從此之後，耿所長意識到，對那些因為不懂規矩而造成的過錯、違法、犯罪行為，最好的解決辦法就是讓他們從小養成一種守規矩、守規範、懂道理的習慣。後來，他就越來越有意識地在轄區內的法治課和道德規範課上用《弟子規》做教材。不久，他發現自己的努力取得了意想不到的效果。

眾所周知，一個社會，如果人民道德水平高，行為規範好，這個社會的矛盾和犯罪就會減少，生活就會更加和諧。當金海湖派出所的耿所長，開始用《弟子規》對轄區內的居民和孩子們進行道德教育時，收到了意想不到的效果，那麼這些意想不到的效果，都是什麼呢？

在他轄區的金海湖畔有一個村莊叫中心村，中心村裡面有兩位街坊長年鬧矛盾，而且這個矛盾歷史悠久，平均每年要大打出手七八次。屢次調解，屢次處罰，但依然沒有效果。

有一次，耿所長又去調解，調解到最後，隨口說了句：「凡是人，皆須愛；天同覆，地同載。」這句話出自《弟子規》。用現在的話說就是：但凡是人，**我們活在這個世界上的人，都要相互關愛**。我們生活在同一片藍天下，同一片大地上，何必為了一點小事，彼此反目成仇呢？耿所長沒想到，就這十二個字，四句話，徹底解決了他轄區之內一個老大難：一對街坊多年不能解決的問題。從此往後，這對街坊成了模範街坊，相互關愛，再也沒有打過架，再也沒有鬧到派出所來。

還有一次耿所長到學校講《弟子規》，講完《弟子規》後他對孩子們說，你們知不知道，一個人去世以後，通過其骨骸，我一眼就能分辨出其生前的性別。孩子們當然很驚訝，這怎麼能看出來？他說：我告訴大家，白顏色的是男的，灰顏色比較暗淡的是做了媽媽的女性的，因為媽媽把自己的營養給了孩子，所以媽媽的骨頭是比較灰淡的。講完以後，他回到派出所，過了一兩天，突然收到了一封信，寫信的是學校裡一個嬌寵無比的女孩，她在信中說道：「所長叔叔，您講的《弟子規》，對我產生了很大的影響，我突然意識到，我對媽媽說話的時候，都是『你』：媽媽，你給我倒杯水；媽媽，你給我點零用錢；媽媽，你給我去買張遊戲卡。聽完您的講課後，我突然發現，我用『您』來稱呼媽媽了。我再也沒有用命令的語氣去跟媽媽說話，我突然覺得應該用一種商量的語氣，一種請求的語氣去和媽媽說話。因為您講的《弟子規》感動了我。」這個女孩子後來成了這所學校最優秀的學生。

通過這些事例，我只想告訴大家一件事情，我們要不要讀《弟子規》？我想答案已經非常清楚了。

也許大家會感到好奇，小小的《弟子規》怎麼會有這麼大的作用？現在的獨生子女教育問題，是很多家長最關心的，一個被嬌寵慣了的小姑娘，為什麼學習了《弟子規》之後，就開始懂得感念父母之恩了呢？

日常生活中，我們做家長的都非常重視孩子的學習和身體健康，但是我們忽略了什麼呢？讓步了什麼呢？說到底，我們不重視的和我們讓步的恰恰是孩子的規矩。孩子在社會上成長，最終要步入社會，遵循社會的規矩，那麼這個孩子從小是否講規矩、懂規矩呢？

在我的孩子出生前，我的父親就天天合不攏嘴，因為他知道自己要做爺爺了，這是一個輩分的提升，是很重要的。那兩天，他笑得很燦爛，從小到大我很難看到爸爸的笑臉，現在才知道，爸爸原來會笑的。有一次，我實在看不過他太高興的樣子，就跟他說：老爺子，您別高興得太早。老爺子說：為什麼不高興啊？我說：等您有了孫子，您可別以為您是爺爺；等您有了孫子，很可能您就是「孫子」，而孫子就是「爺爺」了。後來的事實是，我小時候不能做的事情，我兒子都能做；小時候我做錯的事情，父親當時都要教訓我一頓，教訓不聽，還要弄兩下，但現在當我兒子做同樣的事情時，父親就滿臉堆笑，說：可愛啊，乖啊，這孩子怎麼這麼能幹，這麼聰明等。這說明什麼？說明我們現在家庭結構改變了，目前中國內地的獨生子女有一億多，一個孩子從小最起碼有六個大人寵：爺爺、奶奶，外公、外婆，爸爸、媽媽。我們往往會注意孩子讀書有沒有超過別人？今天怎麼考九十九分？為什麼不考一百分？孩子的身體是不是好啊？各種營養有沒有跟上？但是我們忽略的恰恰是孩子懂不懂規矩、守不守規矩，用一句大白話來講，懂不懂禮貌，懂不懂怎麼做人，懂不懂怎麼待人接物。孩子應該從小養成懂規矩、守規矩的良好習慣，按照社會公認的道德規範和禮儀規範接觸社會，進入社會，乃至為社會服務。如果我們現在束手無策，或者沒有行之有效的辦法，怎麼辦？那麼，只有按照我們一貫的思路，按照我們人類的共同經驗：**當我們找不到一個更好的辦法和一條更好的路徑時，我們就要回過頭去，回到先民的智慧當中去，回到我們的傳統當中去**，看看先民留下了什麼遺產給我們，看看先民的那些智慧，我們今天是否依然能夠繼承。

《弟子規》毫無疑問就是先民留下的文化遺產，就是我們培養孩子尊重規矩、遵守規矩、在社會公認的規範下健康成長的良好資源。這位派出所的耿所長，非常值得我們尊敬，他就是在當代社會活用《弟子規》的典範。

近年來，《弟子規》在中國各地都得到重視，許多企業招進很多學歷很高文憑很硬的大學生，可是後來發現這些大學生知識沒問題，技能也沒問題，就是不怎麼懂規矩，不怎麼守規矩。那麼，我們怎麼能指望這樣的人來遵守企業的規章制度呢？於是，選擇《弟子規》進行員工培訓，這是非常正確的選擇，它的有效性，已經被許多成功經驗所證明。

俗話說，沒有規矩不成方圓，一個年輕人如果不懂規矩，將會遇到許多麻煩和困難，那麼《弟子規》裡面，究竟為年輕人規定了哪些行為規範？一本二三百年前的小冊子，為什麼對現代社會的人還會有如此大的影響力呢？

在讀《弟子規》之前，首先給大家推薦一種熟讀《弟子規》的方法。每天背上四到六句，或者八句。這樣的話，一周我們就可以背四十多句。到了周末，再把前面背的四十多句重新温習一遍，這就是古人講的温書。温故而知新，就是這個道理。《弟子規》開篇的八句是總敘：「弟子規，聖人訓。首孝悌，次謹信。泛愛衆，而親仁。有餘力，則學文。」這八句出自《論語．學而》，接著從孔夫子的話講起。

什麼叫弟子？弟子有兩層意思：一層意思是指年幼的孩子叫弟子，兒童和少年都可以算弟子；還有一層意思，指學生。這兩層意思在《弟子規》裡面都有。但是以前大都指年齡比較小的孩子，强調規矩要從小養成。作者首先聲明：「弟子規，聖人訓。」意思是說：《弟子規》這部書裡面的道理，並不是我獨創的，而是聖人傳下來。那麼聖人是誰呢？孔聖人，孔夫子。這八句的意思很清楚：孩子，我們在家要孝順父母，出門要敬愛兄長，說話要恭敬、謹慎、誠信，要博愛大衆，親近仁義的學說，親近有道德的人。這樣去努力實踐，假如你還覺得有多餘的體力、有多餘的能力、有多餘的時間，那麼再去讀其他的書，再去講求其他的學問。**學文在這裡，並不僅僅是學文字，也不僅僅是學文學，這個學文，泛指一切學問**。中國的傳統，把做人的大原則和大規矩，放在第一位，要求孩子首先樹立一個觀念，要做一個有原則的人，一個符合基本的道德規範和準則的人，這個是最重要的。

有的人也許沒有讀過書，也許不識字，但是，這不妨礙他成為一個真正的人。我們中國歷來是把基本的道德規範準則放在知識之前，這是第一位的。我們一直認為，只有當一個人在道德規範準則方面有了一定的基礎，他的知識才越多越好。否則，一個壞人知識越多，他的危害性就越大。美國影集《大西洋底來的人》（Man From Atlantis）裡面有個博士叫舒拔，他是一位科學天才，非常有才華，但是天天想的居然是如何毀滅人類，摧毀地球。然而，我們今天實際上把孩子的學習知識放在最重要的位置，而忽略了孩子為人處世的規範和準則。這一點，是非常不妥當的，今天我們在教育孩子過程中頻頻出現讓人擔憂的局面，最根本的原因是我們把次序顛倒了。

《弟子規》的總敘，不僅是以孔子和《論語》裡面的話為依據，講述為人處世的根本原則，實際上還有個作用，那就是它是整部《弟子規》的綱領。整部《弟子規》三百六十句、一千零八十個字，恰恰分成八個部分。

第一部分是總敘，即「弟子規，聖人訓。首孝悌，次謹信。泛愛眾，

《論語・學而》

《論語》是儒家經典之一，是孔子的弟子和再傳弟子對其言行的記錄。今本《論語》共二十篇。從宋代開始它與《大學》、《中庸》、《孟子》並稱爲「四書」。〈學而〉是《論語》的第一篇，取自「子曰：『學而時習之，不亦說乎？』」

而親仁。有餘力，則學文」這八句。

第二部分是「入則孝」。

第三部分是「出則悌」。

第四部分是「謹」。

第五部分是「信」。

第六部分是「泛愛衆」。

第七部分是「親仁」。

第八部分是「餘力學文」。

可見古人在寫一部書的時候，是如何地用心思，如何地考慮周詳，哪怕是一部對孩子啓蒙用的書，也要考慮到結構方面、層次方面，根據儒家根本典籍《論語》做到了層層安排，環環相扣，相互呼應。我想，也正是這一點，決定了《弟子規》擁有超强的生命力。

接下來讓我們一起看看《弟子規》的第一部分，我們應該如何理解「入則孝」。「入則孝」除了作為孩子對自己父母長輩的一種敬愛，一種感恩，一種行為準則以外，它還有哪些教育功能，還能培養孩子們哪些社會規範？請大家看下一講。

第二講

父母呼，應勿緩；父母命，行勿懶。

父母教，須敬聽；父母責，須順承。

冬則溫❶，夏則清❷；晨則省❸，昏則定❹。

出必告，反❺必面❻；居有常，業❼無變❽。

❶冬則溫：冬天用自己的身體先爲父母把被窩焐暖。
❷清（ㄑㄧㄥˋ，一讀ㄐㄧㄥˋ）：涼。這句說夏天替父母把床鋪扇涼。❸省（ㄒㄧㄥˇ）：探問，請安。
❹定：定省，子女早晚問候父母。這裡專指昏定，即晚間服侍父母就寢。《禮記．曲禮上》：「凡爲人子之禮，冬溫而夏清，昏定而晨省。」❺反：同「返」，指返家。
❻面：當面向父母稟報平安，讓父母放心。❼業：職業，做事。
❽無變：沒有改變。指在外做事有規律、合規矩，不隨意改變，以免父母擔憂。

《弟子規》在「入則孝」的篇首，就明確提出了孝順父母的四個基本要求和日常生活中子女應該做到的八件事情。那麼這些看似簡單的要求，我們都做到了嗎？現在時代不同了，這些要求還適用於現代的年輕人嗎？

《弟子規》在總敘以後，就進入了它的第二部分，也就是「入則孝」的部分。

孝的結構是「上老下子」，意思是强調血緣延續的重要性。每個人，不管你壽命多長，都只不過是人類生命長河中的一個極其渺小的環節，今天的長輩是昨天的小輩，今天的小輩就是將來的長輩。小輩不孝敬長輩，你又怎麼能夠指望當自己成為長輩以後，小輩會孝順你呢？這就是孝要傳達的一個意思。

教育的「教」字，是「左孝右文」。左邊是個「孝」，右邊是個「反文」，中國傳統的講法叫「教者，孝之文也」。教育教什麼？從孝開始。以孝為根本，通過孝，培育孩子對血緣的尊重，培育孩子孝敬父母、尊重長輩，同時，也就在孩子心中牢牢樹立了對傳統的尊重。古人基本都知道，自己父親的名字、爺爺的名字、曾祖父的名字、高祖父的名字。現在有多少人知道自己曾祖父叫什麼？

傳統的啓蒙讀物强調孝，把孝放在最突出的地位，《弟子規》當然不會例外。所以它的第二部分「入則孝」，以八句，四組，以父母開始的句子啓首。「父母呼，應勿緩；父母命，行勿懶。父母教，須敬聽；父母責，須順承。」四次重複「父母」兩個字。字面意思根本不用解釋：父母在叫你的時候，你要趕緊答應，不可遲緩不答；父母有事情命令你，要叫你去做，你要馬上去做，不要懶惰拖沓；父母在教訓你的時候，在教育你的時候，你要恭恭敬敬地聆聽；父母在責備你的時候（「父母責」在古文裡面，還有揍的意思，不僅是說你兩句，還可能要揍你一頓），你也要順從地接受。父母呼、父母命、父母教、父母責，是所有人的生命當中都會出現的事情，《弟子規》的要求看起來很簡單，一點都不高，但是我們不妨捫心自問，我們做到了嗎？

中國傳統文化認為，百善孝為先，所以《弟子規》要求我們：父母呼，應勿緩；父母命，行勿懶。父母教，須敬聽；父母責，須順承。這二十四個字看起來簡單，但是我們做到了嗎？

《弟子規》的要求，大部分我們也沒做到，所以我們不要把它簡單地當成學習和背誦的過程，而應當成反思和自我檢討的過程。你要讀一段《弟子規》，檢討一下：我做到了嗎？

「父母呼，應勿緩」，就是當父母叫你的時候，你不要只忙著自己的事情。我們小時候比較簡單了，看看小人書，打打彈子。現在的孩子不一樣，忙著打電腦遊戲，父母叫更不理了，往往還會不耐煩，我小時候就有過不耐煩。今天的孩子，有時候父母一看，戴一個耳機，也不理會，爸媽過去拍他兩下，他就會不耐煩的說：我這一關遊戲沒過去，你看我被人打死了——

這種情況很多，比比皆是。

「父母命」，是父母叫我們去做些事情。我們從小也都經歷了。拿我個人來講，有些事情我很願意去做，比如媽媽叫我：孩子，你去買個冰棒。我很高興，一面買一面我吃回來了，回來時，就冰棒的棍在我那兒。媽媽說：孩子，你去買瓶芝麻醬。這我也願意，因為可以吃一點。媽媽說：孩子，你去買點糖果。那我更高興，藏兩顆在口袋裡。但是如果媽媽叫我：兒子，去給我打瓶醬油。我就會說有事。為什麼？因為我不能喝醬油。

「父母命，行勿懶」，父母教育、教訓我們的時候，有幾個心裡沒有抵觸情緒的？一般都認為：我自己的事，爸媽管那麼多幹嗎？時代不同了，你們過時了。經常有這個心態。我從小就經常這麼做，跟我爸爸頂嘴，跟我媽媽頂嘴，現在不頂了，但是現在爸爸媽媽也沒有力氣來教訓我了。到這個時候你會很後悔：你小時候跟父母頂嘴，到今天你不想頂了，突然發現父母老了，連教訓你的力氣都沒有了。像「父母責」，古時候，責比教要重，責往往是責備、責打。我們小時候挨幾下打，挨父母說幾句重話也就算了，可今天的孩子，誰還敢打？所以我們可以想想，「父母」這四句，我們都做到沒有？我們如何來感恩？如何來報恩？「恩重如山」四個字，普天下絕大多數的父母是當得起的。

（當我們對照《弟子規》，認真反省自己的時候，會發現這四組看似簡單的「父母呼」句，其實做起來並不容易，那麼在現實生活中，我們究竟應該怎樣做呢？為什麼首先要從「父母呼，應勿緩」做起呢？）

「父母呼」，父母呼喚孩子，每一聲呼喚裡面是有深情的。在中國史籍當中，就有著很感人的記載。曾子是春秋時期魯國人，孔子的得意弟子，以孝著稱。有一天，曾子進山打柴，他媽媽留在家裡。突然家裡來了一個客人拜訪曾子，他媽媽見到一個陌生人來找自己的兒子，一下子不知所措，情急之下，就咬了自己的手指。這個時候在山上打柴的曾子，就感覺自己的心一抽、一疼，馬上就想是不是媽媽有什麼事？是不是媽媽在叫我？於是趕緊背著打好的柴，急匆匆地返回家裡，跪問母親：母親，我剛才心一抽一疼，是不是您老人家有什麼事？媽媽就說：剛才有客人忽然來到，我不知道說什麼好，又怕說得不好，讓人家覺得不符合規矩，我沒有辦法，就只好咬著手指盼你回來。這就是我們史籍當中記載的故事，在東漢王充的《論衡》中，在東晉干寶的《搜神記》中，在六朝的《孝子傳》中都有記載。有時候母子之間心靈相通，這一種呼喚，連聲音都不需要。這就是中國傳統對於「父母呼」，對於父母和子女之間這種親情的一種非常感人的描述。我們現在要學習、要工作，都很忙，好像就有理由忽略父母的呼聲，其實這是不對的。

《廣州日報》記者在母親節這天進行了一次採訪，他們隨機採訪了一些母親和孩子。記者問這些做子女的：請你們談一談，將來會怎麼樣對待自己的母親？這些兒女基本都這麼說的：我要掙大錢，好好侍奉我的母親。這個話我覺得完全對，無可厚非。但是做子女的有沒有想到母親這邊的答案是什麼？《廣州日報》的記者，同時又採訪了上百個母親，當母親面對「你希望你的子女為你做什麼」這個問題的時候，沒有一個母親提到過「錢」字，沒有一個母親說，希望兒女給她買什麼東西，百分之九十六以上的母親講：希望我的兒女回家陪我吃頓飯。所以，網路上曾有一句非常流行的話：賈君鵬，媽媽叫你回家吃飯了。賈君鵬這個人是誰？現在誰都不知道，大概是個虛構的名字。而且這條留言就這麼一句話，沒頭沒腦的：賈君鵬，媽媽叫你回家吃飯了。這一句話的點擊率現在多少了？為什麼？道理很簡單，就是因為這句話打動了所有人的心。

怎麼才能好好孝敬父母？絕大多數中國的子女都是有這份孝心的，但是首先應該傾聽一下，父母最希望你做什麼。**孝的第一步，傾聽父母的需要。第二步，盡量按照父母的需要努力去做，不一定都做得到，但是要努力去做。**

曾子

曾子（前五〇五年—前四三六年），名參，字子輿，春秋末年魯國南武城（今山東費縣）人。孔子學說的主要繼承人和傳播者，在儒家文化中具有承上啓下的重要地位。他的修齊治平的政治觀，省身、愼獨的修養觀，以孝爲本、孝道爲先的孝道觀影響中國兩千多年。相傳著有《大學》，後世儒家尊稱他爲「宗聖」。

我們學會傾聽父母的需要，並盡量按照父母的需要努力去做，但有時也不一定就能討得父母的歡心，甚至還可能遭到父母的誤解和責備，那麼這個時候我們應該怎麼辦呢？

大家也許都聽說過臥冰求鯉的故事，故事主人公是晉朝的王祥。王祥是公元一八五年生人，公元二六九年去世，琅邪臨沂人（今山東臨沂北），西晉的大臣，這個人曾經隱居深山二十多年。後來從温縣令一路做到大司農、司空、太尉。臥冰求鯉這個故事特別有意思。王祥早年喪母，他的繼母朱氏對他並不慈愛，經常在王祥的父親面前進讒言挑撥，說這個兒子不好，不孝順，所以王祥從小連父愛都沒有。但是父母患病的時候，王祥依然衣不解帶地伺候，繼母朱氏時常想吃鯉魚，王祥都拚命滿足她。有一年冬天，河水都已經結了厚厚的冰，而繼母依然想吃鯉魚，王祥沒有辦法，只好赤身臥在冰上祈禱，突然，冰裂開了，跳出兩尾鯉魚。對於對自己並不慈愛的繼母，王祥尚且如此努力地滿足她的需要，由此可以看出，在中國傳統當中，孝是無條件的。孝不是交易，不是交換。現在我們很多人認為，孝是相互的，爸爸媽媽對我好，我要孝敬他。那另外一個意思是，爸爸媽媽如果因為某些主觀原因，或者某種客觀限制，對你稍微差一點，你就不孝順父母了嗎？這在傳統當中是絕不允許的，傳統認為，**孝是人之所以是人的根本**。今天我也在反思我自己，我們有沒有人為自己的父母跑一次菜場，去買點兒父母想吃的時令小菜？我長到這麼大，基本沒有進過菜場。所以我們是不是應該反思一下自己？有些很容易的事情我們做了沒有？或者再降低一些要求，我們起碼馬上答應父母的呼喚，抓緊完成一件父母交辦的事情，耐心聽一下父母哪怕

臥冰求鯉

王祥臥冰求鯉的故事最早出自干寶的《搜神記》卷十一。房玄齡等人編撰《晉書》時也收錄了此事。元代時，郭居敬將它列入宣傳孝道的通俗讀物《二十四孝》中，此書集歷史上二十四個人物的「孝行」編成，後來的印本都配上了圖畫，通稱《二十四孝圖》。這些足以證明王祥之孝名為歷代所傳唱。有詩歌頌王祥說道：「繼母人間有，王祥天下無；至今河水上，留得臥冰模。」

是嘮叨的教訓，哪怕是委屈地順承一下父母就算是誤解的責備。當然這麼做，實際上也並不見得容易。但是我覺得，我們應該去嘗試。

孝順父母，尊敬長輩，這是從小就應該讓孩子懂得的基本道理，但是在當代社會，很多父母在教育孩子時，為了能讓孩子聽話，常常採取「物質獎勵」的教育方法，那麼這種做法究竟是對是錯呢？

近幾年，我們在培養孩子的規矩、規範的時候，特別流行一種物質獎勵的做法。比如孩子在家裡給自己洗一雙襪子，五毛錢；如果給媽媽洗雙襪子，五塊錢。這個做法美其名曰「從小培養孩子的勞動習慣」。我原來認為這個做法是對的，但是現在覺得有巨大的副作用。因為這是在培養動物的條件反射，而不是在培養人的孝心。有一個朋友，在網上寫了一篇文章，說有一個星期天他到公園去玩，看見一個三四歲的小孩在草地上又爬又鬧玩得很開心，年輕的母親跟孩子說：時間到了，寶貝，我們應該回家了。但是這個孩子就是不肯回去。這時候這個媽媽就從口袋裡掏出一塊巧克力，對著孩子晃了一下，孩子的眼睛就盯住媽媽手上的這塊巧克力，慢慢地站了起來。然後他就聽見這個媽媽問：寶貝，想不想吃巧克力？孩子說：想。媽媽就跟孩子說：想吃就得跟我回家去吃。然後就看見這個孩子乖乖地、小動物一樣跟媽媽回家吃巧克力了。這位朋友觀察得非常細緻，他看完了以後，發了一通議論。他說，這位母親用巧克力可以讓孩子服服帖帖地跟自己回家，而母親的呼喚孩子卻充耳不聞，在這個三四歲孩子眼裡，巧克力比他媽媽還重要。媽媽在孩子這麼小的時候，已經在他的心田裡種上了功利的種子。隨著年齡越來越大，孩子的欲望也會逐漸增長，長大以後，這孩子很可能就為了功利，而不要道義，這是不正常的。最後，當父母沒有能力滿足兒女日漸增長的欲望的時候，兒女就很可能會把父母丟棄在一邊，種種的人間悲劇就是從教育失誤引發的。這位朋友還引用了《弟子規》，他講，他們受到的教育不是「父母呼，應勿緩」，而是「糖果呼，應勿緩；住房呼，應勿緩；電腦呼，應勿緩」，說到底就是「物欲呼，應勿緩」，他們回應的不是父母的需要，而是自己的物欲。長此以往，社會如何和諧？

《弟子規》在〈入則孝〉的篇首，除了提出孝順父母的四個基本要求之外，還具體說明了在日常生活中，子女應該做到的八件事情，那麼冬溫夏清，晨省昏定，究竟是要求子女做哪些事情呢？現在時代不同了，對於現代年輕人，這些事情還有必要去做嗎？

「冬則温，夏則清；晨則省，昏則定。出必告，反必面；居有常，業無變。」這句話裡惟一要注意的就是「夏則清」的「清」字，現在好多通行的《弟子規》的版本上，經常把它多印一點，就印成「夏則清」，它實際上是兩點水的一個「清」字，應該讀「清」（ㄑㄧㄥˋ，一讀ㄐㄧㄥˋ）。

冬温夏清，用的是一個我在講《三字經》的時候就已經講過的典故。東漢年間的黃香是名列《後漢書》和《二十四孝》的大孝子。黃香九歲的時候母親早亡，他和父親相依為命。家裡窮，根本就沒有被子，所以冬天黃香就自己先睡到席子上。中國有床是比較晚的事情，古人都是席地而臥的。冬天，他先睡到席子上，用自己的體温為父親先把這個席子給温一下、暖一下，這就叫「冬則温」。夏天，黃香就用扇子把父親的席子先扇得涼一點，這就叫「夏則清」。今天社會進步了，時代不同了，很多人家裡都有空調。然而我們有哪幾個人會先給父母的房間打開空調？讓父母有一個比較舒適的生活和休息環境？這實際上不是一個難不難的問題，本質上是想得到想不到的問題，我們有沒有這個意識的問題。我想就算是有這類事情，恐怕還是父母為子女做得多。肯定是子女回來，發現房間裡空調已經開好了。也許有的父母為了節省一點電費，自己的房間不開，先給子女開，這是我們比較常見的情況。

「晨則省，昏則定」就是我們一般知道的成語——昏定晨省。昏，好理解，天剛黑；省，就是探望和問候。晚間服侍就寢，早上省事問安，這是在傳統社會侍奉父母的日常禮節。季羨林先生留學回來，已經是鼎鼎大名的博士、教授，他回濟南探親，季先生的叔父只要沒有睡覺，季先生就垂著手，半躬著腰站在叔父床前，等叔父睡著，再到自己房間，該寫東西寫東西，該休息休息，這就是昏定，就是在天黑的時候要伺候自己長輩。而《弟子規》的這兩句話：「晨則省，昏則定。」是有出處的，出自儒家重要典籍《禮記·曲禮上》：凡為人子之禮，冬温而夏凊，昏定而晨省。李毓秀先生把它搬到了《弟子規》裡。大孝子黃香實際上就是按照《禮記．曲禮上》的要求來規範自己的日常行為。我們今天比較難做到的實際上是什麼？是「昏則定」。因為現代社會的生活節奏、生活習慣和工作習慣跟傳統社會不一樣了，大家一般工作得都比較晚，或者應酬交際得都比較晚，而父母上了年紀，通常比我們都早睡。如果今天我們說非要按照《弟子規》去做「昏則定」的話，那簡直是發昏。父母好好睡著了，你回去敲門：爸媽，我問候您，您睡著沒有？這個沒有必要，這個就是生搬硬套。「昏則定」不大容易做到，但是「晨則省」，應該是能做到的。早晨起來，自己去上學前，父母一般都要送孩子上學以後自己才上班，你是不是能夠問爸爸媽媽一句：昨晚休息得好不好？這個應該是不難做到的。

《弟子規》接著指出子女無論出門前還是回到家，都必須告知父母，而且不能隨意改變自己的住址和工作。但是現在的年輕人追求獨立和自由，往往不和父母同住，時常會搬家、會換工作，那麼《弟子規》提出的這些要求，還適用於當今社會嗎？

「出必告，反必面」這個話也很好理解，出門前稟告一聲，回來後在父母面前打個照面，讓父母知道你回來了。這是針對和父母同住的情況下。過去傳統社會，房子都比較大，一般來講，面積比較大，孩子「哧溜」出去一下不跟父母講，有時候父母會擔心的：到哪裡去了，怎麼孩子沒了？如果你回來了，「哧溜」往自己房間裡一鑽，父母也不知道你回沒回來。所以

「出必告，反必面」是針對跟父母同住的情況，這麼做都是為了避免長輩不必要地為自己擔心。至於不和父母住在一起的，恐怕就顧不上這些了。其實這些都是舉手之勞。但是能夠讓父母少擔很多心，而**少讓父母擔心，實際上也是孩子的孝心**，這在很大程度上是一回事。

「居有常，業無變。」這是對誰說的？是針對不和父母同住的情況下講的，《弟子規》安排得很有條理：先告訴大家，和父母同住應該怎麼樣，再告訴大家，不跟父母同住應該怎麼樣。換句話說，**不要輕易改變自己的住址，也不要隨意改變自己的職業**。

今天情況不一樣了，很多在家鄉以外發展的人，或者跟父母在同一個城市但是追求獨立的人，通常是租房子住。由於各種原因，他們經常會搬來搬去的。然而我們應該問問自己：是不是每次搬家都把自己的準確地址告訴父母了？

至於「業無變」，確實是和我們這個時代有點脫節。因為今天的年輕人，都勇於追求自我價值的最大化，人往高處走，跳槽是司空見慣的事。可是，我們是不是也有很多人，有的時候是為了一些小事，或者乾脆是因為自己的任性，就非常草率地改變自己的職業，而導致父母為自己擔憂？這種情況我想也相當普遍。

《弟子規》在講完了「入則孝」第一個八句以後，又講完了第二個八句，接著《弟子規》依然用一個相當的篇幅來進一步地告訴我們，應該如何從點滴做起，培養自己「入則孝」的習慣。而從「入則孝」開始，一步步開始養育自己的人格和道德準則。

《弟子規》接下來是怎麼說的？請大家看下一講。

第三講

事雖小，勿擅爲；苟擅爲，子道虧[1]。
物雖小，勿私藏；苟私藏，親心傷。
親所好，力爲具[2]；親所惡，謹爲去。
身有傷，貽親[3]憂；德有傷，貽親羞。

[1] 子道：子女應該做的。
[2] 具：準備，置辦。
[3] 貽（ㄧˊ）：遺留。

《弟子規》接下來又更具體地提出了小輩、子女應該遵循的規矩，那麼究竟哪些事情是做子女、做小輩的應該做的？哪些事情是不應該做的呢？有時我們爲了能讓父母高興，滿足父母的願望，可能會給自己帶來麻煩，那麼在這種情況下，我們還應該去做嗎？

在中國傳統中，對於小輩的規矩是非常强調的，而且規定得非常細緻。《弟子規》接下來就進一步細緻地闡述和規定了小輩面對尊長所應該持有的禮節和要遵守的規矩。

「事雖小，勿擅為；苟擅為，子道虧。物雖小，勿私藏；苟私藏，親心傷。」意思是一件事情，哪怕再小，再微不足道，小輩去做之前，最好跟長輩打個招呼，徵求一下長輩的意見，不要擅自主張。否則就是我們今天講的自說自話，不問別人意見，自己就做了。如果這麼做的話，便是「子道虧」了。做小輩的、做子女的在這個方面有點「虧」，有點做得不夠，不是做小輩和做子女的最好方式。「物雖小，勿私藏」，一樣東西哪怕再小，你也不要瞞著長輩偷偷把它藏起來。如果你把它藏起來，那麼尊長的心裡有時候會有一些憂傷，會感到不妥。這是我們非常容易忽略的事情，在今天看來，這說起來都很明白，但實際上我們今天做小輩的或者做子女的，往往很容易忽略。

「事雖小，勿擅為；苟擅為，子道虧。」在這一方面，今天比較多的情況是做小輩的、做子女的，好心辦壞事。他們有的時候自作主張，倒不是為了惹長輩生氣，而是認為沒什麼要緊就做了。我們都知道老人有老人的習慣，老人的習慣往往是不大容易改變的，你也沒有任何理由强迫尊長去改變他的習慣。老人家的有些東西有固定的擺放位置。比如我父親，有時候放東西很奇怪。我就說：爸爸，你是用右手的，又不是用左手的，怎麼這個東西放得都不順呢？不行。老爺子就喜歡這麼彆扭著去拿，你給他放順手了，他拿著反而彆扭，這是他的一種習慣。所以，當你把老人放慣的東西隨便挪動而你又不在的時候，老人會很著急的。老人也有一些自己非常珍惜的紀念物，而在我們小輩眼裡這些根本不算什麼。比如一張老人家的舊照片，泛黃了，破舊了，被水泡過了，缺個角了，但是老人家還視如拱璧，把它放在這裡；比如一張二十世紀五十年代的勞模獎狀，他天天掛在牆上，一定要每天擦拭，這是他珍貴的紀念物；比如一張舊報紙，沒準哪一篇提到老人家的名字呢，這你不好說，老人家的名字也許這一輩子就被印過一次鉛字，所以他也會看得很重。這些東西在我們小輩眼裡常常會不以為然，搬家了，大家生活條件好了，這破東西給扔了吧，那麼舊的東西有什麼用？其實，這個做法對老人家是一種傷害。所以《弟子規》裡這句話就很有道理：「事雖小，勿擅為；苟擅為，子道虧。」如果你導致了老人家的不習慣，引發了老人家的不快，在某種程度上傷害了老人家一段非常特殊的記憶，那麼做小輩的就沒有做好。這當然不是《孝經》之道。

《孝經》

這部儒家經典，在唐代被尊爲經書，南宋以後被列爲「十三經」之一。傳説是孔子自作，但南宋時已有人懷疑是出於後人附會。清代紀曉嵐在《四庫全書總目》中指出，該書是孔子「七十子之徒之遺言」，成書於秦漢時。從西漢到魏晉南北朝，對其進行注解的人不計其數，現在流行的版本是唐玄宗李隆基注，宋代邢昺疏，全書共分十八章。在中國自漢代至清代的漫長社會歷史進程中，它被看作是「孔子述作，垂範將來」的經典，對傳播和維護社會綱常、社會太平起了很大作用。

《弟子規》告訴我們哪怕是再小的事情，做小輩的也不能自作主張，必須事先告知長輩、徵求長輩的意見。但是日常生活中畢竟都是些非常瑣碎的小事，如果有時我們沒及時告知長輩，而擅作主張了，難道還會引發什麼嚴重的後果嗎？

有一件事情完全可以印證《弟子規》的這段話，這件事情說出來大家會覺得很好笑。這件事情不是發生在父子、母子之間的，而是發生在一個小輩和一個長輩，一個年輕人跟一個老年人之間。有一家理髮店，熙熙攘攘，顧客很多，大家就排著隊等理髮。這個時候進來了一位老人家，正好一位很年輕的理髮師傅空著，就主動請老人家坐下來，先為他服務。當小夥子拿著剃刀給老人家修面時，發現老人家下巴這兒有顆痣，這痣上面長了幾根毛，比較長。小夥子一看，覺得影響老人家的美觀，一刀就把老人家痣上那幾根毛給剃了。這一剃不得了，老人家哇哇大哭。為什麼呢？因為老人家迷信，認為這是他的長壽毛：這幾根毛是象徵長壽的，給我剃了，這還了得啊？結果老人家不肯罷休，老人家的子女也出面了，這件事情最後還鬧上了法庭，法官很為難。

這件事情裡面誰有過錯？實際上誰都沒有大過錯。你當然不能說老人家錯，老人家就這點信念：我這幾根毛留了幾十年了，留著我不生病，我會長壽，你給我一刀就處理了？那不行。小夥子也沒大錯，但錯就錯在沒有按照《弟子規》中「事雖小，勿擅為」去做，你問一下老人家：您這幾根很漂亮的毛是不是需要我幫您給剃了啊？如果老人家說需要，那就一刀；不需要，就給留著。如果這位工作態度非常積極的小師傅讀過《弟子規》，知道這個話，多問一句，那麼就是皆大歡喜的事了。

《弟子規》接著提出做子女、做晚輩的都不能私自藏匿東西，但是在越來越重視「個人隱私」的當今社會，很多孩子都有自己的「私人空間」，用來藏一些小東西，而父母不能隨便翻看。那麼「物雖小，勿私藏」還適用於現代家庭嗎？

至於說「物雖小，勿私藏；苟私藏，親心傷」，這主要是針對傳統中國合族而居的情況講的。傳統中國的家庭都是大家族，幾房子孫住在一起，大家會共同擁有一些財物，這些財物是屬於大家族的，絕對不是具體屬於某一房，更不是具體屬於哪一個子孫的。這個時候，東西再小，你都不要擅自給它藏起來。如果不注意這個細節的話，就非常容易造成兄弟姐妹之間的小誤解、小矛盾，久而久之，大家都會形成一個心結。因為一個小東西，你給藏起來，說又不值得，但時間長了會形成一塊心病。如果一旦發生大事，就會想：你昨天拿了一把笤帚對吧？今兒少了一頭牛，我看這頭牛也是你牽走的。這樣就會導致家族內部產生不必要的矛盾。

當今社會，像北京、上海、廣州、深圳這樣的大都市，甚至是廣大的農村，這種大家族的情況沒有了，都是一個個小家庭，那麼這種情況相對來講就比較少。現在的孩子都非常強調隱私，連幼稚園的小朋友都知道隱私。我兒子很小，但他就有隱私時間，他規定一天的某段時間父母不得進入他的房間。他稱這段時間叫隱私時間。現在的孩子有時候藏一點小東西，尤其是讀書以後藏一個日記本，藏兩張小的遊戲卡，有時候藏兩封同學之間的通信、小條子，都不在《弟子規》規定的範圍之內。因為現在情況不一樣了，咱們不用按照《弟子規》說：你不能藏，藏了以後，你讓我這個做爸的替你擔心了，你給我交出來。這不行，這樣反而會惹麻煩。所以學習《弟子規》，有的時候要考慮時代的變遷。

我們現在理解了「事雖小，勿擅為」「物雖小，勿私藏」的道理。那麼《弟子規》接下來又提出了哪些小輩應該遵循的規矩呢？而這些規矩的背後還隱藏著哪些有趣的故事呢？

「親所好，力為具；親所惡，謹為去。身有傷，貽親憂；德有傷，貽親羞。」尊親和長輩所喜好的，小輩應該盡力去辦到；尊親和長輩厭惡的、討厭的、不接受的東西，小輩應該趕緊把它放棄掉。小輩的身體如果受傷了，那麼就會讓尊長擔憂；小輩的品德若有污點，那麼就會讓尊長蒙羞。

「親所好，力為具」是指小輩要盡量滿足長輩的喜好，這在古代是孝道的基本要求。

我們在前面已經講了很多中國傳統孝道的故事，在這裡我再給大家講兩個非常有意思的故事，以此印證中國古代這個傳統。

第一個故事叫鹿乳奉親。周朝的時候，有一個人叫郯（ㄊㄢˊ）子，從小非常孝順，他的父母年紀大了，眼睛不好，突然有了一個很奇怪的習慣，就是喝鹿的奶。大家知道鹿是最警覺的動物，你打獵都很難接近牠的。那麼郯子怎麼去取到鹿乳呢？他想出了一個辦法，那就是把自己打扮成一隻鹿，披上鹿皮往深山裡面爬，想這樣接近鹿群，偷偷地擠一些鹿的奶，拿回來奉養自己的雙親。但是他萬萬沒想到，就在他正要接近鹿群的時候，旁邊有一個打獵的人正搭著箭在那兒瞄著。正當獵手舉起弓箭要射他的時候，他趕緊高喊：我是人，不是鹿，我是想取鹿乳孝敬我眼睛不好的雙親的。獵人一看，知道原來他是人不是鹿，所以就沒有射他。郯子就留下了一條命，而且成功地擠得了一些鹿奶，回去孝敬自己的雙親。這不就是我們講的「親所好，力為具」嗎？

還有一個是在《佛說睒（ㄕㄢˇ）子經》裡邊記載的故事。古印度有個國家，叫迦夷國，迦夷國裡面有一個人叫睒子，這個睒子隨著雙目失明的父母一起到深山老林裡去修行。生活當然非常困苦，但是睒子對父母非常孝順，他平時和林子裡的鹿混得很熟，因為大家都在森林裡，經常一起生活。有一天，這個睒子還是像往常一樣披著鹿皮去為自己的父母打水。哪知道，正好碰上國王來打獵，誤以為他是一隻鹿，就射了一箭，把睒子給射中了。而糟糕的是，這支箭是毒箭。臨終前，這個印度孝子就把自己父

鹿乳奉親

這個故事被收錄在《二十四孝》中，在民間廣爲傳播，以致歷代統治者均視郯子爲德、才、威、雅的化身。郯子作爲春秋時郯國的第一任君主，除了有孝行，還非常博學，據《左傳·昭公十七年》記載，孔子曾求見郯子，向他學習少皞氏用鳥來命名官爵的原因。郯子死後，後人建郯子廟、郯子墓、問官祠藉以憑弔。據有關資料載，當時郯子廟中塑有「三聖」、「四賢」像，其中「三聖」像即爲孔子、老子、郯子。人們對郯子的崇拜之情由此可見。

母雙目失明、生活非常困苦的情況告訴了國王，請國王開恩，能夠照料自己的父母。最終，這件事感動了天神，天神賞賜給了仙藥，不僅使這位印度的孝子睒子死而復活，而且使他雙目失明的父母重見光明。後來，這個故事就隨著佛教的傳播傳遍了中國。大家如果到敦煌莫高窟去旅遊，就會看到敦煌壁畫裡面有睒子的故事。

中國自古就流傳著很多子女努力去滿足父母願望的感人故事，甚至在《三國演義》中也有一個「親所好，力為具」的典範人物。那麼這是怎麼回事呢？這個故事的主人公究竟是誰呢？

另外一個故事，叫懷橘遺親。在漢朝末年的時候有一位孝子叫陸績，字公紀。他六歲的時候，就到九江去拜見袁術，袁術一看這個小孩年齡雖小，但乖巧又有才華，就很喜歡他，拿了當時非常珍貴的橘子去招待他。而陸績卻悄悄地把兩個橘子藏在懷裡，等到跟袁術告別的時候，他跪下來行禮，懷裡的兩個橘子滾了出來。袁術很奇怪：我請你吃橘子，又沒有規定你吃幾個，你為什麼要把兩個橘子藏起來呢？陸績就跪著說：我媽媽一向很喜歡吃橘子，我想把這兩個橘子帶回去孝敬我的母親。袁術深受感動，陸績也因這件事情名聲顯赫，作為「親所好，力為具」的典範人物而留名青史。這個陸績不

懷橘遺親

這個同樣收錄在《二十四孝》中的故事，講述了東漢陸績作爲一個六歲孩童就知道愛母親的孝行。有詩歌頌他說：「孝順皆天性，人間六歲兒，袖中懷綠橘，遺母事堪奇。」《二十四孝》中有幾則是講述孩子的孝行的，這一類的故事突出一個主題，那就是愛父母是一種天性，是自然而然的人性。另外，這也回應了《孝經．開宗明義章第一》的「夫孝，始於事親，中於事君，終於立身」，即在人生的第一階段，在一個人是兒童的時候，就可以懂得孝順雙親。

是等閒之輩，也是歷史上的真實人物，《三國志》裡面有這個人的記載，他是今天江蘇蘇州一帶的人，大概公元一八七年出生，公元二一九年去世，活了三十出頭，很年輕就去世了。東漢末年，他是孫權手下的一個官吏，年紀輕輕就做到了鬱林太守。他這個懷橘遺親的故事非常有名，《三國演義》第四十三回《諸葛亮舌戰群儒　魯子敬力排眾議》，有一個人跳出來跟諸葛亮辯論，諸葛亮一看，陸績啊？就看著他笑笑說：「公非袁術座間懷橘之陸郎乎？」意思是：你就是那個在袁術面前往兜裡藏起兩個橘子的陸績啊？由此看出，陸績給諸葛亮的第一印象就是：你就是小時候藏橘子的那個人。

《弟子規》要求我們「親所好，力為具；親所惡，謹為去」，但是有時我們為了能讓父母高興，滿足父母的願望，可能會引起別人的誤解，甚至會給自己帶來很大的麻煩。那麼在這種情況下，我們還應該去做嗎？

「親所好，力為具；親所惡，謹為去」，這樣的故事在中國傳統中實在是太多了。而有的時候，古人為了做到這一點，還會引起別人的誤解。為了讓尊長高興，盡量地滿足尊長喜好，反而給自己帶來麻煩，讓人一時間看低了你，這個事情都是有的。

有一個非常著名的故事，叫毛義捧檄慰母心。這個故事見於《二十四史》裡面的《後漢書》。東漢時期，廬江人毛義家裡非常貧窮，但是他卻以孝敬母親而聞名。當時有一位南陽太守張奉，慕名到毛義家裡拜訪，正好碰到一件事情，什麼事情呢？因為毛義名聲太高，朝廷就委任他當安陽縣令，南陽太守到他家拜訪的時候，這個委任狀正好送到毛義家。南陽太守看到毛義歡天喜地，捧著這個詔書又跳又蹦地去跟媽媽稟告：媽媽，我當官了，媽媽，我當官了。這一下，南陽太守不就對他印象很壞嗎？原來你是一個熱中於功名的人啊！別人都說你很清高，怎麼剛收到委任狀就忘乎所以，歡天喜地。因此一時間大家對毛義印象很壞，覺得他就是個偽君子，一旦當官，尾巴都露出來了。毛義沒有申辯，然而幾年以後，毛義的母親去世，他馬上辭官回鄉，守著母親的墓再也不出來。朝廷幾次三番以更高的官位請他出山，都被毛義拒絕。這個時候，那位南陽太守和曾經誤解毛義的人才明白，毛義之所以在當時歡天喜地，活蹦亂跳，向母親報喜，就是想讓媽媽知道自己的兒子也有為社會服務的一天，有得到朝廷重用的一天，這都是為了讓媽媽高興而已，並不是說他內心真的多想當官，如果他官迷心竅，怎麼後來朝廷幾次三番徵召，他都不出來呢？這一下大家才知道，毛義真正是「親所好，力為具」，因為媽媽希望看到兒子有出息，所以我要努力去做。

這樣的故事在中國傳統中還有很多，像「親所惡，謹為去」在傳統當中也有數不清的故事。有些故事今天我們都難以理解，而且也沒有必要去效仿。但是我們可以看到，在古代的確有很多人是這樣去做的，這樣去對待尊長的。而《弟子規》裡面貌似簡單的話，都是從這些活生生的事例當中總結、歸納出來的。

很多人認為只要把父母照顧好了，就是孝敬父母。但是《弟子規》卻認為「身有傷，貽親憂；德有傷，貽親羞」，如果我們自己受傷了，或者自己品德有問題，也是不孝，這是為什麼呢？

古人講：「身體髮膚，受之父母，不敢毀傷，孝之始也。」我的身體、我的頭髮、我的皮膚都是父母給的，如果我**要孝敬父母，就應該善待自己，好好愛護父母給的這個身體，這才叫孝心**。所以古代的男子是不理髮的，都要把頭髮留著。但是古人有的時候也以此表示一種極端的感情：如果你收到女孩子帶過來的東西，發現裡邊有幾根頭髮，那麼事情就大了！你就要趕快把人家娶回來，因為這個女孩子已經認為我生是你的人、死是你的鬼了，因為連頭髮都給你了。男的也有這麼做的，一代梟雄曹操，行軍途中馬驚了，進了莊稼地，把莊稼給踩壞了。曹操事先約法三章，誰敢擾民，誰行軍踩壞莊稼，一律砍頭。這一下曹操自己的馬毀了莊稼，沒人敢砍曹操的頭，曹操也不打算砍自己的頭。這個時候怎麼辦？曹操拔出寶劍，割下一綹頭髮，給大家看：我割頭髮了，就替代砍頭。所以說古人把這個事情看得很重，叫作「身有傷，貽親憂」。你萬一受傷了，家長、尊長會擔憂的，那就是不孝。「德有傷，貽親羞。」如果品德有污點，這孩子也許沾染上很不好的毛病，如小偷小摸、賭博，有了一些不良的行為，這是讓尊長蒙羞的。你自己幹壞事，不僅本人要遭到大家的白眼，遭到大家的唾棄，而且大家還會說一句話：「養不教，父之過。」還有更俗的話，叫「有人生沒人教」。這都是罵到父母身上的，所以千萬不能胡來。

古人對孝敬的定義或者對孝敬方面的要求，實際比我們想像的要寬廣得多。我們今天的人活得很容易：父母餓不著、凍不著，父母萬一要出去，還開車送他們一段；父母生病了，有醫保，我還替爸爸媽媽找好醫院，我這就是孝敬。在古人看來，這是孝敬的一部分，不是孝敬的全部。你如果真要孝敬尊長，你就要**保護自己的身體健康，茁壯成長，潔身自好，遠離各種壞習慣，不要沾染壞毛病，這才叫眞正的孝敬**。所以我們不要把傳統文化當中的某些概念簡單化、狹隘化，好像我們認為孝道就是小輩對長輩好。其實不是這樣的，**孝是一種有機的互動，孝是尊長和小輩之間愛的交流，這樣的孝道絕對不是單方面的**。長輩和小輩之間的關係是非常複雜的，特別是在中國傳統社會大家族的背景下，不像今天那麼簡單，《弟子規》考慮了兩種因素：「親愛我」怎麼辦？如果尊長很愛我，很寵愛我，我應該怎麼辦？「親惡我」怎麼辦？如果尊長不喜歡我、討厭我，我應該怎麼辦？所以《弟子規》儘管很短，篇幅很小，但是言簡意賅，把方方面面的情況全部考慮到了。而這就是我們在下一講將要介紹的《弟子規》的內容。

第四講

親愛我，孝何難？親惡我，孝方賢。

親有過，諫使更[1]；怡[2]吾色，柔吾聲。

諫不入[3]，悅復諫；號[4]泣隨，撻[5]無怨。

1 更：改變。

2 怡：和悅。

3 入：指採納。

4 號：大聲哭。

5 撻（ㄊㄚˋ）：鞭撻。

在這個世界上，絕大多數父母都是非常疼愛自己子女的，但是當父母不喜愛我們的時候，我們做子女的應該怎麼辦呢？俗話說「天下無不是的父母」，可是在現實生活中，父母所說所做的一切難道都是對的嗎？如果父母犯了錯，子女又應該怎麼辦呢？針對這些父母和子女之間可能出現的複雜情況，《弟子規》究竟給了我們哪些好的建議呢？

《弟子規》接著講到的是「親愛我，孝何難？親惡我，孝方賢。親有過，諫使更；怡吾色，柔吾聲」。這段話的意思是，長輩很愛我，那麼我孝敬長輩有什麼難的呢？長輩很愛我嘛，那麼我也回報長輩以愛。「親惡我，孝方賢。」**如果尊長不喜歡你，甚至在某種程度上討厭你，在這樣的情況下，你還對長輩孝敬，這就顯出你的賢明了。**「親有過，諫使更」，如果尊長有一些過錯，有一些過失，有一些做得不當的地方，你應該勸諫，讓尊長有改過的機會。但是在勸諫的時候要「怡吾色」，你不能板著臉，用批鬥的態度去跟尊長說話，我們應該要笑嘻嘻地跟尊長進諫。「柔吾聲」，聲音要放低一點，輕柔一點，柔和一點。這是《弟子規》的規定。

長輩對孩子的愛實際上是普世的，這並不是我們中華民族所特有的，全人類幾乎沒有不愛自己孩子的父母，也幾乎沒有不愛孫輩的祖輩。在不同的文化裡面，在不同的傳統裡面，這種愛的表現形式會有所不同，但基本精神是一樣的。作家劉墉提到一段早期因紐特人的習俗：一旦孫輩出生，上了年紀的爺爺奶奶就會默默無聲地走向荒涼的冰天雪地深處，結束自己的生命。因為他們那裡的自然環境太嚴酷，沒有那麼多食物，養不活那麼多人。這是一種犧牲自我的愛。當然這是早期的因紐特人，在因紐特文化當中，它表現得更極端一點，這是由於自然環境的限制造成的。

中國以計劃生育為基本國策。據說，三十年前，最早一批領獨生子女證的有六百八十多人；三十年後的今天，中國的獨生子女已經超過一億。而現在「獨二代」已經來到這個世界上了。一般而言，一個孩子起碼有六個長輩寵著：爺爺、奶奶、外公、外婆、爸爸、媽媽，真的是六雙手捧著怕掉了，六張嘴含著怕化了，所以現在的孩子都非常受寵。「親愛我」，在今天應該不是個問題。長輩愛小輩，在今天怎麼會是個問題呢？但是也恰恰是在今天，孝的缺失成了一個社會問題。如果按照《弟子規》講：「親愛我，孝何難？」長輩愛我，我孝敬他有什麼難的？但是恰恰在今天，好像孝敬變得很難，這裡面就有值得我們深思的問題。

在這個世界上，絕大多數父母都是非常疼愛自己的子女，那麼父母疼愛我們，我們做子女的當然也要孝敬父母，但是當父母不喜愛我們，甚至討厭我們的時候，我們做子女的還應該不應該孝敬父母呢？

《二十四孝》的第一孝是什麼呢？孝感動天。這是舜的故事，舜是傳說中遠古的帝王，五帝之一，他的父親瞽瞍（ㄍㄨˇ ㄙㄡˇ）和他的繼母還有一個孩子叫象，四個人組成一個家庭生活在一起。瞽瞍是一個有點癡傻的人，舜的繼母和舜同父異母的弟弟象幾次想害死舜，比如舜修補穀倉時，他們兩個人在下邊放火，想要把舜給燒死，結果舜就拿著兩個斗笠從穀倉上跳了下來；舜在挖井的時候，他的親生父親瞽瞍和他的同父異母弟弟象就在上面倒土，準備把舜給活埋了，舜便挖了一個「U」字形地道逃掉了。即便這樣，舜依然對父母非常孝順，對異母弟弟非常關愛，所以舜的孝行感動了天地。在中國的傳說當中，舜在歷山耕種，幾隻大象幫他耕地，鳥代他除雜草。堯帝聽說了舜的這種德行，就把自己的兩個女兒嫁給了舜，並且把王位禪讓給了他。舜在做了天子以後，依然對他的父親以及很憎惡他的繼母恭恭敬敬，恪守孝道，還把他那個異母弟弟封為諸侯。

中國自古就流傳一句話：「天下無不是的父母。」但是《弟子規》卻提出「親有過」，認為父母也會犯錯。那麼在現實生活中，父母所說所做的一切究竟是不是都是對的呢？如果父母犯了錯，做子女的又應該怎麼辦呢？

讀古書千萬不能掉以輕心，不能想當然。《弟子規》當中有句話叫「親有過，諫使更」，尊長如果有過錯，那就要加以勸說，使長輩改過。大家千萬不要小看這六個字，因為我們是不是一度認為「天下沒有不是的父母」？我們是不是也一直聽說，父要子死，子不得不死？我們是否把這些說法當作儒家的傳統？當作中國的傳統？我們一度都是這麼認為的。但是，《弟子規》告訴我們，這可不是中國真正的傳統，中國傳統裡沒有「天下沒有不是的父母」這種精神的。中國傳統裡的精神，恰恰是《弟子規》所講的「親有過」，也就是說尊長也是可能犯錯的。換句話說，父母也不見得是全對的。碰到這種情況，你就要「諫使更」，為什麼用勸諫的「諫」字，因為儒家是講長幼有序、尊卑有序的。**尊長有錯，小輩可以批評，但是因爲你是小輩，所以你對尊長的批評要格外地注意方式方法，應該採取諫的方式**。什麼叫「諫」？按照《現代漢語詞典》的標準解釋：用言語規勸君主或尊長改正錯誤。一般來講，勸諫的態度要尊敬，語言要婉轉。而在現實生活當中，也有長輩確實有做得不妥的地方，小輩給長輩指出來時往往不注意場合，不注意態度，不注意方法，不注意言語，上去就是一通指責：你歲數這麼大了，怎麼還不懂道理啊？

這種做法是不對的，在傳統文化當中是不允許的。傳統文化當中承認尊長可能犯錯，傳統文化當中也承認小輩有權利，甚至是應該向長輩指出他的錯誤。但是同時，**小輩必須注意自己的態度，注意自己的言語，考慮到自己的身分，維護尊長的地位和威信，這是傳統要求**。而這一點我們現在往往不注重。所以《弟子規》要求小輩首先要做到「怡吾色，柔吾聲」。你不要鐵青著臉跟長輩說話，你要笑嘻嘻地、輕輕鬆鬆地、婉轉地向長輩進諫。而且你這個聲調也不要太具有刺激性和針對性。在這方面，我碰到過一件事情，有的時候我們還真的要向一些小孩子學習。

我有兩位朋友，他們是一對夫妻，兩人關係很好，但性子都急，動不動就掐架。有一次，他們又吵架了，你一句，我一句，你不讓我，我也不讓你，都沒有做到「怡吾色，柔吾聲」。這個時候，他們的兒子睡醒了，坐在牀上看著他爸爸媽媽吵架，鼓起了掌，還說：加油加油，爸爸加油，媽媽加油。這麼一弄夫妻倆還吵得下去嗎？吵不下去了，又沒有什麼深仇大恨。從今往後，他們家就形成一個非常有趣的習慣，就是夫妻兩個剛想掐架，突然就說：要不咱們再加次油？也就不再吵了。其實倒是這個孩子在「親有過，諫使更；怡吾色，柔吾聲」，他做得最好。

《弟子規》指出，如果父母有過錯了，子女應該和顏悅色、態度誠懇地規勸父母改正，但是有時即便我們好言勸諫，父母也不一定就會接受。那麼如果父母非常固執，不聽我們的勸說，我們又該怎麼辦呢？

《弟子規》接著講到的是：「諫不入，悅復諫；號泣隨，撻無怨。」如果你進諫了，尊長不聽，你等時間長了尊長心情好一點了，再次勸諫。如果勸諫還不聽，那小輩就不惜哭諫，你要哭：爸爸，你這樣不對，媽媽，你這樣不對。這就是「號泣隨」，緊接著就來這一手。假如你哭得太煩人，把長輩惹惱了，揍了你一頓，你還要無怨，這就是「撻無怨」。《弟子規》裡的這些話在歷史當中都是有依據的。

歷史上有一個「號泣隨」的故事，這個故事的主人公就是鼎鼎大名的唐太宗李世民。只不過那個時候他還沒有當皇帝。隋唐之際，李世民的父親李淵率軍東征西討，兒子李世民是他手下最重要的將領和最重要的助手。根據《資治通鑑》的記載，李淵起兵的第一仗是從太原開始的，當時他擔任太原留守。碰到的第一個勁敵就是一個叫做宋老生的人，在這一仗剛要打的時候下起了連綿陰雨，一時間道路泥濘，軍糧匱乏。這個時候又傳來一個消息，說李淵的另外一個對頭劉武周居然和北方的突厥聯手，準備抄李淵的後路。那麼這個仗現在怎麼打？前面有勁敵，後面有追兵，李淵和很多人決定退回太原，這仗不打了。但李世民認為劉武周要抄後路的消息是訛傳，堅持應該堅定軍心，攻滅對面的這個宋老生。李淵不聽，斷然地拒絕了李世民的勸諫。李世民勸諫了幾次，李淵都不聽。怎麼辦？撤軍令馬上就要下達了。情急之下，李世民來到了李淵住的帳篷門口，但是守衛的親兵不讓李世民進去，李世民就在帳篷外面號啕大哭，哭聲震天，這一下把李淵給哭醒了。李世民通過最後一次努力，讓李淵接受了自己的建議堅持打下去。這一仗在某種意義上講是影響了中國歷史進程的。如果沒有這一仗，後面有沒有唐朝的誕生也很難説。這個「號泣隨」的故事，也叫「哭諫追師」。

《弟子規》要求我們勸諫父母，除了要做到「號泣隨」，還要做到「撻無怨」，也就是即使父母責打我們，我們做子女的也應該毫無怨言地接受。然而在當今社會，父母責打子女的情況已經很少了，那麼在古代如果父母責打子女，做子女的又是否能夠做到《弟子規》裡要求的「撻無怨」呢？

在中國古代有一個伯俞泣杖的故事。韓伯俞是漢代梁州人，非常孝順他的媽媽，媽媽也很疼愛這個兒子，希望他能早日成材，所以對他要求很嚴厲，只要韓伯俞做錯事情，媽媽就用手杖揍韓伯俞。每當這個時候，韓伯俞都是低著頭、躬著身乖乖地挨打，不申辯，也不哭，直到母親打完了，氣消了，他才「怡吾色，柔吾聲」地向母親解釋，比如不一定是兒子做錯了，可能是你老人家誤解了等等，一定要讓媽媽轉怒為喜，韓伯俞才高興。後來，韓伯俞年紀大了，母親也老了。有一次，韓伯俞又因為一件事情惹老太太不高興了，老太太拎起手杖就要教訓兒子，韓伯俞像過去一樣不聲不響地低著頭、躬著身讓媽媽打。但是打了兩下，老太太突然發現韓伯俞哇哇哇地哭。老太太很震驚：小時候我打過你很多次，你從來不哭，怎麼今天你突然哭了？是不是媽媽把你打疼了？哪知韓伯俞說：母親，您以前是打疼我的，那讓我知道您身體健康，有力氣，所以我內心還很慶幸。可今天您打我，我一點都不疼了，我就知道您年紀大了，身體不好了，所以我才哭啊。

關於伯俞泣杖的故事，被民間傳為佳話。在今天安徽的一個鄉村，村後有一個祠堂的遺址，這個祠堂就叫泣杖祠，以馴化後人。

伯俞泣杖

這個故事記載於西漢劉向所著的《說苑．建本》。元代關漢卿在《陳母教子》第三折中也曾提及：「你孝順似那王祥臥冰，你恰似伯俞泣杖。」《陳母教子》全名《狀元堂陳母教子》，現傳版本有明萬曆間脈望館鈔校內府本、《孤本元明雜劇》本，寫的是宋代馮氏教子讀經，三子先後皆中狀元，母賢子孝，奉旨加官賜賞的故事。

伯俞泣杖的故事告訴我們，古人確實能做到《弟子規》所提出的「撻無怨」，然而這種「撻無怨」，在我們現代人看來還是有些難以理解，難道說讓父母隨便地責打，這就是孝順嗎？

儒家當然絕對不是一味地認同尊長對小輩進行鞭撻體罰，儒家有一個規矩叫「小杖受，大杖走」。大杖和小杖不是指棍子的大小，而是指打得重和打得輕。儒家强調，如果長輩輕輕地打你幾下，你就熬一熬，讓長輩的氣散一散。但是如果長輩暴打你一頓，你就要趕緊逃掉，不能讓長輩打。這也是有依據的。第一，說明儒家對體罰不是完全認同的，儒家從來沒有完全認同過長輩可以隨意對小輩進行體罰，體罰是有一定限度和節制的。在傳統中，一個非常重要的儒家聖人級人物曾子身上就發生過這樣的故事。

有一次曾子的爸爸認為曾子做錯事了，就拿起一根棍子劈頭蓋臉地打過去。曾子認為自己很孝順，所以沒有逃避，結果被老人家一棍子給打暈了。過了不久，曾子醒過來了，頭上頂著一個巨大的包，跑去把這件事情告訴孔子。他滿以為孔子會表揚他很孝順，被老爸這麼揍了都不逃。哪知道孔子狠狠地教訓了他，說：你以為你這是孝？我告訴你，應該小杖受，大杖走。老人家火氣這麼大，這樣打你，你不走，萬一老人家失手把你打死了怎麼辦呢？萬一老人家不知輕重把你打傻了呢？這不是讓你的父親擔

曾子受杖

這個故事記載於《孔子家語》，原書二十七卷。《漢書·藝文志》對此書有過記載，原本早已佚失，今本十卷，是三國時期魏國經學家王肅收集整理的。王肅的父親就是《三國演義》中被諸葛亮罵死的王朝，而他的女婿正是「司馬昭之心，路人皆知」的司馬昭。

上殺人罪名嗎？這難道是孝嗎？

這是一個儒家非常經典的故事。換句話說，這個時候你要採取逃的方式，以免父親因為一時火氣大而傷人或殺人。如果讓父親背上了這樣的罪名，做兒子的反而是不孝。所以我們現在很多人在討論傳統文化時，認為長輩可以隨便打小輩，小輩怎麼都不能反抗，認為很殘酷，其實這個話是不對的。《弟子規》的「撻無怨」也是有界限的，不是說怎麼打都無怨，而是說小杖、輕微的、不傷害身體的、懲戒性的懲罰你不要怨。但是如果是大杖，你就要走。

《弟子規》要求我們孝敬父母，要做到「撻無怨」，然而在當今社會，是不提倡父母打孩子的，那麼對於今天的孩子，還有必要要求他們做到「撻無怨」嗎？

至於「撻無怨」，就是如果長輩要打你、揍你，你不要心懷怨恨，這在中國傳統當中是理所當然的，但在今天就不一樣了，今天哪個長輩拎著個棍子追著小輩跑？一般是沒有的。現在我們强調長輩對小輩、老師對學生不能實行體罰。實際上體罰這個問題不能簡單地看，這裡有兩個關於「撻」的例子。第一，二〇〇六年英國通過一項決議，允許教師在合適的情況下，採取包括身體接觸在內的方式强制學生遵守紀律。換句話說，不排除可以動手的。第二，如果大家今天到新加坡去旅遊，就會發現新加坡中小學教室的後牆上都掛著一把戒尺，但是輕易不用。用這把戒尺有好多嚴格的規定，比如要有兩個教師同時在場、只許打孩子的手心，絕不能打頭，否則那是違法的。所以「撻」的問題很複雜，我們如何理解它，實際上是需要考慮不同的文化背景、不同的社會情況，要非常慎重。

著名作家張大春有一兒一女，哥哥叫張容，妹妹叫張宜。張宜這個女孩非常可愛，但是有一個毛病——經常丟東西，曾經連續丟了三根直笛，而最後一次她把哥哥的直笛借過去也丟了。張大春想要管管這個事情。張大春小時候也經常丟東西，只要不是長在身上的東西都會丟掉。張大春的尊翁因此狠揍了他一頓，張大春說，從那以後不長在我身上的東西也像長在我身上一樣，再也沒丟過東西。張大春今天準備對女兒動「大刑」，他在家裡猶豫了半天，做了非常詳盡的布置和各種心理準備，像上戰場一樣準備了一根比直笛粗一倍的棍子，拿在手上等女兒回家。趁女兒還沒回家，他一個人在家拿著這根棍子先試試輕重，右手拿棍子打自己左手幾下，左手拿棍子打自己右手幾下，女兒還沒挨打，爸爸先把自己揍了半天。總算等到女兒回來了，他還下不了決心動手，先跟女兒進行說理教育：你認為一而再、再而三地丟東西該不該打？女兒看著他，搖搖頭：不該打。張大春一下就暈了，他原來滿心指望女兒說該打，他就可以心安理得地輕輕打兩下，但現在女兒說不該打。張大春就問他女兒：你以為爸爸喜歡打你嗎？他的潛台詞是我不喜歡打你，我也不捨得打，但是我必須打。哪知道女兒看著爸爸笑著說：你就是喜歡打我。這又把張大春搞暈了，過了一會兒，張大春連那根棍子都找不到了。所以大家看，父母真要下決心打孩子，那得下多大的決心啊！

所以，《弟子規》裡面的「撻無怨」在今天實際上是基本談不上的。

《弟子規》充分地考慮到了尊長和小輩之間相處會出現的各種場景，接下來就考慮到當尊長老了以後，當尊長身體不好、生病以後，小輩應該怎麼樣對待尊長。請大家看下一講。

第五講

親有疾，藥先嘗；晝夜侍，不離牀。
喪三年，常悲咽；居處變，酒肉絕。
喪盡禮，祭盡誠；事死者，如事生。

俗話說，久病牀前無孝子，那麼如果父母身體不好，父母生病了，子女又應該怎樣做，才是眞正的孝順呢？《弟子規》在「入則孝」的篇尾還提出，如果父母去世了，子女應該遵守的規矩和禮儀，但是現在時代不同了，《弟子規》的要求還有必要遵守嗎？

尊長或者父母、親友，都是吃五穀雜糧的凡人，既然吃五穀雜糧，那麼誰都逃不過病這一關。一般的人上了年紀，往往會出現這樣那樣的病痛。遇見尊長生病了，小輩應該怎麼做？這也是《弟子規》考慮的一個方面。

《弟子規》講：「親有疾，藥先嘗；晝夜侍，不離牀。」如果尊長生病了，小輩要先把藥嘗一嘗，要白天黑夜伺候在病人身邊，不要離開尊長的病牀。這裡邊當然也有幾點要解釋的。古代的中國人，起碼漢族人，基本上都是服用湯藥。而藥煎煮好了以後，小輩應該先嘗一嘗，是不是太燙？然後再給尊長服用。我小時候時常看到祖母喝藥，當時覺得很奇怪，以為藥好喝，因為我看見父親、姑媽給祖母送藥的時候，都自己先嘗一口的。有一天，我見奶奶碗裡剩下一點藥，就偷喝了一口，這一口差點沒苦死，這是我第一次知道中藥有多苦。而「晝夜侍，不離牀」，這個牀就是指我們今天這樣的牀，惟一不同的是，古人睡的大都是架子牀，牀外邊還有一塊踏板，旁邊有個櫃子，有的牀旁邊還有個小椅子，可以讓人坐在上面守夜，或者躺在踏板上的。在古漢語裡面牀的意思很多，但是，《弟子規》裡這個牀毫無疑問就是指我們今天睡的牀。而這樣的語句我們也要注意，《弟子規》、《三字經》等中國蒙學讀物，貌似簡單，其實不簡單。裡邊的話應該說每一字都有來歷，舉了那麼多歷史故事，就是要說明它是從歷史事實當中總結出來的，而且有的時候，甚至整句都是從古籍當中來的。比如這裡「親有疾，藥先嘗」就來自於《禮記．曲禮下》：「親有疾，飲藥，子先嘗之。」所以《弟子規》就把《禮記》裡的話，重新做了一個安排，採用到這裡。

一個人是否真正孝順，在父母生病的時候最能夠看出來，尤其是當父母病重，長時間臥牀不起的時候，更是考驗著子女的孝心。而在中國古代就有很多盡心盡力照顧久病父母的故事，其中尤其以漢文帝「親嘗湯藥」的故事最為感人，那麼這個故事究竟有什麼特別之處呢？

小輩在尊長有病的時候要先嘗湯藥，要衣不解帶，這是中國傳統提倡的很基本的孝心。這樣的例子，這樣的故事，翻開史書，觸目皆是。在這裡，我再從《二十四孝》裡邊舉一個例子。

這個故事叫親嘗湯藥，故事的主人公不是一般人，而是漢文帝。劉邦建立了西漢政權，漢文帝就是劉邦的第四個兒子，叫劉恒。劉恒是一個有名的孝子，他對母親非常孝順，從來也不怠慢。

他還沒有成為皇帝的時候，母親得了病，這一病就是三年。劉恒急壞了，他貴為皇子，親自為母親煎湯藥，日日夜夜守護在母親的病牀前，每次都要等到母親睡著了，他才趴在牀邊睡一會兒。漢朝的時候是沒有牀的，漢朝人像日本人今天的睡法一樣，也是睡在地上，所以劉恒就在台階底下，或者在母親的臥席旁邊，趴著睡一會兒。他每天都為母親煎藥，而煎完了藥以後，自己總是先嘗一口，看看藥苦不苦，燙不燙，自己覺得差不多了，才送給母親喝。這個故事見於《史記·袁盎晁錯列傳》。劉恒孝順母親的故事，在朝野廣為流傳。當然，也有學者講，他之所以要親自嘗一嘗湯藥，是為了防範別人對他母親下毒，因為那個時候有宮廷鬥爭。如果真是這樣，不正說明劉恒的孝心更大嗎？因為如果有人下毒，不是他先死嗎？而我們說的久病牀前無孝子，也是中國過去一種看透世態炎涼說的話，但是劉恒毫無疑問是個例外，母親臥病三年，他一直這麼伺候。漢文帝以仁孝之名聞天下，是中國歷史上一個盛世的主人公，他在位期間，漢朝很快恢復了生機，人口快速增長，社會生產快速恢復。他多次頒布詔令，要賑濟孤寡老人，還在國子學中設立了《孝經》博士，提倡講授《孝經》。所以他在位的時候贏得了民心，改良了社會風氣，培養起了社會的一種內在生機，這就有了著名的「文景之治」。

《禮記》

中國古代一部重要的典章制度書籍，編訂者是西漢禮學家戴德和他的侄子戴聖。戴德選編的八十五篇本叫《大戴禮記》，在後來的流傳過程中若斷若續，到唐代只剩下了三十九篇。戴聖選編的四十九篇本叫《小戴禮記》，即我們今天見到的《禮記》。這兩種書各有側重和取捨，各有特色。東漢末年，著名學者鄭玄爲《小戴禮記》做了出色的注解，後來這本子便盛行不衰，並由解說經文的著作逐漸成爲經典，到唐代被列爲「九經」之一，到宋代被列入「十三經」之中，爲士者必讀之書。

晚清名臣張之洞，是清朝洋務派的代表人物，素來非常孝順父母，但是在一封家書中，張之洞卻承認自己犯了大不孝之罪，是個不孝子。那麼張之洞究竟做了什麼大不孝的事呢？

我再舉一個非常著名的人物張之洞，這是一個了不起的人，在中國清朝晚期向西方學習的過程當中，他是立過大功的。今天的武漢之所以有如此好的基礎，是離不開張之洞的。而他，也是一個非常孝順的人。

張之洞在外邊當官時，尋找了很多補藥寄回家去，但是這補藥不一定適合他父母服用，所以他父母一服用，胃就不舒服了。張之洞就寫了一封信給他父母，說：「今若果係胃病，由誤服補藥所致，則兒之罪實通於天。」（《致雙親書》）他說，我的罪通於天，好心幹了壞事，馬上檢討。怎麼檢討呢？「不知醫道者，不可以為人子。」這是中國古代傳統。就是說，如果子女對醫學的東西一點都不懂，是沒有做兒女資格的。中國古代為什麼有那麼多民間中醫？古代又沒有像今天中醫藥大學這樣的學校，而是父母久病，子女成良醫。父母病，為了盡孝，嘗藥，不停地嘗——中醫是一個經驗科學，然後慢慢自己就通醫理了，就成為醫生了，而張之洞接著講：「兒枉讀書二十餘年，而竟於事親之道，有所未盡，且罔輕重，陷父親大人於此，更痛恨無極。」他是進士出身，一甲第三名，就是探花，他說自己枉讀了二十多年書，居然對於伺奉尊長之道都沒有學透，沒有學精。他不懂醫，所以心裡過不去。接下一段話可真的是太感人了。他說：「昨日考試生員，出題『父母惟其疾之憂』，試卷中有袁凡一篇，誠摯剴切，已令兒揮淚不已，且看今日坐堂上，以此命題，皇然一孝子面目，而不知身已犯大不孝之咎。」什麼意思啊？張之洞說，昨天他當考官去考試生員，考試秀才，因為父親生病，所以他出了一道題，叫「父母惟其疾之憂」。其中有一個叫袁凡的考生寫了一篇文章，讓張之洞深受感動。感動之餘，他說：我真的是不像話，父母惟其疾之憂，「皇然一孝子面目」，不知道的人還真以為我是大孝子，我坐在考台上出了這麼一個題，「而不知身已犯大不孝之咎」，誰知道我犯了大不孝的過錯啊？因為我不懂醫道，沒有好好讀書，誤把不合適的補藥寄給了父親，導致父親不適。

一代名臣張之洞對孝道有這樣的體驗，這當然很難得。我們今天在醫院裡經常看到陪父母檢查身體的小輩，這些小輩不僅是為了尊長跑前跑後，而且好多小輩會盯著醫生一個個問題問：這個藥到底有什麼用？吃了有什麼副作用？可不可以多吃點或少吃點？這就是孝子，就是孝敬，因為藥不是他吃，他是陪著父母或者尊長來，這就很感人。

《弟子規》在「入則孝」的篇尾還提出，如果父母去世了，子女應該遵守的規矩和禮儀。那麼《弟子規》都提出了哪些具體的要求呢？為什麼父母去世後，古人首先要求子女必須守孝「三年」呢？

在中國傳統中，小輩盡孝道還有一個非常重要的組成部分。《弟子規》是按照順序講下來的，前面講到了尊長生病，那麼後面就會講到尊長的身後事。所以，**中國傳統小輩對尊長盡孝道，還有一個非常重要的事情要做，那就是妥帖地辦好尊長的喪事。**

《弟子規》講：「喪三年，常悲咽；居處變，酒肉絕。喪盡禮，祭盡誠；事死者，如事生。」喪三年，你要守三年之喪，這是中國最重的喪，守三年之喪，要經常感到悲哀，有的時候你會哭泣，會哽咽；「居處變」，你日常居住的地方要改變；「酒肉絶」，你不能再喝酒吃肉了；「喪盡禮」，喪禮要完全按照禮節來辦；「祭盡誠」，祭祀的時候，一定要誠心誠意；「事死者，如事生」，你對待死者要像他還活著時那樣。這是《論語》的話，《弟子規》引用過來。

為什麼說「喪三年」？為什麼說父母去世子女要守孝三年？這個三年實際上是二十七個月，九個月算一年。所以守孝二十七個月以後才出這個喪期。為什麼是二十七個月呢？按照中國傳統的認定，哺乳期二十七個月，所以子女應當在父母過世後守孝二十七個月，這是當三年的說法。按照傳統的喪禮，不能再住在原先的房子裡，過去講究的人家要陪著已逝的尊長，在墓地旁邊搭著茅草屋住著，而住的時候，不能用枕頭，不能用牀，鋪上一點稻草睡下，拿一個土塊做枕頭，這是中國傳統當中，對於喪禮的標準要求。在守孝二十七個月的過程當中，絕對不能喝酒，不能吃肉，很多事情都要斷絶。中國古人把守孝看得很重，如果家裡尊長去世，無論是當多大的官，知道情況以後要馬上報丁憂，立刻向皇帝稟告，回家守孝三年。如果正好趕上三年喪，考科舉都不能參加，如果瞞著去考，被查出來或者被檢舉，你一輩子就完蛋了。假如國家有大事，你又身居要職，而這個時候家裡邊又有尊長去世的話，那麼皇帝就要下令奪情，頒發詔書，因為國家離不開你。而這個時候，所有的臣子都是要再三推辭：我一定要回家守孝，我不當官了。這個時候皇帝要求你「移孝作忠」，把你的孝心移過來，作為對國家的忠心。

如果一個人移孝作忠，為國家效力，不僅會得到很多人的尊重，有時候還會得到敵對方的尊重。明朝末年，清兵入關，跟明朝打仗，有一位兵部尚書盧象昇丁憂，被崇禎皇帝奪情，派去率兵打仗，結果盧象昇戰死在前線，幾千鐵騎也隨之全部犧牲。這個時候，清兵要找盧象昇，他們知道明朝有個兵部尚書戰死了，但橫屍遍野，屍體也不好辨認，怎麼才能找到盧象昇的屍體呢？這個時候，有人找到了。因為盧象昇身上穿的是盔甲，裡面卻是麻衣，就是孝服。清兵雖是明朝的敵對方，但依然下令厚葬盧象昇。因為清兵認為這個人道德非常高尚，所以大家非常尊重他。這就是中國傳統當中非常有名的故事。

眾所周知，董永和七仙女的故事，是一個美好的愛情故事，但是我認為，這個故事其實是一個關於孝，關於「喪盡禮，祭盡誠」的故事，這是為什麼呢？真實的董永和七仙女的故事究竟是怎樣的呢？

董永是東漢時期樂安國人，就是今天山東濱州和博興、高青這一帶人。董永少年喪母，因為要躲避戰亂，就逃到了安陸，也就是今天湖北境內。逃過去以後，董永父親又亡故，董永就把自己賣給了一個富豪人家做奴僕，用這個錢來埋葬自己的父親，這就叫做賣身葬父。在出工的路上，董永在槐蔭遇見一個女子，這個女子跟他講：我也無家可歸，孤苦伶仃的，不如咱們倆結為夫婦吧！於是，兩個人就結成了夫婦。隨後，這個女子用一個月的時間織成了三百匹錦緞，幫董永把自己給贖出來了。而返家時經過槐蔭這個地方，這個女子告訴董永：我是仙女，奉老天之命，來替你還債，因為老天覺得你是大孝子。言畢，這個仙女凌空而去。後來，這個故事改變了一個地名——槐蔭，槐蔭後來就改名為孝感。二十世紀五十年代，著名黃梅戲表演藝術家嚴鳳英和王少舫主演了電影《天仙配》，這是一個纏綿悱惻的愛情故事，實際上最早記載這個故事的是東漢劉向的《孝子傳》，裡面只有董永賣身葬父，沒有他認識的七仙女。這個故事後來才被加進了愛情的成分，才有了一個七仙女。誰加的？是曹植——曹操的兒子，他寫了一首樂府，叫《靈芝篇》：「董永遭家貧，父老財無遺。舉假以供養，傭作致甘肥。責家填門至，不知何用歸。天靈感至德，神女為秉機。」就是說，董永小時候窮得不得了，長輩也沒給他留下遺產，他經常借錢供養自己的父親，還常去為別人打工，去換點好吃的來伺候自己的父親，結果滿門都是來討

曹植

曹植（一九二年—二三二年），字子建，沛國譙（今安徽省亳州市）人，後世將曹植與其父曹操、其兄曹丕合稱「三曹」。曹植自幼穎慧，長大更是出言爲論，落筆成文，深得曹操的寵愛。曾作著名《七步詩》：「煮豆持作羹，漉菽以爲汁。萁在釜下燃，豆在釜中泣。本自同根生，相煎何太急？」取譬之妙，用語之巧，在刹那間脱口而出，令人嘆爲觀止。而「本是同根生，相煎何太急」兩句，千百年來已成爲人們勸戒兄弟鬩牆、自相殘殺的普遍用語。

債的人。由於欠了很多債，而董永不知道要怎麼還，在這樣的情況下，老天被董永至高無上的道德給感動了，天上就來個神女，為他織布。這個故事後來到了晉朝、唐朝越拉越長。在唐朝以後的故事裡，董永和七仙女還有個兒子叫董仲，這個兒子長大以後還要找自己的仙女媽媽，所以這個故事越來越豐滿，越來越豐富。這裡面寄託著我們這個民族的傳統文化對於孝的至高無上的評價。因為傳統中國人都相信孝子必有好報，所以大家覺得董永賣身葬父以後怎麼沒故事了，董永就這麼把自己給賣了，但這不公平啊。於是便給他找個太太，這個太太要美麗、賢慧、能幹，於是找了個仙女，找了個沒有任何缺點的太太，然後大家把一些美好的意願、美好的心願全部填充到這個故事裡去，七仙女的故事是由孝到愛，有這樣的演變過程。這樣我們才能更好地理解我們傳統文化當中對孝的定位。

現在時代不同了，《弟子規》裡針對父母亡故後，子女應該遵守的規矩和禮儀，並不完全適用於當今社會，所以我們學習《弟子規》並不是要效法古人的行為，而是古人的孝心。那麼關於「喪盡禮，祭盡誠；事死者，如事生」還有什麼感人的故事呢？

這個故事也很感人，叫聞雷泣墓，出自《晉書·孝友列傳》。魏晉時候，有一個叫王偉元（名裒，字偉元）的人，博學多能，他的父親王儀為人正直，敢於直言，結果被司馬昭殺了。王偉元認為自己的父親是含冤而死的，所以就到父親的墓旁邊隱居起來，終身不向西坐，因為那時候晉朝的首都在他的西面。王偉元的母親在世的時候，只要一聽到打雷就害怕，死後埋葬在林子裡。每當風雨交加、雷聲轟鳴的時候，王偉元就會跑到母親的墳前，跪在那裡，他跟母親講：兒子在這裡，媽媽不要害怕。這就叫聞雷泣墓。王偉元很有學問，他以教書為生，只要念到《詩經．蓼莪》裡「哀哀父母，生我劬勞」這一句，就淚流滿面，意思就是我想到我的父母，生我養我是如此辛勞。

孝在中國古代是子女善待父母長輩的倫理道德行為，孝的觀念產生得非常早，甲骨文裡就有孝字。古代的孝字是象形字，孝是一個老人家，手搭著孩子的頭在走路，子在下面，老人手扶著孩子，靠著孩子在走路，這就是孝。孝的基本道理是奉養雙親，然後引伸出來尊敬長輩。孝的內核是一種人與人之間的親情，是處理家庭中長輩和兒女之間關係的最基本的倫理道德準則。所以《禮記》裡講：夫孝者，天下之大經也。孝是一切德行的起點，是一切德行的大經大本，是放之四海而皆準的社會人倫基本法則。儒家認為，仁的基礎是孝，一切德行的根本是孝，儒家治理國家，維持社會的存在都是以道德教化為基礎，道德教化又以孝行為根本。所以傳統中國文化認為，天下沒有不是孝子的忠臣，自古忠臣出孝子，這是傳統文化對於孝的一種最通行的闡說和定義。

《弟子規》講完了小輩和尊長之間的這種關係，小輩應該守的禮節，小輩應該遵守的規矩以後，接下來談的是，當孩子要走出家族、走出自己

《詩經．蓼莪》

《蓼莪》（ㄌㄨˋ ㄜˊ）是《詩經．小雅》中的一篇，爲悼念父母的祭歌。蓼：長又大的樣子。莪：一種草，即莪蒿。李時珍在《本草綱目》曾提到：「莪抱根叢生，俗謂之抱娘蒿」文中所引是講述父母生養子女的不易。

的小家門、出去面向社會的時候，或者走出小家庭進入大家族的時候，應該注意什麼禮節？應該掌握什麼規矩？請大家繼續看下一講。

第六講

兄道友[1]，弟道恭；兄弟睦，孝在中。
財物輕，怨何生？言語忍，忿自泯[3]。

[2]

①道：應遵行的道德原則。
②友：友愛親近。
③泯：滅。指消失化解。

《弟子規》在開篇總敘部分，就告訴我們「首孝悌，次謹信」。就是說一個人必須首先學會遵守「孝道」和「弟道」。毫無疑問，「孝」在中國傳統美德中居首位，可是「弟」爲什麼也如此重要呢？「孝」和「弟」之間究竟是一種怎樣的關係？在中國傳統社會，弟道曾經起到了怎樣重要的作用？關於如何履行弟道，《弟子規》又做出了哪些具體的要求呢？

這一講是《弟子規》的第三部分：出則悌。出，小而言之就是指離開自己的房間，中而言之就是離開自己的家庭，大而言之就是離開自己的家族。換句話說，要和別的人去交往，要進行某種社會交往，就叫出。弟，原來的意思是指兄弟友愛。

在第三部分開始，《弟子規》講的是：「兄道友，弟道恭；兄弟睦，孝在中。」作為兄長，對弟弟要友愛，而作為弟弟，對兄長要恭敬。兄弟和睦，孝也就體現在其中了。傳統中國的家族意識非常强，往往一個家族的兄弟，舉族同居，不分炊，他們共用一個廚房。而且這個兄弟不是指一母所生的兄弟，有的時候是同高祖、同曾祖、同祖的兄弟。我們今天叫叔伯兄弟、堂兄弟，整個家族是住在一起的，一起維持一個大食堂，而不是每家每戶有個小食堂開點小灶，這就是美德。如果要分炊，一般人家都認為，你們的家庭不和睦了，每人打小九九（編注：打算盤）。如果要分家，那是天大的事情。周圍的人就會覺得你這個家族有點怪，所以在中國古代是聚族而居的，一個家族幾百口人住在一起。那麼這樣大規模的一種家族形態，人數如此之多，這個家族怎麼管理？我們現在都在講企業管理，社會管理，大學裡面有MBA班、

EMBA班，實際上我們應該回頭看看，中國傳統是怎麼管理龐大的家族的，這裡邊有極大的智慧。

講求弟道，就是中國傳統社會，維繫無數龐大家族和順、友愛的極大智慧。而被中國百姓傳誦千百年的「孔融讓梨」、「趙孝爭死」等故事，也正是兄弟友愛、履行弟道的典範。那麼在中國傳統社會的大家族裡，弟道究竟是如何得以體現的，又能夠產生怎樣巨大的作用呢？

有個叫陳昉的人，家裡有一百多條狗，大家看到這裡很奇怪，我們在談出則悌，談人與人之間的弟道，怎麼還帶上狗了？這故事妙就妙在這裡。陳昉是宋朝人，他們家是一個備受矚目的大家族，十三代人居住在一起，可能是古代中國一個很高的記錄。他們的祖先陳崇，是一個德高望重的人，他為家族制定了嚴格的家規，其中最主要的部分是「孝、弟」，他要求家族子孫都得履行，希望子子孫孫恪守不移，代代相傳，只有這樣陳氏家族才能夠綿延不絕。果然，陳氏家族枝繁葉茂，每代都出賢人，家族上下一片吉祥、安寧、和順。陳昉這個大家族村落的中間有一個大廳，整個家族七百多口人同時在這裡吃早飯、午飯、晚飯。每到吃飯的時候，大家就換上比較得體的衣服，扶老攜幼來到這個廳堂，相互問長問短、問寒問暖，按照年齡、尊卑、輩分，次第而坐。陳家有個族規，只要有一人沒有到場，所有人都不能吃飯，當然陳家的人沒有不守時的，因為一個人不來，那麼多長輩都不能吃飯。這就是一個家規，七百多人形成的一股家族凝聚力。那麼跟狗有什麼關係呢？七百多人的大家族，養了一百多條狗。我們都說狗學主人樣，什麼樣的人，養什麼樣的狗。陳家這一百多條狗非常有意思，性格非常溫順，這些狗不大叫的，跟路上的野狗完全不一樣。更妙的是，根據史料記載，這一百多條狗也是一塊兒吃飯的，陳家的食堂外面有一條很長的槽，就像餵馬的馬食槽，一百多條狗都在那兒吃飯。每到吃飯的時候，這些狗居然也拖家帶口地來，狗爺爺帶著狗爸爸，狗爸爸帶著狗孫子，排著隊找到自己這一段槽。吃完東西以後，牠們也非常有規矩，輩分高的狗先走，輩分小的狗就在那兒玩兒。而每次吃飯前，有幾條很威嚴的老狗蹲在槽口，清點狗數。有一次幾條老狗發現缺一條狗，所有的狗就趴在槽邊不吃飯等著這條狗。為什麼這條狗沒來？原來牠在家裡洗澡，洗澡不是耽誤時間了嗎？這條狗趕緊跑過來，居然還非常抱歉地跟大家搖尾巴，低頭跟別的狗打招呼。可見，這個家族居然以家族的友愛影響到了家族所豢養的狗，這個故事就叫陳昉百犬，成為傳統中國家族友愛，履行孝道、弟道的一個典範，名垂千古。

「弟道」對於維繫傳統社會家族和睦，起到了巨大的作用，因此和「孝道」一併被古人列為傳統美德之首。可是在現代社會，像中國古代那樣龐大的家族已經很少了，現在的年輕人大都是獨生子女，沒有兄弟，那這是不是就意味著「弟道」這種傳統美德，已經失去它的價值了呢？現代人又應該如何理解「弟道」呢？

當今的社會形態已經改變，中國除了一些非常特殊的區域，比如客家文化區域還保存著一些大家族聚居的情況外，其他的都是小家庭居多，特別是中國實行獨生子女政策以後，沒有兄弟姐妹的孩子越來越多，弟道也就越來越難以被今天的孩子們所理解，但是這絕對不等於說弟道在現代社會當中沒有意義，徹底失去了價值。請大家不要忘記古人的一句話：四海之內皆兄弟也。這不就是弟道嗎？弟道正是我們講的泛愛衆的基礎。泛愛衆是什麼？博愛，我們千萬不要以為博愛完全是西方的東西。最早有這樣一個概念出現，也是在我們中華傳統文化當中，只不過叫泛愛衆。**泛愛衆，弟道，說到底就是一種博愛，一種守望相助的同胞之情，一種和平喜樂的地球人情結**。把這樣的精神融合起來，我們這個社會怎麼可能不和諧？

還有一點需要特別强調，我們也許認為弟道就是指兄弟友愛，兄弟之間才講弟道，這個觀點也是不妥當的。實際上兄弟姐妹之間乃至妯娌之間，也是要講弟道的。唐朝有一個非常重要的政治家、軍事家叫李績，他本名叫徐懋功，在唐朝乃至中國歷史上，是一位富有傳奇色彩的人物，他出將入相，位至三公，享盡人間榮華，而且經歷了唐高祖、唐太宗、唐高宗三朝，身為三朝元老，他深得朝廷的信任和重用，被朝廷譽為「長城」。

後來，我們中國的歷史學家、學者一直在研究李績這個人為什麼會那麼成功？他這一輩子為什麼走得那麼好？總結後，除了大家知道的他的軍事才能、政治才能之外，還有幾點更為重要。

他跟朋友、兄弟之間非常講弟道，在瓦崗寨的時候，他曾經跟鼎鼎大名的單雄信結拜為兄弟。武德四年（六二一），洛陽被唐朝打下來了，單雄信被俘。這個時候，李績就去跟秦王李世民說：單雄信是好人，非常驍勇，我願意拿我的官職來贖他的命，但是李世民沒有同意。李績說：那好，我不跟你說了。於是流著淚告退。這個時候，單雄信還在責怪李績：我早就知道你不辦實事，就嘴上說說，什麼兄弟義氣，你根本就沒有拚命救我。李績只好說：「吾不惜餘生，與兄俱死；但既以此身許國，事無兩遂，且吾死之後，誰復視兄之妻子乎？」（《資治通鑑．唐紀五．高祖神堯大聖光孝皇帝中之中》）意思是說，我不惜餘生願意跟兄長你一起去死，但由於兩個原因我沒有辦法去死：第一，我身已許國，我已經答應秦王，要跟他打天下，我不能死；第二，如果我死了，兄長的妻子、兒女誰來照顧啊？說完李績拿出刀，割了自己大腿上的一塊肉，交給單雄信：「使此肉隨兄為土，庶幾不負昔誓也！」這塊肉陪著兄長埋到土裡，這樣我就沒有辜負當年我的誓言。這就是李績。

到了晚年，李績已經貴為宰相，有一次他的姐姐生病了，李績以宰相之尊親自為姐姐熬粥。當他的老姐姐看到貴為宰相的弟弟每天為自己煮粥，而且有的時候因為他鬍子長，還差點把鬍子給燒了，姐姐就跟他說，「僕妾幸多，何自苦如是！」（《資治通鑑．唐紀十七．高宗天皇大聖大弘孝皇帝中之上》）意思是家裡有的是男僕女傭，你何必要這樣累著自己呢？李績

徐懋功

徐世績（五九四年—六六九年），字懋功（亦作茂公）。唐初大將，曹州離狐（今山東菏澤）人。隋末年僅十七歲的徐懋功跟隨翟讓起義，因功封東海郡公。瓦崗軍起義失敗後歸順李唐政權，任右武侯大將軍，封曹國公。賜姓李，因爲避唐太宗李世民的諱，取單名「績」。徐懋功爲唐王朝立下汗馬功勞，成爲凌煙閣二十四功臣之一。在《隋唐演義》和《說唐》中徐懋功更是被演化成「半仙」之類的人物徐茂公。

回答：「非為無人使令也。顧姐老，績亦老，雖欲久為姐煮粥，其可得乎？」意思是：不是因為家裡沒有人，而是因為姐姐你老了，弟弟我也老了，就算我想經常為姐姐煮碗粥，可還能煮多少次呢？這件事情本來是件小事，但是《資治通鑑》卻把它原原本本地記錄了下來。這說明在中國古代，弟道是很重要的。有的時候跟一個人的豐功偉績是相提並論的，所以《資治通鑑》裡邊就記載了這樣一個故事。

「兄弟睦，孝在中。」在當代社會，很多老人家有退休金，有醫療保險，本來完全可以安度晚年了，但為什麼好多老人家晚年的情況不太好呢？很大一部分原因是因為看見子女不和，兄弟之間不講弟道，不友愛，家庭裡鬧矛盾，老人家覺得心不安，對自己的子孫後輩不放心。所以《弟子規》講：「兄弟睦，孝在中。」兄弟和睦了，就是孝了。換句話說，孝和弟，是一回事，不是兩回事。對於長輩孝，對平輩和友人要弟。

「弟道」實際上就是「孝道」的延續，因此古人往往把「孝」「弟」並稱，作為評價一個人最重要的標準，並視之為做人的根本。那麼，一個人怎樣才算是真正做到了「弟」呢？接下來，《弟子規》會告訴我們哪些履行「弟道」的具體要求呢？

從我們的生活經驗來看，如果兄弟朋友之間不友愛，發生矛盾有爭端，原因往往是兩個：一個是錢財，一個是言語。這兩個是惹事的。為了一些錢財，為了一兩句話往往會導致不和。

所以《弟子規》說得非常明白：「財物輕，怨何生？言語忍，忿自泯。」如果大家都把財物看得輕一點，哪裡還會有怨恨呢？如果大家在言語上相互忍讓一點，心裡的不滿也就自然而然會隨著時間的推移逐漸消除。

我們經常聽到人們說，熙熙攘攘，皆為利往。這樣的話肯定是絕對化，但是在經濟日益成為大家重要關注點的今天，由於財物方面的問題引起兄弟不和的例子，恐怕實在是太多了。而中國傳統是非常注意兄弟之間的財物分配的，認為兄弟之間謙讓是應該的，但是如何謙讓得更妙，這是有講究的。

漢朝的時候，有一個人叫許武，父親早亡，只剩下他們兄弟仨。許武是哥哥，對弟弟特別好，平時種地的時候，哥哥不捨得讓兩個弟弟幹農活，因為他們歲數還小，就讓他們在旁邊看著，多少學一點種地的本事。到了晚上，哥哥許武種了一天的地已經累得不行了，但是依然堅持親自教兩個弟弟讀書。如果弟弟調皮不聽話，許武也捨不得責備弟弟，更不會責打弟弟，而是跑到父親的墳前長跪不起，號啕大哭，以此來感動兩個年幼的弟弟。

漢朝的時候國家選舉人才是靠舉孝廉的，因為漢朝還沒有科舉制度，人才是靠大家推薦的，所以，大家就舉了許武的孝廉。這個時候，許武做了一件讓大家意想不到的事情，他把爸爸留給他的財產分成三份，自個兒拿了最好的一份，把最差的東西分給了兩個弟弟。這哪裡是弟道？簡直是偷盜啊！老百姓也是這麼認為：你是偽君子，你做給我們看原來就是為了當官，為了騙取聲譽。一旦你舉了孝廉，有了當官的機會，就原形畢露。許武就一直被別人這麼罵，但是不知不覺之間，他的兩個弟弟的聲望逐漸起來了，大家突然發現許家這兩個弟弟拿了最爛的東西，也沒跟哥哥鬧翻，而且還很感激哥哥在他們小的時候種地養活他們，每天晚上不辭勞累地教他們讀書。大家更覺得他們看錯了許武，看樣子還是兩個弟弟好啊。於是，大家一致推舉兩個弟弟為孝廉，認為他們才是好人。這一天，許武跑到父親的墳前號啕大哭，哭完之後，他把家族所有的親戚包括鄉里百姓召集到一起，把自己原來最好的這份財產分給兩個弟弟，自己什麼都不要。許武認為這才是真正的弟道，在漢朝的社會氛圍裡，你給一個人財產還不如給他一個良好的聲譽，因為這樣才能夠讓他盡快地擁有為社會服務的機會，能夠被舉孝廉。這是在中國古代關於弟道的故事裡最傳奇的一個。

講求「弟道」，「謙讓」二字最為關鍵。兄弟之間一旦能夠做到相互禮讓，「財物輕」也自然不是什麼難事。那麼，在處理財物的問題上，兄弟間除了相互謙讓，還應該注意些什麼呢？

中國傳統當中强調兄弟之間要共同享有財物，不得計較，不要說你多吃了，我多占了。元朝有個人叫張閏，他們張家八代人不分炊，都在一塊兒吃飯。整個大家族一百多口人，但是沒有什麼閒話。白天，男子該種地的種地，女子就在家裡一塊兒做女紅。男人出去打的獵、砍的柴，女眷做的刺繡、鞋襪，全部統一放到一個倉庫裡，每個小家庭沒有一點點私自收藏的東西。甚至如果有個小孩哭了、餓了，這個家族馬上就會有一位哺乳期的婦女把這個孩子抱過來餵奶。慢慢的，這個家裡的小孩子就分不清他們的媽媽是誰。因為只要一哭，就有一個媽媽抱過去餵奶了；再哭，又一個媽媽抱過去了。這是一種什麼樣的兄弟、妯娌、姑嫂之間的感情啊！

在古人看來，兄弟之間最要緊的是要共有財物，分配的時候要公正，特別是主事的**當家人要公平，絕對不能偏私**。明朝有一位非常著名的人物叫鄭濂，他家裡也是七代同住，大門上掛著一塊匾，叫「天下第一家」。這五個字怎麼來的？原來鄭濂是一個當官的，明太祖朱元璋聽說有這麼一個家庭七代同堂，一千多口人卻從來不吵架，而且大家開心得不得了。朱元璋有點想不通，於是就把鄭濂召來：你家裡究竟有多少人啊？鄭濂說：啓稟皇上，一千多口。皇帝就問：一千多口？你有什麼治家的法則可以保證大家和睦相處啊？鄭濂回答：皇上，也沒有什麼，就是不聽閒話，不傳閒話，言語不和就忍一忍。朱元璋一聽覺得很好，還要賞東西給鄭濂。賞什麼呢？這朱元璋夠小氣的，就給兩個梨子。鄭濂家裡一千多口人，只賞兩個梨子也沒辦法，誰也不敢說皇帝賞得少，只好千恩萬謝揣著倆梨就回去了。

兩只梨雖然少，但卻是皇帝的賞賜，理應讓全家每個人都享受到。但是，鄭濂怎樣才能把這兩只梨分給全家一千多口人呢？

鄭濂回到家裡，舉著兩只梨：今兒皇帝賞了我倆梨，大家看清楚了。說完鄭濂叫人搬了一口大水缸，打來一缸水，把梨搗碎了泡在缸裡，一千多口人每人喝一碗梨湯。朱元璋派去的校尉看到了這一幕，回去稟告給朱元璋：佩服佩服，這個家長絕對沒有私心。朱元璋一高興，就封這一家為「天下第一家」。在這個故事裡，除了分梨分得很均勻，還提到了在兄弟之間別傳閒話，別傳二姑娘怎麼說，三弟弟怎麼說。

這就是「言語忍，忿自泯」。這裡邊最重要的一個字，就是「忍」。唐朝時有一個人也很有名，叫張公藝，他家九代人同居，也很和睦，從來不吵架。唐高宗就想不明白，於是把張公藝給叫來：你家九代人，都說你們家很和睦，你有什麼秘訣啊？這張公藝可真絕，一般皇帝問你，那你肯定就回答，我們家努力做到以下三條：第一，第二，第三。但張公藝沒有，他一句話不說，請皇上賜筆墨和紙，然後低著頭在那兒寫，就是不抬頭。張公藝寫完呈上去，皇帝一看，滿紙就一個字：「忍」。「忍」這個工夫實際上很難做到，但是對家族來講，尤其對兄弟、血親或者鄰里、社會上結識的同事朋友來講，忍是非常重要的，而且忍基本上沒有什麼道理可講。忍是一個修身的工夫，你就是要修身，修得住。現在很多人不知道這個工夫，但是有的人還是會重視的。比如大家到路上看到好多人手上戴佛珠，有的人戴的佛珠很粗，有的人戴的佛珠跟小米粒一樣小，纏一串戴著。有些僧人他為什麼給你小的，是因為他認為你脾氣暴躁、火氣大，就故意給你那麼小的佛珠，你一粒一粒去數吧。你天天數天天數，性子就被磨慢了。所以，傳統文化當中都是有講究的，只不過我們現在不懂了。

「出則悌」這個部分，談的是出，就是離開自己的小家庭，離開自己的家族，離開自己從小生活和熟悉的環境。那麼，出去以後還有哪些禮節大家要注意呢？有哪些規矩大家要恪守呢？請看下一講。

第七講

或飲食，或坐走；長者先，幼者後。
長呼人，即代叫；人不在，己即到。
稱尊長，勿呼名；對尊長，勿見能[1]。
路遇長，疾趨[2]揖；長無言，退恭立。
騎下馬，乘下車；過猶待，百步餘。
長者立，幼勿坐；長者坐，命乃坐。
尊長前，聲要低；低不聞，卻非宜。

進必趨，退必遲；問起對，視勿移。事諸父，如事父；事諸兄，如事兄。

❶見（ㄒㄧㄢˋ）能：逞能，炫耀。見，同「現」。❷疾趨：快步向前。

《弟子規》在「出則悌」的部分，通過描述孩子和尊長相處時的各種情境，對孩子的行爲做出具體規範。那麼，古代孩子和長輩在一起時都必須遵守哪些規範，注意哪些禮節呢？《弟子規》通過「出則悌」這個部分，希望能夠培養孩子怎樣的觀念？隨著時代的變遷，《弟子規》中的一些具體要求，在現代社會已經不再適用。那麼，我們將如何從現代人的角度，來解讀《弟子規》「出則悌」的具體要求？

「出則悌」這部分主要講的是「出」，就是離開自己的小家庭，離開自己的家族，離開自己從小生活和熟悉的環境。那麼，出去以後還有哪些禮節大家要注意？有哪些規矩要恪守？《弟子規》非常明確地做了交代：「或飲食，或坐走；長者先，幼者後。」意思很清楚，喝東西、吃東西的時候，或者落座和走路的時候，都應該長者在先，幼者在後，而這樣的長幼有序的情況，在中國傳統文化裡是非常講究的。只要孩子已經到了入學年齡，自己懂得照顧自己了，就要長者走在前面，小輩走在後面。而且還有一個規矩，一般小輩不能踩長輩的背影，你不能走在長輩的影子裡。天很熱，也沒樹，我躲在我爺爺的陰涼底下，這在中國傳統是不行的，一看就沒規矩。當然現代社會這個情況變了，所以《弟子規》裡有些東西我們還是要改一改。像「長者先，幼者後」，今天不行，比如自動轉門，你讓老人家先走進去他會暈在裡頭，所以在這種情況下，應該幼者在前，替長輩把轉門擋住。還有自動扶梯，我們現在發現，很多小輩在後面，長輩在前面，這是絕對不可以的。這種場合應該是小輩在前，擋著長輩，然後側身，長輩這樣往下走，小輩要稍微照顧一下長輩，防著長輩最後一步絆倒。所以《弟子規》主要是一種精神，有些東西我們今天是要視情況而作出調整的。

「長呼人，即代叫；人不在，己即到。」長者如果要找人的話，小輩應該代他去叫。這裡的「叫」有兩層意思：第一個「叫」，對於中國古代傳統來講，認為大聲說話是很辛苦的事，會傷神，所以不能讓長輩高聲叫。大家看電視連續劇裡，都是太監說退朝，沒有皇帝說退朝，沒有皇帝站起來說下班，這都是規矩，旁邊人代叫，旁邊人代說。第二個「叫」是找，不一定要叫，尊長要去找誰，小輩應該代勞，多走幾步，別讓長輩勞動。現在很多晚輩，爺爺奶奶叫人，我不管，你自己找吧。如果找的人不在呢？我幫你已經算很好，已經算對爺爺奶奶很孝順，我去找一個人，一找那個人不在，就算了。這樣是不行的，按古人的規定，你自己要馬上回來。為什麼？第一，覆命。告訴老人家，您要找的人不在。第二，問問老人家，還有什麼事情我可以做的嗎？這都是非常細節的東西。但是，實際上我們在現實生活中看到，這樣的一種習慣，有很多孩子已經不知道，已經不懂這些規矩了。

《弟子規》在「出則悌」的部分，首先要求孩子從小培養長幼有序的觀念和照料長輩的意識。接下來，《弟子規》則通過描述在日常生活中，孩子和尊長相處時的各種情境，對孩子的行為提出了具體的要求。首先，當孩子遇見尊長的時候，應該怎樣稱呼才是合乎禮節的呢？

「稱尊長，勿呼名；對尊長，勿見能。」對年齡、輩分都比自己高的人，對地位比自己高的人，對成就比自己高的人，你不能直呼其名。

比如，今天我們看到一位年高德劭、白髮蒼蒼的老人家，你上去就直接叫人家的名字，人家肯定覺得你這個小輩粗魯，沒有教養。如果一個學生直接叫老師的名字，你會覺得這個學生懂禮貌嗎？這樣的習慣，或者我們今天認同的文明禮貌標準，實際上正是傳統文化在當代的延續。

我們是絕對不能直呼尊長的名字，但是可以有很多變通的辦法，一般多是加輩分尊稱，比如我們稱姓李的為李爺爺、李叔叔、李伯伯，這都是可以的。還有一些稱職務，比如李校長、李院長、李部長，這也是一種尊稱。還有一種稱職稱，比如像李研究員、李教授。這都可以的，盡量要迴避直呼其名。這個習慣現在很多年輕的孩子沒有，這時候家長要提醒孩子，不要直呼尊長的名字。比如，有的孩子很聰明，剛剛知道爺爺的名字覺得很好玩兒，到處說昨天誰誰誰帶我買糖去了，他把爺爺的名字掛前面了。作為家長你就要告訴他，爺爺的名字你不要叫。這種規矩實際上是我們傳統文化的一個特色，而且我們的民族文化心理已經形成，不要輕易去改變它。

《弟子規》還講到，「對尊長，勿見能」。對長輩和尊長我們不要去顯示自己的能耐，這一點我們今天更不注意了。我在火車上遇見過一個女孩子，大概是大學裡讀市場營銷，而且是讀房地產營銷的，她對面坐著一位老人家，一看就是從事設計的，她正在看一本建築設計的書。這個女孩子就去跟老人家談話，就講自己對房地產理論怎麼熟悉，滔滔不絕，一兩個小時沒有停過嘴。那位老人很和藹地看著她，也沒有說什麼，實際上旁觀者就會很反感，因為她在長輩面前過度表現自己。很多孩子完全不懂這規矩，比如與長輩在一起看電視，突然電視裡出現一首英文歌，長輩聽不懂，這是什麼？孩子說，這個你不懂，這是英語，於是給長輩用英語念一遍。實際上這個在傳統當中是避諱的，尤其不要在長輩面前過多誇耀，除非你是要為長輩幹活，這是兩回事。比如，奶奶，我幫你把這桶水扛上去。我年輕，有勁兒，這個是好的。但是，不要在另外一個場合說：奶奶，你看你，那麼老，一筐菜都拎不動，我能扛一隻豬。這叫顯能，是絕對不允許的。

尊重包括兩個方面，一個方面是對長輩知識的尊重。因為長輩年歲比較大，人生經歷豐富，他的人生智慧值得我們學習，所以過去講，他們走過的橋比你走過的路還多，吃過的鹽比你吃過的飯還多，這個話當然不能絕對來看，但是在傳統當中，對長輩的人生閱歷和知識，小輩一定要保持一種敬畏之心。第二個方面，要對長輩由於自然規律導致的體力下降，以及健康狀況的改變，保持一種感恩之心。因為你得想他為什麼會這樣？為什麼他白髮多了？為什麼他的腰彎了？為什麼他的腿腳不靈便？你不能在任何場合，給長輩帶來一種刺激，所以《弟子規》講，「對尊長，勿見能」。

現代社會，很多家長都鼓勵孩子展現自我，卻很少有人記得告訴孩子，對尊長應該懷有一顆感恩的心和一份謙虛謹慎的態度，而這也正是《弟子規》要提醒我們的。接下來，《弟子規》告訴我們晚輩如果在路上遇見長輩，應該遵守哪些禮節。

《弟子規》講，「路遇長，疾趨揖；長無言，退恭立。騎下馬，乘下車；過猶待，百步餘。」按照《弟子規》的要求，一個小輩在路上迎面碰見一個長輩應該怎麼做？現在的年輕人恐怕就是「Hello」，跟長輩打招呼。這樣是不行的，小輩先不能說話，要小步疾行，迎向長輩。我們不能看見長輩還晃悠晃悠地走：老爺子，你好。這不行，我們得小步，略彎著腰，來到長輩面前行禮，顯示一種恭敬。

假如長輩沒有跟你說話的意思，比如有些老人家比較威嚴，或者老人家也有自己的心事，那麼按照《弟子規》的規矩，你不能上去一把拉住老人家：老爺爺您好您好，咱們倆聊聊，昨天晚上我看了一個動畫片，我打了一個遊戲。這都不行，而是要退避路旁，恭恭敬敬地站著，垂手而立，要恭候，讓開道。長輩既然無意跟你說話，你得讓長輩往前走，要退避在路邊。假如小輩出門的時候遇見長輩，小輩正好騎著馬，或者乘著馬車，那麼小輩一定要趕緊下來跟長輩打招呼，絕對不能騎在馬上跟長輩打招呼，這是非常不禮貌的。你要等長輩先走，而不能扭頭就走，必須等長輩過去百餘步，你才能重新上馬或者上馬車。

這些禮節在古代是必需的，但在今天，當然沒有辦法完全遵照。因為時過境遷，今非昔比，如果你坐公交車、地鐵，當然不可能因為你遇見了你的外公，公交車就給你停下來讓你打招呼，這個是沒有道理的，也是不可能的。如果是自己開車，交通規則也不允許你路上看見一個長輩，就靠邊停下說爺爺好奶奶好的，因為這樣會妨礙交通。所以說，你如果完全按照《弟子規》做的話，基本上就是等罰單。

然而，這並不是說《弟子規》上的要求完全過時、作廢了，那絕對不是。

我想起我讀大學時的一件事。那是二十五年前，改革開放剛剛開始不久，當時我們這些北大的學生很少有人聽說過《弟子規》。然而，這樣的風氣依然在大學校園裡隨處可見。季羨林先生散步是有講究的，也是非常守禮的。因為散步是很悠閒的，但是這樣你會影響別人，所以季先生從來不在大路上散步。有一次，我陪著老先生散步，走著走著，我突然覺得後腦勺好像有兩個眼睛一樣，覺得有點怪，回頭一看，後面排起了一條長龍，全部是推著自行車的人。發生了什麼事呢？由於北大有很多學生上課離教室相距很遠，所以他們都是騎著自行車從這個教室趕到那個教室的，為了抄近路，他們也繞到了這條平常不走的路上。但是，北大同學都知道前面是季先生，老人家一身布衣，一頭銀髮，背著手在那兒散步。所有的學生都下車，安靜地排著隊跟著季先生走，絕對沒有一個人按鈴的。二十多年前的校園裡還有這樣好的風氣，這難道不是符合《弟子規》要求的嗎？

儘管《弟子規》中關於「路遇長」的一些具體要求，今天看來已經過時，但是，蘊含在其中的尊敬長輩的美德，卻早已根植在了中國人的血脈中，深深影響著我們今天的生活。那麼，今天如果在路上遇見了尊長，我們應該怎樣才能做到既合乎具體情況，又不失禮節呢？

《弟子規》中有些話在今天不再合適，那麼，如果我們今天在路上遇見了尊長，應該懂哪些規矩，守哪些禮節呢？我想，根據《弟子規》要求的傳統規矩，再結合今天現代社會的特點，我們或許可以這麼做。

在路上遇見長輩了，小輩應該快步迎上去，但是別衝過去，不要把老人家給嚇著了，可以略微加快腳步迎上去，先請安問好，這是一個規矩。如果尊長有事且不需要你的陪伴，那麼小輩應該側過身去讓開正面，讓尊長通過。如果尊長有意和小輩談談，小輩應該恭敬地陪老人家多說幾句。但是今天年輕人都很忙，都有很多工作，如果實在不行，就應該坦誠地向長輩稟明情況：對不起，老人家，我今天正有事，我得先告退了，下次我再來看您。如果小輩在公車上看到了長輩，那麼一般來講就不必打招呼了。第一，如果你叫一聲，會影響了車上的乘客，人家嚇一跳，你到底在叫誰呢？第二，老人家也未必聽得見，如果聽見了，老人家扭頭來找，你走了，反而弄得老人家心裡挺過意不去的。如果你自己開車，看到路邊有老人家，在交通規則和路況允許的情況下應該靠邊，問問老人家：我能不能為您效勞？您是不是需要搭車？我能不能捎您一段？這是應該的。但是如果老人家就是出來散步的，你也別非把老人家摁在你車裡，這也沒必要。所以我們說，除了要把傳統的一些禮節、要求在現代社會傳承下去之外，還要考慮實際的環境和條件。

《弟子規》講完了路上遇到長輩應該守的禮節以後，接著又講了另外的一套禮節：「長者立，幼勿坐；長者坐，命乃坐。」

「長者立，幼勿坐」，假如長輩站著，小輩肯定不能先坐。這是明確的。下面一句，「長者坐，命乃坐」，不是長者坐下去了，小輩就可以坐，而是長輩坐好了，還得叫你坐，你才能坐。他不打算叫你坐，小輩也只能站著。

不僅如此，還有很多禮節，現在的年輕人知道怎麼辦嗎？

比如，長輩說：小錢，你請坐。我坐下了，但長輩不坐，在房間裡踱來踱去。我們該怎麼辦？現在很多孩子就這麼坐著，長輩在那兒走他不管，這是不可以的。過去，晚輩是要隨著長輩的走向調整坐姿的。長輩走過去，我們應該慢慢轉過去；長輩走過來，我們應該慢慢轉過來，等長輩開口跟我們說話。我們不能木頭一樣坐著，長輩愛怎麼走怎麼走。這些規矩都是非常細微的，非常講究的。

關於「長者坐，幼者立」，中國傳統當中最有名的故事就是程門立雪。

宋朝時，有兩個年輕的學子，一個叫游酢，一個叫楊時，他們去拜理學大師程頤為師，哪知道老夫子閉眼在那兒養神，養著養著還睡著了，這兩個人一直在那兒畢恭畢敬地站著。程老夫子睡醒時，發現窗外的雪已經積了一尺厚。還有一種說法是為了强調年輕人對老師的異常强烈的守禮精神，說他們在雪地裡站著，那麼這兩個人基本上也變成雪人了，所以叫程門立雪，典故就是這麼來的。

游酢

游酢（一〇五三年—一一二三年），北宋學者。字定夫，一字子通。建州建陽（今屬福建）人。學者稱廌（ㄓˋ）山先生。與楊時、呂大臨、謝良佐並稱程門（顥、頤）四大弟子。

楊時

楊時（一〇五三年—一一三五年），北宋學者。字中立。南劍州將樂（今屬福建）人。宋神宗熙寧年間進士，與王安石、蘇軾約爲同時人物。曾任右諫議大夫、工部侍郎，官至龍圖閣直學士。晚年隱居龜山，學者稱龜山先生。程門四大弟子之一，又與羅從彥、李侗並稱爲「南劍三先生」。後被東南學者奉爲「程氏正宗」。

《弟子規》接下來講跟長輩交談時要遵守哪些禮節。我們都知道，同尊長交談要盡量使用「請」和「您」這樣的禮貌用語。那是不是做到這一點就夠了呢？和尊長交談的過程中，還有哪些細節是容易被我們忽略的呢？

「尊長前，聲要低；低不聞，卻非宜。進必趨，退必遲；問起對，視勿移。」首先，對長輩說話你聲音要輕，不能對長輩嚷嚷。我們現在發現很多小輩對長輩幾乎都是嚷嚷的：爺爺，你過來。爺爺啪啪啪地跑過去。奶奶，你過來。奶奶也啪啪啪地跑過去。好了，我自己玩兒，你們可以走了。爺爺奶奶白跑了。這個是不可以的！你對長輩說話聲音要輕一點，柔和一點，表示一種敬意。但是如果長輩年紀大了，耳朵聽力不太好，你和他們說話的聲音太輕也不好。「低不聞，卻非宜」，長輩聽不見也不行，所以一定要把握一個度，根據你和長輩的交往，知道長輩能夠接受多大的音量，你就用多大的音量說話。

「進必趨」，你上前跟長輩說話的時候，應該小碎步，不能踮著腳尖走。「趨」不是簡單地向前走的意思，而是微彎著腰、略低著頭往前走，這樣靠近長輩。「退必遲」，我們跟長輩說話的時候要略快，但告辭的時候，動作節奏要略慢，這是兩個層面的意思。第一個層面，你不能給長輩有這種感覺：老人家，你真煩，真囉唆，我來跟你說話是受罪，跟你少待一秒鐘都是好的，所以我趕緊走。千萬不能讓長輩有這種感覺，我們也不能這麼想。第二個層面，告辭的時候，一般來講前兩步是面對長輩後退，我們不能在長輩面前一個向後轉，後腦勺往長輩面前一晃，不可以，應該先退兩步，再轉身退走，所以必須遲緩。「問起對」，長輩如果有所詢問、有所指教或要發問的話，我們得站起來回答。

「視勿移」，今天注意這一點的人可真是太少了。我們想一下，當我們跟長輩說話的時候有沒有東張西望？比如一個長輩問我：小錢，你昨天做了什麼事情呢？我左看看，右看看，說我昨天到哪兒看了一場球，明天我還去聽場音樂會。這個是不可以的！我們的視線必須恭敬地看著長輩，不能眼神飄忽。但是，是不是這樣就理解了《弟子規》的「視勿移」呢？是不是那麼簡單？不是的。

正確的做法是：視線要略低於長輩的視線，不要移動。你的視線不能比長輩的視線高，這是一套非常明確的規矩。

《弟子規》的這些規矩都是在儒家經典的基礎上形成的。像上面講的這麼一大段，都是根據《禮記》來的。《禮記》是儒家非常重要的經典，《禮記》裡寫道：「侍坐於君子，君子問更端，則起而對。」這就是講「問起對」。類似這樣的規定，在《禮記》當中很多。

在即將結束「出則悌」部分的時候，《弟子規》對這段內容進行了總結，再次強調了這部分內容要告訴孩子的道理。那麼，《弟子規》「出則悌」的部分究竟希望孩子能夠從小培養怎樣的觀念，其中又蘊含了怎樣的現實意義呢？

在即將結束「出則悌」部分的時候，《弟子規》補上了十二個字：「事諸父，如事父；事諸兄，如事兄。」

中國古代是家族制、宗法制的社會，都是以家族為一個計算單位，不像我們今天的小家庭是以家庭為計算單位的。諸父就是伯父、叔父，有的時候還包括堂伯父、堂叔父。一般來講，要求對伯父和叔父，也就是父親的兄弟叫諸父，對他們要像對自己的生身父親一樣尊敬。諸兄就是伯父、叔父的孩子，自己的堂兄叫諸兄。對他們要像對自己同胞兄長一樣，這是過去傳統的要求。

現代中國社會都是小家庭，除了雙胞胎之外，基本上是三口之家。在現代家庭中特別要強調這樣的觀念，因為現在有直系血緣關係的親戚越來越少，孩子成長環境越來越小，你讓他從小學會愛別人，應該盡可能地拓展愛心的範圍，就應該從《弟子規》做起，「事諸父，如事父；事諸兄，如事兄。」如果你連對自己的伯父、叔父，對自己的堂哥、堂弟都不能有愛心，不能有非常好的一種交往的話，將來怎麼可能到社會上跟別的長輩、跟自己沒有血緣關係的尊長，有一個很好的交流呢？你怎麼會跟自己完全沒有血緣關係的同事，有一個很好的交流呢？還是應該從小做起，從家族範圍裡做起。

接下來，《弟子規》進入了另外一個新的部分：「謹」，謹慎的謹。《弟子規》是怎麼來講述「謹」這個部分的？孩子應該從小養成哪些謹慎的習慣？或者養成「謹」這方面的舉止？請大家看下一講。

第八講

朝起早，夜眠遲；老易至，惜此時。

晨必盥，兼漱口；便溺回，輒淨手。

冠必正，紐必結；襪與履❶，俱緊切。

置冠服，有定位；勿亂頓❷，致污穢。

衣貴潔，不貴華；上循❸分❹，下稱❺家。

❶履：鞋。 ❷頓：安置。 ❸循：遵循，符合。 ❹分（ㄈㄣˋ）：身分，等級。

❺稱（ㄔㄣˋ）：相稱，合適。

在《弟子規》中，「謹」單獨構成了一個非常重要的部分，這部分要求孩子從小養成謹慎小心、規矩低調、有自我尊嚴的生活習慣。那麼，養成這樣的生活習慣，對於小孩子來說究竟有什麼用呢？對此，《弟子規》提出了哪些具體的要求？這些要求在今天的社會還能否適用？要想培養一個嚴謹的生活態度，孩子應該從哪些方面做起呢？

「朝起早，夜眠遲；老易至，惜此時。」意思是早晨要早起，晚上要適當地晚睡，年老是非常快的事情，朝華易逝。「惜此時」，意思就是你要珍惜此時眼前的一分一秒，你不要想，我今天不珍惜了，明天我加倍找回來。有這種想法，你基本就是惜不了時。很多現代人的生活是不怎麼規律的，一般是該睡的時候不睡，該起的時候不起，這個太普遍了。古人把這種習慣叫做起居不時，你不按照這個規律，不按照最正常的狀況安排自己的作息，古人認為是很不好的習慣。

假如我們現在碰到有個人，覺得他實在太不爭氣，實在太讓我們失望，我們對他又愛、又恨、又急，那麼我們經常會怎麼說？你啊，簡直是朽木不可雕也。它的出典是《論語．公冶長》，是說宰予大白天睡覺，在不該睡覺的時候睡覺了，孔子正好要找他。宰予是孔子的學生。別人告訴他：老師，宰予在睡覺。這一下，孔子知道了，覺得情況很嚴重，他十分生氣，就說了這麼一句話，「朽木不可雕也，糞土之牆不可杇也。於予與何誅？」意思是腐爛的木頭不堪雕刻，糞土似的牆壁粉刷不得，對於宰予你這樣的人，我有什麼好責備的？我理都不理你，連說都懶得說你。

孔夫子基本上是溫文爾雅的，動怒的情況不多。如果我們去看《論語》，這大概是老夫子比較動肝火的一次，這個話說得很重，要傳達的意思無非還是要大家珍惜光陰。宰予本來是孔子眾多弟子當中非常討孔子喜歡的一個，因為他很會說話，說起來頭頭是道，娓娓動聽。孔夫子認定，宰予將來一定很有出息，對他寄予厚望。就是因為這一頓在不恰當的時間眯的一小覺，孔夫子一下把宰予徹底看扁了。很多著名的學者和有成就的人都是非常珍惜時間的，他們不捨得浪費一分一秒。雖然這些學者的起居習慣、作息時間各不相同，但是他們都抓緊時間，不浪費一分一秒。「朝起早」最好的例證還是季羨林先生。老先生每天早晨四點半起牀，幾十年如一日。所以北大校園裡有一句話，聞「季」起舞。雞還沒起呢，季先生已經起來忙半天了，雞一看那個窗戶裡燈亮了，就喔喔叫兩嗓子。很多人一直不明白，說季先生，您過去遭受過那麼多挫折，有十幾年還不讓您工作，您又擔任了一百多個學會的會長，經常要開會，您怎麼能寫出那麼多東西啊？季先生只不過哈哈一笑，說當你們起來用早餐的時候，我已經工作了三個小時了。《季羨林文集》長達二十多卷，他的大量論文和文章就是這三個小時寫出來的。每個人擁有的時間都是一樣的，但能夠用來工作的時間卻不一樣，所以，第一，在於你會不會利用時間；第二，你會不會擠出時間。珍惜光陰，就會使我們的生命延長。實際上，使我們擁有更多的有效的學習時間和工作時間，這一點是非常重要的。

接下來《弟子規》要求孩子們愛護生命，養成良好的衛生習慣。「晨必盥，兼漱口；便溺回，輒淨手。」早晨起來，要洗臉，還要漱口；上洗手間後，你總歸要洗洗手的。

古人為什麼說「兼漱口」，為什麼不刷牙呢？因為古人沒有牙刷，沒有像我們一樣每天刷牙的習慣。從歷史上看，中國人刷牙的習慣還是受了印度的影響，隨著佛教傳進來的習慣。刷牙最早是用齒木，一種比較軟的木片。有幾種說法，一種說法是把這個木頭放在嘴裡像嚼口香糖一樣，達到刷牙的目的；還有一種說法是拿這個木片，用嘴先咬一咬，咬軟了以後再刮牙齒。但是古人也有比我們講究的習慣，用齒木還得刮舌苔。這一點我們是到這幾年才認識到的。

齒木

「齒木」又名「楊枝」。它是原始佛教時期，出家人用以刷牙和刮舌的木片。它也是大乘比丘們應該隨身攜帶的「十八物」之一。《五分律》卷二十六中記載：「有諸比丘不嚼楊枝，口臭食不消。有諸比丘與上座共語，惡其口臭，諸比丘以是白佛。佛言，應嚼楊枝。嚼楊枝有五功德，消德、除冷熱涎唾、善能別味、口不臭、眼明。」

穿衣戴帽是我們日常生活中最平常的小事，人人都會。可是，《弟子規》為什麼要用大段的篇幅教孩子如何穿衣服呢？在中國古代穿戴整齊的標準又是什麼呢？

《弟子規》講，「冠必正，紐必結；襪與履，俱緊切。」帽子要戴正，紐扣得扣上，襪子和鞋子都要合腳，該繫帶的要繫上，古人的襪子也是要繫的，古人的鞋有很多也要繫。

這四點要求，我們從今天的年輕人身上很難看到。因為今天的時尚跟《弟子規》不太一樣，今天的年輕人很多都是戴帽子的，帽子有各種各樣戴法，但是很少看見戴正的，基本上是歪戴的；衣服上釘滿了無數閃閃發亮的扣子，但不是拿來扣衣服的，基本上是看的，前面反而是咧開的；襪子耷拉著，鞋子趿拉著。有人穿襪子時一隻腳一個顏色，我還看到過兩隻鞋的顏色也不一樣。這樣一種時髦的風尚，古人是不能理解的，如果把我們的老祖宗從地下請出來，請十個出來，能夠給嚇暈十一個。怎麼這樣說呢？因為十個裡邊難保有一個膽兒比較大的，嚇回去再回來看一次，還得嚇暈了。

《弟子規》中「冠必正，紐必結」的要求，被中國古人視為衣冠整齊的基本標準，恪守不移，甚至有些人不惜為此犧牲生命。那麼，究竟什麼人，在怎樣的情況下，會為穿衣戴帽這樣的小事而喪命呢？

《論語》中提到子路的地方有四十七處，他是孔門弟子當中非常重要的一個人。中國傳統中流傳著很多和子路有關的故事，比如「百里負米」：子路想孝敬自己的媽媽，但又沒什麼錢，他聽說一百里以外的一個地方米比較便宜，於是跑了一百里路給媽媽背了一袋米回來了，這個故事被視為孝敬父母的典型。還有一個故事叫「聞過則喜」，通常情況下，我們聽到別人批評一般都不高興，但子路只要聽到有人批評自己，馬上就會改正。

子路還是一個非常勇武的人。他從小就「性鄙，好勇戾，冠雄雞」，他的打扮也跟孔門弟子不太一樣，他頭上戴著雞冠帽，佩著劍，很英武，很忠誠。在孔門弟子當中，他是一個有特殊地位的人，因為他不僅是孔子的學生，而且還是孔夫子的車夫兼保鏢。孔夫子經常會被人罵，但自從有了子路這個學生以後，罵他的人就少了很多。孔夫子很信任子路，說如果有一天我走投無路了，大概只有一個人會跟著我，那個人就是子路。

子路是一個性格非常特殊的人，雖然他對老師非常忠誠，但是有時候他也會批評老師。「子見南子」就是一個非常有名的例子。有一次，孔夫子想拜見衛靈公的夫人南子，想利用這位夫人的關係接近國君，把治國的道理教給國君。但是衛靈公的夫人在當時名聲不好。孔夫子猶豫了半天之後，還是決定去見南子。子路知道後，非常生氣，說：老師，你怎麼能去見這麼一個女人啊？逼得孔夫子朝天賭咒。孔夫子百般無奈只好對學生說：我是為了給國君講治國的道理，才去接近南子的，如果不是的話，老天罰我。

子路就是這樣一個非常可愛又有才華的人，可惜最後死在了帽子上。衛國發生內亂，子路看不過去要罵這些亂臣賊子，結果有一個人一下把子路的帽子給打歪了。一般人帽子被打歪了，已經很危險了，肯定跟你拚命啊。誰知道，子路說：「君子死而冠不免。」說我可以死，但是我帽子不能打掉啊，所以他就把帽子給繫好，這麼一弄，就被亂臣賊子砍成肉醬了。子路死就是因為帽子，所以「冠必正」對古人來講是很要緊的。

子路

子路（前四五二年—前四八〇年），春秋末年魯國卞（今山東泗水）人。仲氏，名由，又字季路，是孔子七十二弟子之一。性直爽勇敢。子路只比孔子小九歲，這也可能是他敢批評孔子的原因之一。子路任魯國司寇時，被任命爲季孫氏的宰（家臣），後任衛大夫孔悝的邑宰，在貴族內訌中被殺。《論語》中跟子路有關的成語很多，除「聞過則喜」外，還有「欲速則不達」、「名正言順」等等。子路百里負米的事蹟在《二十四孝》和《孔子家語》中都有記載。

晉文公是中國古代一個很有名的國君，有一次打仗的時候，突然發現自己的鞋帶鬆了，不貼腳了，他居然把手上的武器放下來，先把鞋帶給繫好。幸好他是一代國君，旁邊有很多護衛，如果像子路一樣，恐怕也會被砍成肉醬了。所以古人對這些著裝的要求非常明確。你尊崇這樣的要求，養成這樣的習慣，在中國傳統當中都是給予讚美的。

如果不講究這些會怎麼樣？

中國古人，對於衣冠整齊的重視，在現代人看來似乎無法理解。那麼，古人為什麼會把衣著是否整齊看得如此重要？一個人如果沒有良好的著裝習慣，又會怎樣呢？

如果我們從小不養成一個比較好的著裝習慣，那麼步入社會、參加工作以後，無論是上級、師長，或者同事，都不會對你有好印象。現在課堂裡經常可以看到，有些孩子穿得很暴露，濃妝艷抹，帽子戴得不像帽子的樣子，鞋子穿得不像鞋子的樣子，衣服該扣的不扣上，這種情況都不會給別人留下好印象。

比如，一個年輕小夥子的襯衣，當然不必像《弟子規》要求說的有紐必結，但是，如果我們看到一個人的襯衣兩三個扣子不扣，會作何感想？輕的說這個人不修邊幅，重的說這個人流里流氣。相反，如果你按照《弟子規》的要求去做，衣服穿得很得體，扣子該扣的都扣好，鞋子該繫鞋帶的都繫好，那麼，在課堂裡，你就會給老師留下一個比較好的印象；去找工作的時候，也會給面試官留下一個很好的印象；跟大家交往，大家都覺得你是一個比較負責任的人。這個是從小養成的習慣，當一個人成長起來以後，這個習慣就會給你帶來很多好處。

《弟子規》不僅對孩子怎麼穿衣服做出要求，而且對放衣服也做出了要求。我們在家裡歸置衣服要講規矩，要放在合適的地方，要有固定的位置，這也是不容忽視的生活習慣。所以《弟子規》接著講，「置冠服，有定位；勿亂頓，致污穢。」我們放帽子和服裝，應該有一個固定的地方，不要到處亂塞，以免把衣服搞髒了，把環境搞得很亂。

我們現在可以看到很多古裝電視劇裡有這樣的場景：有一個人要出門了，媽媽心疼自己的孩子，或者一個女孩子愛上一個男孩，臨行之際，都要托出一個托盤，托盤上面是一套衣服，衣服上面放著一雙鞋。但是古人是不會這麼做的。鞋子怎麼能夠放在衣服上面呢？又不是手套。古人一定是另外一個托盤托一雙鞋，然後再以一個托盤托一身衣服，或者把衣服搭在鞋上。我們現在已經不能理解古人的這種規矩，古人認為帽子是戴在頭上的，鞋是踩在腳下的，因此絕對不能把鞋和帽子放在一起的，他們非常講究物當其分，什麼樣的東西有什麼樣的位置。

今天好多孩子是不注意這一點的，因為他們的衣服都是由父母幫著整理，環境好一點的家裡還有保母幫著整理，所以他們從小養成了亂扔衣服的習慣，今天找不著帽子，明天找不到鞋子，這個事情很常見。我因為和學生接觸比較多，就會發現一些學生平時衣著搭配都很好，規規矩矩的，突然有一天讓你覺得很刺眼。比如說夏天穿了一件比較厚的衣服，或者冬天穿了一件比較薄的衣服，我說怎麼回事？他們說：老師，衣服找不著了。那麼在今天，我們房子大了，生活條件好了，衣服也多了，特別是孩子衣服多得不得了，出現這種情況，我們好像覺得都是理所當然的。其實古人認為這不是藉口，這是一個從小要養成的生活習慣。

古人如果遇到這種情況，找不到帽子，找不到需要穿戴的衣服，很有可能會發生一件大事。齊桓公有一次喝醉酒了，酒醒以後突然發現帽子沒了。可能齊桓公也只有一頂帽子，古代的國君不像我們想的這樣，或者他丟掉的是國君那頂冠，他只有一頂。一般我們會怎麼辦？帽子掉了，我就隨便戴另外一頂帽子出來見人好了，或者我不戴帽子，包塊頭巾。齊桓公不是這樣，他感到巨大的羞恥，因此他三天不上朝，躲了起來，誰找他都找不著。這個時候，各地的饑荒消息都報上來了，丞相管仲不敢做主，就去找齊桓公。齊桓公因為帽子丟了，誰都不見，覺得很難為情。管仲只好下令，開倉放糧，把糧食自作主張發下去了，老百姓很感謝管仲，認為遇到了一個賢相。後來百姓知道這情況以後，齊國就開始流行一首歌謠：國君啊國君啊，你的帽子何時再丟啊？你丟一次就放一次糧。在正常的情況下，保持衣裝的整潔，除非是特殊情況，不要去弄污你的衣服。在古人眼裡，這也可以體現出一個人的修養。

齊桓公

齊桓公（？—前六四三年），春秋時齊國國君。春秋五霸之一。姓姜，名小白，是齊襄公的弟弟。公元前六八五年至前六四三年在位。襄公被殺後，從莒（今山東莒縣）回國取得政權，任用管仲進行改革，國力強富。齊桓公打著「尊王攘夷」的旗號，幫助燕國打敗北戎；營救邢衛兩國，制止戎狄進攻中原；聯合中原諸侯進攻蔡楚，與楚國會盟於召陵（今河南郾城東北）；並平定東周王室的內亂，多次大會諸侯，訂立盟約，成爲春秋時第一個霸主。齊桓公丟帽子的事記載於《韓非子·難二》。

在古人眼中，衣帽是否乾淨，穿戴是否整齊，可以反映出一個人的品德和修養。因此古人往往會通過穿衣戴帽來觀察一個人。那麼，穿衣服和修養之間，究竟有怎樣的關係？通常人們會從衣著的哪些細節，來觀察一個人呢？

古人極其重視修身。歷史上有這麼一個故事，就是從一雙鞋子的角度去看修身對人的重要性。在《德育古鑑》裡，有一個人叫張瀚，他在都察院任職。都察院好比我們今天的檢察院，一個很重要的機關，張瀚非常能幹，是個人才，因此當時的台長非常重視他。但是，怕他像有些人那樣，雖很有才華，後來卻走上了歪路，所以就想敲打敲打他，便找了張瀚閒談。他說：小張，你真的有才華，非常好。昨天下朝的時候，我碰到一件事情，我走到街上，看見前面有個人抬轎子，我注意到轎夫腳上穿了一雙新鞋子，非常乾淨。從東頭走到西頭，小心翼翼，都挑乾淨的地方走。因為他穿的是新鞋子，所以這個轎子抬著非常穩，鞋也沒弄髒。當他走到西城，拐彎向南走的時候，一不小心，這個鞋子被旁邊飛馳而過的馬車帶起來的泥水給搞髒了，新鞋子一下子變成髒鞋子了。於是這個轎夫，肆無忌憚，到處亂走，專門找泥坑踩，這個轎子越抬越顛簸，我看坐在裡邊的人顛得夠嗆。聽到這，張瀚馬上就說：台長，我明白了，您是用鞋子來告訴我一個道理，這是修身的要道，一個人千萬不能失足，一旦失足，恐怕就會無所不做。這個故事說明古人絕對不會僅僅把鞋是不是貼腳，是不是乾淨，看作一件不重要的生活小節，他要從中觀察你有沒有一種意識，有沒有一種修養，有沒有一種戒慎戒懼。

今天如果有一個人，去拜見一位領導或者一位尊長，最注意的是頭和腳。而過去注意的是有沒有戴帽子，後來大家不戴帽子了，就注意頭髮是不是整齊。所以有一個詞叫「噱頭」，這件事有沒有噱頭啊，這是南方話，但是現在其實普通話裡也很流行，就是要講頭要弄好。還有一件事情——要注意腳，你的鞋是不是乾淨、有沒有破個洞。這叫什麼？蹩腳。現在有的時候我們形容一個人做事做得真蹩腳、他的為人真蹩腳，這其實跟腳並沒有關係，也許這個人腳很好。但是，有的時候你到一個場合，鞋很髒，或者到別人家裡，到別人辦公室，鞋子有一個洞也不去補補，別人就認為你這個人修養有問題。你不注意小節，怎麼會做得好大事？當然也有人講，不拘小節，可以成大事，這是對極特殊的人而言，一般的人從小應該養成注重小節、注重細節的習慣。

《弟子規》在要求孩子穿衣戴帽要整齊，放置衣服要有序之後，進一步教孩子如何選擇衣服。那麼，在中國傳統社會，人們在選擇衣服的時候，應該遵循怎樣的原則？這個原則對於我們現代人，又是否適用呢？

《弟子規》定下的原則是：「衣貴潔，不貴華」。就是絕對不贊成衣服要華麗，而是要整潔。

古人對於衣服過於華麗，總的來講都是反感的。傳統認為，就算是貴為帝王，你也應該以

《弟子規》這種要求為美德，不要以華麗為貴，要以整潔為貴。崇禎皇帝吊死在煤山，很多人認為這個皇帝值得我們同情。崇禎被同情有好多原因，其中有一個非常重要的是，當有人把他的遺體從樹上解下來下葬的時候，大家發現，原來他身上的袍子有補丁。那就說明，這個皇帝還是比較節儉的，不是一個很奢侈的皇帝，他是一個多少讓人產生一點同情心的亡國之君。

在歷史上，像崇禎這樣的例子不是一個，還有唐肅宗。有一天，有一個叫彭澤木的臣子去歌頌唐肅宗，當然如果皇帝比較節儉，臣子一般都會努力地去歌頌，希望皇帝能夠朝著這條道路走下去，這樣對整個國家，對人民來說都有好處。所以這個臣子就說：皇上，你真好。歌女跳舞的時候，都沒有華麗的衣服和裝飾，你真節儉。唐肅宗被臣子誇得很高興，就把自己龍袍的袖子伸出來，讓這個臣子看：是啊是啊，你看，這件龍袍都洗過三次了。對於一個古代帝王來講，一件衣服洗過三次就算很節儉了，不能拿我們現在的觀點來評論。

除了整潔以外，我們還要和自己的身分相稱，即「上循分」。要和自己的家庭情況相稱，和自己的身分相稱，我們今天是能夠理解的。比如，一個年輕學生，還沒有踏上社會，還沒有工作，他在大學裡上課，天天西裝筆挺、領帶森然，皮鞋擦得鋥亮，一般大家會覺得不妥當，因為這和學生的身分不相符。學生乾乾淨淨，比較簡潔，能夠尊重課堂教育的氛圍就可以了。又比如有些女孩子，把晚上出席晚會穿的露背禮服穿到辦公室去，毫無疑問誰都不會覺得合適。反過來也是這樣，比如朋友聚會，大家高高興興，很輕鬆，到錢櫃裡去K歌，你突然打著一個領結，穿著燕尾服去了，大家要麼認為你是在這裡工作的，做服務生有這個要求，總之覺得你很奇怪。而一個人如果穿衣服和自己的身分相吻合，會給大家留下一個比較好的印象。大家會認為你對自己的定位很明確，非常明白自己的身分，那也意味著你對自己這個身分底下應該做什麼，不應該做什麼，應該盡哪些責任，都比較清楚，説明你頭腦比較清醒。如果你亂穿，穿得跟自己身分不相符，大家要麼覺得你這個人心太野，要麼覺得你這個人有妄想，要麼覺得你腦子不清楚，這都不好。

「下稱家」。過去是有等級制度的，比如誰能穿綢緞衣服、絲綢衣服？當了官的、有功名的人才能穿。你是商人，就算是億萬富翁都不許穿的。到了很晚期，中國傳統社會亂了才可以穿。比如，一個女孩子，誰可以穿紅顏色的鞋子？現在誰都可以穿繡花鞋，到百貨公司買一雙紅的，我還可能一隻腳紅的、一隻腳綠的。事實上，古代婦女一定是自己的丈夫有秀才以上的功名，才可以穿；你不穿，別人不會覺得你謙虛，而會覺得你很怪。如果一個女人明明知道丈夫不是秀才，卻穿一雙紅鞋子，重者要被告官，要究辦的，輕者覺得你瘋了。過去的女性，誰能夠穿紅的裙子？這也是有講究的，一定要是夫人、太太。今天我們當然沒必要有這種等級觀念，只要和自己的家庭情況比較吻合，還是應該納入我們的考慮當中的。比如如果父母收入比較高，或者父母的情況比較好，那麼孩子穿衣服稍微好一點，只要和你的身分相符，那是可以接受的。但是如果經濟狀況不允許，你卻拚命要買貴的、很好看的、很華麗的衣服，這毫無疑問是不妥的。我們可以看到社會上現在有好多這樣的故事，因為虛榮，沒有這個能力，沒有這個條件，但是非要這麼大方，完全不顧實際情況要華貴，會引發出多少社會問題。所以我們今天還是應該提倡《弟子規》裡邊「衣貴潔，不貴華」這樣一個原則；「上循分，下稱家」，我們結合現代社會的一些特點來考慮，把傳統當中好的部分繼承下來，還是值得我們遵守的。

我們平時說，衣食住行，《弟子規》前面這個部分講的是怎麼穿衣服，衣服應該怎麼穿，應該怎麼放。接下來就要講到食的部分。在吃飯的時候，有什麼講究？有什麼規矩？應該避免什麼？請大家看下一講。

第九講

對飲食，勿揀擇；食適可，勿過則。
年方少，勿飲酒；飲酒醉，最爲醜。

《弟子規》在講完了穿衣應該注意的細節後，接著告訴孩子吃飯時應該遵守的規矩。在中國古代，人們非常重視培養孩子良好的飲食習慣，而這也正是今天的家長們最關心的問題。那麼，古人所說的飲食習慣是指什麼？關於這個問題，《弟子規》中有哪些規定？在培養孩子飲食習慣的問題上，父母又應該注意哪些方面呢？

《弟子規》講：「對飲食，勿揀擇；食適可，勿過則。」對於喝的、吃的，不要挑三揀四，「食適可」，食夠量就可以，「勿過則」，不要過分。這是根據《論語．學而》的君子食無求飽講的。《論語》裡講的君子食無求飽的字面意思，是君子吃夠就行了，不要撐著，實際上講的就是這個道理，要適可，不要過則。《弟子規》接著《論語》往下講，這就牽涉到我們對傳統飲食觀的一些認識。

我們也許會提出疑問，《論語》裡邊記載孔子的態度好像不太一樣，他對大家說，君子食無求飽，你們夠吃就行了，但自己卻是「食不厭精，膾不厭細，割不正不食」。孔子怎麼自己很講究啊？《論語．鄉黨》裡講的「食不厭精，膾不厭細」這一段話講的是什麼呢？

孔子講的是祭祀時候的規矩，我們在祭祖先、祭宗廟的時候，應該以這種態度，而不是講自己平時吃的應該是這樣。

孔子實際上是那種對飲食不過分講究的人，《論語．雍也》記載：「賢哉，回也。」就是說顏回非常賢良，身居陋巷，有一小筐籮飯，有一瓢水，他都覺得很快樂。從中我們可以看到，孔子不是一個對飲食挑挑揀揀的人。

古人非常注意觀察一個人的吃相。你吃東西的時候，能夠反映出你的修養，反映出你的家教。這個人明明在開會，他卻說這個人吃相很不好，在南方話裡，說這個人吃相很不好，是指這個人沒教養，慢慢把吃飯等同於教養，而不局限於吃飯。

唐代有一個文學家叫鄭浣，這個人是進士出身，而且當過大官。他的生活很簡樸，特別是對飲食絕對不挑挑揀揀。有一次，他的遠房孫子從老家來找他，因為這個孫子是農民，沒有見過世面，也不懂禮節，穿的衣服當然也很破。所以鄭浣家裡有很多人，包括僕人，都嘲笑這個遠房的孫子，只有鄭浣沒有。他覺得這個孫子很樸素。鄭浣問這個遠房孫子，說你來找我有什麼事？我有什麼可以幫你？結果這個孫子就跟他講，我長年在家鄉種地，做老百姓，我想當一名縣尉，這樣我就可以衣錦還鄉，光宗耀祖。鄭浣一想，哦，你這個孩子還是滿有上進心的，不錯不錯，我可以幫你試試。於是，鄭浣就寫了一封信，把他介紹給某一個地方的縣令，看看能不能給他安排點工作。就在鄭浣給他送行的那天晚上，鄭浣請他吃飯，說為你送行，明天你要上路了。鄭浣就觀察這個遠房孫子的吃相。那天吃的是蒸餅，鄭浣突然發現孫子把這個餅皮給撕了，掏裡面的瓤吃。這一下，鄭浣非常生氣，就在旁邊嘆息，說：這個餅的皮和裡面有什麼區別啊？你居然有這樣的毛病？如此奢侈浪費？你一點淳樸的習慣都沒有，我看你在家鄉務農，應該是很質樸的，一定懂得種莊稼的辛苦。但是沒想到，你像紈袴子弟一樣的浮華。這個遠房孫子害怕了，一哆嗦，把手上剩下的那些皮統統給他遠房爺爺遞過去了。鄭浣接過來，把他掏剩下來的皮全吃了。第二天鄭浣就打發人把這個遠房孫子送回家，認為他不堪重任。鄭浣就是通過一個飲食的細節，來觀察一個人。

古人認為，一個人對待飲食的態度，能夠反映出他的品德和修養。因此在中國古代，人們往往通過飲食的細節來觀察一個人。甚至有的皇帝，還會以此為標準，來考察皇位的繼承人是否合格。

據說，唐玄宗有一次和太子，即後來的唐肅宗吃飯。這一天御膳房準備了熟肉，有一隻熟的羊腿，唐玄宗就叫太子把這隻羊腿給切開。太子說，好，遵命，於是就把羊腿給切開，把肉給剔下來。剔完了以後，太子就用餅把手上的羊油給擦掉。這個時候，唐玄宗就在旁邊觀看，心想你居然這樣拿餅擦手啊！心裡十分憤怒。唐玄宗正要發怒的時候，卻發現太子把這個餅給吃下去了。唐玄宗一下轉怒為喜：好孩子，懂得節約。於是就認定唐肅宗是一個比較好的皇位繼承人。

中國人過去非常注重培養孩子良好的飲食習慣，現在培養孩子良好的飲食習慣，是要讓孩子形成營養結構比較完備的飲食習慣。比如有些孩子老吃速食，什麼肯德基、麥當勞等等，我們覺得不行，你得吃點蔬菜，這是培養他的飲食習慣。比如孩子挑食，有些東西吃，有些東西不吃，我們說你的飲食要均衡。

在中國傳統當中，孩子的飲食習慣就是《弟子規》規定的這些。比如不要挑揀，要適可而止，不要過量過分。還有食不語，就是吃飯的時候不要說話。這都是吃飯時的規矩，西方叫餐桌禮儀。但是中國傳統有套規矩，比如孩子只能吃尊長放在你面前的菜，只能吃尊長夾到你碟子裡的菜，站起來伸出筷子到遠處那個碟子裡夾菜，這是絕對不允許的，會被認為非常失禮的。你也不能向同一碟菜連續伸三次筷子，你夾一筷子，好吃，再夾一筷子，但如果你的筷子第四次伸出去的話，長輩便會用筷子把你的筷子敲掉，提醒你一下，意味著這頓飯你不要吃了，你應該反思一下。

在現代人看來，古人的這套餐桌禮儀似乎已經過時。今天的家長，很少有人會要求孩子遵守這些規矩。這是不是就意味著，這些規矩對於現代人已經沒用了呢？如果孩子不懂這些規矩又會怎樣呢？

不講究餐桌的禮儀，不形成良好的生活習慣，孩子長大以後或者進入社會跟別人交往的時候，確實很容易給人留下不好的印象。

比如大家在一張桌子上吃飯，在座的有的是尊長，有的是領導，有的是師長，孩子一看到很遠有個自己愛吃的菜，一下站起來，把那個菜撩過來放到自己跟前。如果我們跟這樣一個人一起吃飯，我們肯定會覺得他不懂禮貌。或者一桌子菜，他就盯著那一個菜吃，別的幾個菜其他同事、朋友都在吃，他卻連一筷子都不伸，因為他不懂得「勿揀擇」的道理。那麼會給大家留下一個什麼印象？大家會覺得他這個人不合群，我們都能吃，怎麼他不能吃呢？這就是從小沒有養成「勿揀擇」的習慣。

現在的餐桌禮儀確實存在很大的問題，浪費食物的情況是非常嚴重的，在學生餐廳裡，我們經常可以看到大半個饅頭被扔掉，大半盤菜被倒掉。有的孩子買了一盤菜，嘗了兩口，可能覺得不合口味，倒掉了馬上再買。這種情況是值得我們重視的，不能把它視為一件小事。如果從小不形成良好的習慣，將來會影響孩子的整體形象。

養成一個良好的飲食習慣，能夠讓孩子受益終生，可是在當今社會，擁有這個習慣的孩子卻越來越少了。那麼，要想培養孩子從小養成良好的飲食習慣，今天家長應該從何做起呢？

今天，孩子從小都是寶貝疙瘩，父母只問孩子你喜歡吃什麼啊？你想吃點什麼啊？爸爸媽媽給你去買，讓他們從小生活在這樣一種有絕對選擇權的環境中。現在的孩子有幾個會顧著老人，比如吃的時候有沒有想著爺爺奶奶吃了沒有，外公外婆吃了沒有，爸爸媽媽吃了沒有啊？好多家長有的時候會有一個不好的習慣。比如，家長不吃，都忙著餵孩子，爺爺搖著撥浪鼓，奶奶舉著布娃娃，爸爸端著碗，媽媽拿著勺，孩子吃飽了，大家才鬆口氣，天大的事情了了，然後再坐下來吃。這給孩子從小形成一個極不好的習慣，讓他沒有一個相互謙讓的習慣，考慮在同一張餐桌上、同一個屋簷下別的尊長喜歡吃什麼，想要吃什麼？我是不是應該謙讓點？我是不是應該關心一點？這種習慣沒有養成。如果從小讓孩子跟長輩在一張桌子上吃飯，那孩子會知道：哦，原來我愛吃的東西誰都愛吃啊，而不是我一個人愛吃。原來我認為這個東西不好吃，怎麼爺爺奶奶、爸爸媽媽也能吃啊！我是不是也嘗一嘗，我或許也能吃下去啊？如果我們有這樣一種習慣，對孩子將來的成長實際上是有好處的。

大家現在惟一不用擔心的是《弟子規》裡邊的「食適可，勿過則」。因為現在許多年齡很小的孩子都在嚷著要減肥，比如我和朋友的孩子在幼稚園裡一起吃飯：叔叔，我不吃。我問為什麼？小孩回答說：因為我在減肥。

《弟子規》講：「年方少，勿飲酒；飲酒醉，最為醜。」這句話的意思是，孩子歲數還小的時候不能飲酒，喝酒醉了以後，那是最大的醜事。

為什麼《弟子規》會有這樣的規定？道理也很簡單，因為年紀小的時候，第一，你的身體沒有發育完備，所以身體的結構對於酒精的抵抗能力是有限的。第二，自控能力差，除了身體以外，精神方面、意志方面的自控能力都較弱，而且有的時候，甚至是不知道自控的。那麼一旦喝醉了，就很有可能做出一些讓父母非常難堪、讓家裡客人非常難堪的事情，年齡稍大一點的孩子，也許還會做一些讓自己後悔莫及的事情。尤其像我們現在讀中學，特別是讀高中的學生，血氣方剛，在這個時候如果飲酒的話，會引發一些相當嚴重的後果。《弟子規》的考慮是非常非常周全的。

現在全世界絕大多數國家都有立法規定，不到哪個年齡段的孩子是不能飲酒也不能買酒的。如果你到一個店裡去，說我要買酒的話，營業員會根據你的年齡做出判斷，如果那麼小一個孩子，說我來兩斤酒，那是不能賣給他的。如果你賣酒給未成年人，也是違法的。這樣一些規定充分表明，從對孩子們負責的角度講，全社會都有責任，而這種責任甚至要通過立法來保障。所以《弟子規》的這個規定毫無疑問，在今天依然是有效的。

無論在古代還是在今天，《弟子規》中「勿飲酒」的規定都同樣適用，孩子們都必須遵守。但是，對於成年人來說，是不是就可以隨意飲酒呢？成年人喝酒時，應該注意些什麼呢？

對成年人或者青年人來講，喝酒應該有一個度。這樣的故事在歷史上是很多的。酒池肉林的故事大家應該都聽過的，商代晚期的君主基本上都是一些淫暴好酒之徒，他們喝了酒之後，原來暴躁的脾氣越來越厲害，幹的壞事也越來越過分。為什麼商朝的貴族喝酒特別容易喝出事情來？因為他的酒器是青銅器，青銅裡面有鉛，而一用青銅器裝酒，鉛的揮發更厲害。所以現在很多歷史學家判斷，商朝晚期這些喝酒無量的貴族基本上是鉛中毒的。中毒後，他的意識就不會清醒。如果他的意識不會清醒，他對做出來的事情還談得上負什麼責任。

因酒誤國的事情在中國歷史上不勝枚舉。楚共王和晉國的軍隊在鄢陵打了一仗，楚國吃了敗仗，楚共王的眼睛中了一箭。為了準備下一次戰鬥，楚共王費盡心機，調兵遣將，這個時候他準備和一個叫子反的大司馬一起商量下一步的安排。結果楚共王左等右等都沒等來，原來子反喝酒喝醉了，如同爛泥一般，這就把軍國大事給誤了。楚共王只能對天長嘆：天敗我也！

成年人如果喝酒不能把握適度的原則，也會產生很嚴重的後果，輕者失態誤事，重者喪命亡國。既然如此，那為什麼還有那麼多人喜歡喝酒，甚至有時候還會以醉酒為榮呢？

中國有非常獨特的酒文化。中國傳統中有各種各樣的原因和理由可以叫人喝酒，也有各種各樣的原因和理由叫人合理、合情地喝醉。

比如《水滸傳》裡，如果武松沒有那十八碗酒壯膽，他怎麼能把老虎給打死呢？如果魯智深不喝酒，他還叫魯智深嗎？比如魯迅先生筆下的壽鏡吾，是一個讓人可憐可氣可恨又有點可愛的人物。如果壽鏡吾不喝酒，怎麼會有下面這一段非常精彩的話：「鐵如意，指揮倜儻，一座皆驚呢」、「金叵羅，顛倒淋漓噫，千杯未醉嗬。」就酒這個東西，讓壽鏡吾的形象躍然紙上。

如果我們到唐詩宋詞裡面找飲食方面的主題，找到最多的一定是酒。

酒池肉林

形容窮奢極欲。《史記．殷本紀》：「（帝紂）大聚樂戲於沙丘，以酒為池，縣（通「懸」）肉為林，使男女裸相逐其間，為長夜之飲。」商紂王執政前期，精明強悍，發展農桑，開疆擴土，後期卻窮奢極欲，酒池肉林就是典型的代表，最後終於葬送了商朝的政權。可見有史以來驕奢淫逸者都難有善終。

我們可以看到一些詩歌，比如要送人的話這句就很有名，「勸君更進一杯酒，西出陽關無故人」，這句詩是王維寫的，到今天還在用。喝到極致的話，還是李白的，「舉杯邀明月，對影成三人」，自己一個人，端著一杯酒，對著月亮，首先得喝醉，你發現月亮裡除了吳剛還有一個自己，自己眼前還飄著一個自己，對影成三人，這都喝到一種飄飄然的境界了。曹操也藉酒發出對人生的感慨：「對酒當歌，人生幾何。」唐詩當中描寫非常舒適、悠閒的生活，也跟酒有關，比如白居易就有「晚來天欲雪，能飲一杯無」，晚上看看天暗了，快要下雪了，大家一想，家裡肯定挺冷的，要不坐下來喝一小杯，非常悠閒。

這裡邊最有名的是李白的《將進酒》，也是一個非常有名的關於酒文化的傑作。

中國文化和西方文化相比，還有一個非常獨特的形象，叫酒徒。我們中國文化多麼博大有趣啊，有很多名留青史、千古流芳的人都是酒徒。現在也有人要學酒徒，於是他喝了個爛醉，但名字倒沒在歷史上留下，因為以此為藉口的人不懂歷史。歷史當中的酒徒和酒狂，到底是什麼人？

「酒徒」是中國文化裡一個非常獨特的形象，很多好酒之人都以「酒徒」自稱，並引以為榮。可是，為什麼說以此為藉口喝酒的人都不懂得歷史呢？歷史上的「酒徒」一詞，究竟出自何處呢？

這個典故出在《史記》裡邊，《史記》有一個傳叫〈酈生陸賈列傳〉。這個酈生就是酈食（ㄧ）其（ㄐㄧ），陳留高陽人（今河南開封杞縣西南人），他非常喜歡讀書，有奇謀，但是落魄不堪，時運不濟，因為這個人很狂放，所以大家就叫他狂生。漢高祖劉邦起義，開始反秦，軍隊久攻陳留不下。正在劉邦無計可施的時候，酈食其覺得機會來了，就去找劉邦，他對看門的軍士講：請你進去通報一聲，說有一位六十多歲的儒生，前來求見。軍士說：算了吧，大王最討厭的就是儒生，過去有個儒生來求見，大王把他的帽子摘下來當夜壺，當著他的面撒尿，平時誰說話提到儒生他就大罵，所以我也不敢去通報，我建議您最好也不要說是什麼儒生來訪，大王肯定不見。酈食其不相信，他認為要成大事總歸得尊重儒生，所以就對軍士說：你先去通報，通報了再說。於是軍士就硬著頭皮到帳篷裡面通報，劉邦就問：外面來的是誰啊？軍士說是個大儒，穿著儒家的袍子，戴著儒家的帽子。劉邦說，回去告訴他，我沒閒工夫見儒生。軍士趕快出來跟老人家講，大王不見，討厭儒生。酈食其一聽，兩眼一瞪：你回去告訴你們大王，別說什麼儒生來拜了，你告訴他是高陽酒徒拜見。軍士只好進去再次稟報，劉邦也有意思，一聽來了個酒徒，馬上很客氣，就對軍士說有請高陽酒徒。歷史上這個典故就這麼流傳下來了。

所以我們稱自己為酒徒是迫不得已的事情，酈食其稱自己為儒生，劉邦不見。所以他才自稱為酒徒，故作大言，能夠讓劉邦覺得這個人很怪。

酈食其

酈食其（？—前二〇三年），秦漢之際陳留高陽（今河南杞縣）人。本為里監門。劉邦起義軍至高陽時，酈食其自稱「高陽酒徒」去見劉邦，獻計助劉邦攻打陳留，被封為廣野君。楚漢戰爭中，酈食其說服齊王田廣歸順劉邦，同時韓信奉劉邦命攻打齊國，聽說齊王歸順的消息，韓信本欲收兵，但帳下策士蒯徹鼓動韓信攻齊，齊王以為被酈食其出賣，將其烹死。

我們現在如果有人說，我是高陽酒徒，來，喝一杯，這完全反了，這不是好事情。

無論作為一種飲品，還是一種獨特的文化，「酒」都以它特有的魅力，融入了中國人的生活，並成為不可或缺的部分。在日常生活中，適當的飲酒能夠幫助人們舒筋活血、怡情助興。那除此之外，「酒」還有什麼特殊的用途呢？

如果一個人在喝酒的時候，能夠保證清醒，也就是說控制住自己的量，那麼往往藉酒可以成事，可以辦成很多事情，但我依然不提倡喝酒，因為一般人做不到。

杯酒釋兵權。趙匡胤是靠禁軍成事的，也就是靠咱們今天說的中央警衛部隊登上了皇位，趙匡胤黃袍加身當了皇帝以後，老擔心同樣的歷史發生在別人身上，那樣他不也完蛋了嗎？有一天，他就把部下的大將全部請到宮裡，備上美酒，酒過三巡後，趙匡胤就對手下這些大將講：各位哥兒們，我當上皇帝都是靠著諸位兄弟幫忙。幾個大將一聽心裡很高興，皇帝還認我這哥兒們，還記得當上皇帝是靠我們。接下來趙匡胤藉著酒說了這麼一句話：可是我當了皇帝以後，連續好幾晚都失眠。幾個將領喝得挺好，一聽這話，忙問，皇上您為什麼睡不著呢？都當上皇帝了怎麼睡不著呢？趙匡胤說：我怎麼能睡著啊，你們幾個對我都是忠心耿耿，這個沒問題了，但是，也難保你們的手底下沒有一些貪圖富貴之人啊？哪天他們找個機會把一件黃袍披在你們身上，你們不也當了皇帝了嗎？幾個人這麼一聽，都嚇醒了，趕緊問皇上：皇上啊，您給我們賞一條生路，我們絕對不會這麼做，絕對不想。趙匡胤又舉起杯說：大家喝好。這個時候已經沒人敢喝了。趙匡胤繼續講：我看你們還不如回去養老，辛辛苦苦一世，不就是為了子孫後代嗎？為了自己享樂嗎？你們回去造點大房子，買些良田，多找一些歌女在家裡唱唱歌，給子孫後代留下一些東西。這些大將一聽，第二天便紛紛辭職，這個說我身體不好，那個說我胃疼，這個說我胸不好，那個說我腿瘸了，軍隊我帶不了了，於是集體退休。趙匡胤給他們每人重重賞賜，送他們回老家去了。這也是藉酒辦成的事情。

現在很多喝酒的人都認為自己撐得住，結果喝完就醉了。最近因為醉酒駕車對社會造成的危害大家都看到了，多慘烈的事情都發生了。所以，不要對自己的酒量有信心。

《弟子規》對飲酒方面做了禁令以後，用了一連串相當嚴厲的語氣對孩子的行為規範提出要求。一般來講，《弟子規》在這一段的語氣最為强烈堅決。那麼《弟子規》對孩子的行為舉止還有哪些非常嚴厲的規定和要求？請大家看下一講。

第十講

步從容，立端正；揖深圓，拜恭敬。

勿踐閾❶，勿跛倚❷；勿箕踞❸，勿搖髀❹。

緩揭簾，勿有聲；寬轉彎，勿觸稜❺。

執虛器，如執盈❻；入虛室，如有人。

❶閾（ㄩˋ）：門檻。

❷跛（ㄅㄧˋ）倚：偏倚，站立不正。語出《禮記・禮器》：「有司跛倚以臨祭，其爲不敬大矣。」

❸箕踞（ㄐㄧ ㄐㄩˋ）：兩腳伸直岔開的坐姿，形似簸箕。❹髀（ㄅㄧˋ）：大腿。

❺勿觸稜：不要撞到家具物品的稜角。❻盈：滿。

人們常說坐有坐相，站有站相。《弟子規》爲了讓我們養成言行愼重的好習慣，也專門對我們的行走站立提出了非常具體的要求，那麼在《弟子規》看來，我們究竟應該怎麼走、怎麼站、怎麼坐才是對的呢？而這些兩百多年前提出的行走站立規矩，是否還適用於我們現代人呢？

我們平時都對孩子講，站有站相，坐有坐相。但是如果孩子回一句嘴：我為什麼要站有站相，我不是站著嗎？我為什麼要坐有坐相，我不是坐著嗎？家長應該怎麼回答孩子？好多家長的反應是：你這孩子怎麼不聽話呢？說完扭頭就走了。這就達不到教育孩子的效果。

《弟子規》講：「步從容，立端正；揖深圓，拜恭敬。」走路的時候不要慌慌張張，要非常從容；站立的時候不能歪歪扭扭，要非常端正；作揖的時候，腰要彎成一個大大的圓形，叩拜的時候要恭恭敬敬。作揖和叩拜在今天一般是不用了，但是，對尊長行禮的時候要心存恭敬，這個原則是不能變的。走路要有走路的樣子，站立要有站立的樣子，不僅中國文化有這個要求，全世界的文化大致都是如此。大家如果到歐洲去，該怎麼站，要怎麼坐，他們也會有很嚴格的要求。

唐朝有個非常有名的詩人叫張九齡，他同時也是位出色的政治家。大家知道他怎麼冒出來的嗎？他就是因為站有站相冒出來的。當時他在朝廷裡的時候，不是一個很重要的人物。但是他非常注意自己的舉止，站有站相，坐有坐相，舉止得當，所以他在臣子當中非常出衆。每次朝廷聚會，皇帝都要對這個人多看幾眼，很多比他官位高的人，就要揣摩皇上的意思，怎麼皇上老看他？是不是皇上跟他之間有什麼特殊關係？張九齡很快就在群臣當中冒了出來。我們經常會聽到這樣的說法：**人要注意內在的東西，不要在乎外表**。這個話對還是不對呢？我覺得這個話，說它對它也不對，說它不對，它又有點對。為什麼？因為這個話不能絕對化。人當然應該注重內在的修養了，但是在條件許可的情況下，也應該注意一些外在的儀表。

古人一直都很重視個人的行為舉止，除了「坐有坐相，站有站相」的要求之外，甚至還提出了「立如松，行如風，坐如鐘，臥如弓」的具體規定。那麼我們究竟應該怎麼做，才能做到「立如松，行如風，坐如鐘，臥如弓」呢？

什麼叫「立如松」呢？站著的時候像松樹一樣挺直，不能彎腰塌肩，這樣是絕對不行的。還有就是抖腿，我有時候看到很多學生站在那裡抖腿，那是非常難看，抖腿是絕對要避免的。當然，我們不能要求我們都是國旗班的禮儀兵，這個我們做不到，但是行為舉止基本上要端正。

「行如風」這句話是我們誤解最多的，大家一般把「行如風」理解成

張九齡

張九齡（六七八年—七四〇年），唐玄宗時大臣、詩人。字子壽，一名博物。韶州曲江（今屬廣東）人。張九齡舉止優雅、氣度不凡，唐玄宗對宰相推薦之士，總要問：「風度得如九齡否？」張九齡官至宰相，爲人秉公守則、直言敢諫，從不徇私枉法，提倡不拘一格選拔人才。後來因爲李林甫進讒言，被唐玄宗罷免宰相職務。張九齡的詩作語言質樸慷慨，被譽爲「嶺南第一人」。《唐詩三百首》收錄的第一首詩即爲張九齡的《感遇》。其中「草木有本心，何求美人折」一句，是歷代傳誦的佳句。

一路小跑，像風一樣飄來飄去，你以為自己是幽靈嗎？不是這個意思。「行如風」的意思是挺胸抬頭，步伐不要匆忙，像風一樣輕盈，而不是說像風一樣竄來竄去。我們累的時候，或者心情不好的時候，腳步是遲滯的，是拖著走，這樣的走路姿勢是不行的。我們心裡很自在，很愉快，腳步才會輕盈，《弟子規》後面馬上就會講到，有的時候，我們不要以為「行如風」就是走路時不要發出腳步聲，那麼我在前面走著，後面悄無聲息來了一個人：「哎，錢文忠。」那一定會把我嚇一跳的，所以不是這個意思。

「坐如鐘」，不是今天咱們的鐘，而是像古代的銅鐘，咱們現在在廟裡面都能看到，像銅鐘一樣坐著。為什麼？古人是盤腿坐的，這樣坐著就像一口鐘的樣子，肩也是端著的，你不能盤著這麼坐，像個芋頭，不像個鐘。所以我們的坐姿應該像銅鐘一樣穩健，最重要的是不要東張西望，不要手不停、腳不停。我們小時候受教育的時候——當然這個現在好像不提倡了，都要挺胸，我記得一直到了初中，才可以把手放在腿上，我的學校是這樣。現在好像沒這個要求了，實際上，這樣的要求是沒有壞處的。坐有坐相，對孩子的儀表，對孩子的身體發育都有好處。

「臥如弓」，睡著的時候像一把弓一樣，稍微有一點彎。今天的人睡覺，最常見兩種姿勢，一種是趴著睡，第二種姿勢是躺著，一個大字。這種睡姿在古人都是要不得的，古人一定要像弓一樣，腿略微曲著一點，因為這樣比較符合自然原理。嬰兒的姿態就是這樣，老了以後也會這樣。而這樣「臥如弓」，假如還不知朝哪兒臥，那應該右臥。大家到廟裡面去看臥佛，哪天大家要是看見一個佛朝左臥的，請趕快告訴我，我一定要去看看，一般是沒有的，臥佛都是朝右臥，不大可能有臥佛朝左臥的。這種姿勢叫做「吉祥臥」，因為這樣不會壓著心臟。右臥不壓著心臟，這是非常符合健康原理的，所以古人有這樣的要求。懂得禮儀，知道自己應該怎麼對待自己的儀表，這個人就有了威儀，有了一種自尊和尊嚴，你當然也會有自信。而這樣的良好習慣，實際上是沒有捷徑可走的，只有從小養成。

從小養成得體的行為舉止，對一個人而言至關重要，因為這不僅僅是個人修養的問題，有的時候，甚至還會影響到個人未來的命運，這是為什麼呢？

過去大家庭裡邊有這樣一種非常奇怪的規矩：小輩去看長輩，長輩先不跟你說話，會先從上到下打量你一分鐘，很多人以為這是長輩的尊嚴，長輩的架子。其實不是的，這叫望氣。長輩就要看看你這個小輩，看你的舉止，看你這孩子是不是可以造就。長輩對小輩都是這樣，老師對學生也是這樣，長官對部下也是這樣。最好的例子是曾國藩，到他幕府裡的人，或者到他手下當官的，都會叫對方來面談，他要把那個人看到發毛為止。曾國藩一直要看那個人怎麼做，一兩分鐘不跟他說話，一個人的壞毛病都會出來的。撓撓頭，看看，抖抖腿，如果對面是曾國藩，那就完了，前途結束，因為他認為你不莊重，不堪造就，這是過去的規矩。類似的故事在中國傳統當中是很多的。

春秋時候，中國有一個偉大的預言家叫單襄公。單襄公是觀察人、相人的高手。公元前五七四年，魯成公和晉、宋、衛、曹、邾等國結盟，古人經常有盟會的，一些小諸侯國在一起開個會，大家有共同的利益，大家一致對外，相互幫助，這個叫會盟。這個時候，單襄公看到晉厲公馬上就說，這個人不行，這個人要出事，會有災禍。人家說，晉國是個大國，晉厲公滿厲害的，身體很好，怎麼會有災禍呢？單襄公說，晉厲公走路的時候眼睛望遠不望近，腳步抬得高高的，離地太高，心不在焉，所以這個人遲早要出事。我們如果看到一個人走路時眼睛看那麼遠，腳抬得很高，我們一般是不會理他的。正像晉厲公這種走法，單襄公認為他要出事，果然晉厲公就出事了。

晉厲公

晉厲公（？—前五七三年），晉景公之子，姬姓，名壽曼，公元前五八〇年至前五七三年在位。公元前五七三年晉國大夫發動政變，將晉厲公處死於獄中。

單襄公看到晉厲公走路的樣子，就準確預言出了晉厲公的未來，這個故事聽起來簡直太不可思議了，那麼這個故事究竟是真是假？難道古人通過觀察一個人的言行舉止，真的就能推斷出這個人未來的命運嗎？

中國社會或者中國傳統，特別强調禮。我們是禮樂文明之國，我們有非常完備的禮制，所以我們從觀察一個人是不是守禮，是不是懂禮，是不是尊禮，基本上可以判斷他在社會上受認可、受歡迎、受尊重的程度。如果一個人在社會上很受歡迎，如果一個人在社會上很受尊重，如果一個人在社會上人緣很好，是不是他將來的發展前途會比較好？如果一個人一看就不順眼，社會上誰都看著他不順眼，要麼傲慢，要麼骯髒，要麼邋遢，這個人會有什麼好的前途？所以這裡面是有它一定的邏輯的。古人為什麼要相人呢？農夫可以從天文星象的變化來預知未來幾天、十幾天，甚至幾十天天氣變化；有人生閱歷的人，也可以從一個人的外貌、舉止和儀表當中去預測他的命運。從這個角度來講，我們不能把相人簡單等同於迷信，這不是那麼簡單的事情。

有一個故事和我們熟悉的一句成語有關，叫「鶴立雞群」。大家都聽說過這個成語，但是這個成語的主人公是誰？很多人可能就不知道了。「鶴立雞群」的主人公就是竹林七賢之一嵇康的兒子嵇紹。嵇紹在曹魏年間擔任侍中，他在十歲的時候，嵇康就被殺害了，所以他是在母親的嚴格教養下成長起來的，對母親非常孝順。當時的晉武帝下詔要徵用嵇紹，因為他很有名，所以他就到了洛陽去當官。當時有一個非常重要的大臣，還沒見到嵇紹就問見過他的人，說這個人到底怎麼樣？他爸爸嵇康很有名，那嵇康的兒子怎麼樣？那個人就回答道，昨天我在人群當中一眼就看出誰是嵇紹，因為他氣宇軒昂，鶴立雞群。後來朝廷認為，像嵇紹這樣的人，非常注意自己的儀表和行為舉止，非常有尊嚴，這樣的人應該讓他去選拔人才。果然，嵇紹一點都沒讓朝廷失望。當時沛國有個人叫戴晞，年輕有才氣，而且和嵇紹的侄子嵇含有非常密切的交往。大家一看，那麼有才氣的一個人，又跟嵇大夫家的關係很好，這個人將來一定要有大用。但是嵇紹發現戴晞行為輕浮，有的時候不注意場合，不注意儀表，對大家不夠尊重，所以嵇紹就認為這個人不堪大用。戴晞因為很有才華，很多人都喜歡他，後來還是當了官，但是不久，就因為行為不端，罷官而去，大家都非常佩服嵇紹的判斷力。

一個有修養的人，一定是坐有坐相，站有站相，走路也有走路的樣子，而《弟子規》接下來連用了四個「勿」字，指出四種嚴厲禁止的行為，那麼究竟是哪四種行為呢？為什麼這四種行為是不好的呢？

《弟子規》接下來連用了四個非常嚴厲的「勿」字，對孩子的一些舉止做出規定：「勿踐閾，勿跛倚；勿箕踞，勿搖髀。」四個「勿」，如此嚴厲的語氣，這在《弟子規》裡是很少見的。「勿踐閾」是什麼意思？就是進門的時候，不要把腳踩在門檻上。古代的門檻都比較高，因為古代的門檻是有各種功能的，其中一個功能就是擋洪水。我們可以看到，好多孩子過門檻的時候，喜歡站在門檻上，這樣是不行的，因為這樣不莊重。過門的時候跨過門檻，但是千萬不能先踩在門檻上，這非常輕浮，門檻不能隨便踩的。此外，還有男人先邁左腳，女人先邁右腳的規矩。

清朝最後一個皇帝是宣統皇帝溥儀，當時在故宮裡邊惹過一件事情。他少年時候好玩，跟著英國師傅莊士敦讀書，後來買了一輛自行車，在宮裡邊騎。故宮裡面都是門檻，影響騎車，皇帝下令把門檻給鋸了。每個門檻開一個窟窿讓他騎車走，當時大家都覺得不是一件很好的事情，因為門檻不能隨便碰。

「勿跛倚」的意思就是一條腿著地，一條腿顛著，這樣靠在牆上，就叫做跛倚。現在很多小孩子覺得這動作很時髦，大概受了港台電影或者有些電視劇裡邊一些黑道形象的影響，往那兒一靠，這是非常輕浮、非常不好的行為。

「勿箕踞」，古人的坐是席地而坐，盤腿而坐的，一般來講是跪坐，像老一輩的日本人還是這樣跪坐的。坐的時候，你千萬不能一屁股坐在地上，把兩條大腿這樣叉開，這樣像什麼？像簸箕，這個就叫箕踞，非常不禮貌。今天我們坐在椅子上，兩條腿撇開，這樣坐著就是箕踞，不能這麼坐，非常沒禮貌，我們一般要求坐的時候腿是要併攏的，女性更要是這樣，女性雙腿併攏還略略應該腿側一點。過去講究的坐姿，還不能這麼併，要稍微側一點，男性是要併直的。

「勿搖髀」，不能抖動大腿。《禮記》裡邊有這樣的話：「立勿跛，坐勿箕。」站著的時候，不要一條腿站著，一條腿蹺著，顛著在那兒抖；坐的時候，不要兩條腿伸直，像簸箕一樣，毫無禮貌。下面這一段話是《弟子規》對孩子的肢體動作做出的一些規定和提醒。

《弟子規》除了對行走站立做出了明確的規範之外，還針對日常生活中的瑣碎小事，提出了「緩揭簾，勿有聲；寬轉彎，勿觸稜」，這是為什麼呢？《弟子規》為什麼會專門針對揭簾子和走路拐彎，提出要求呢？

《弟子規》在這幾個「勿」後面還連著「勿」字，這一段《弟子規》的語氣特別嚴厲：「緩揭簾，勿有聲；寬轉彎，勿觸稜」。講的是我們在日常生活當中非常容易忽略，而實際上是應該重視的問題。我們古人講「緩揭簾」，因為進門的話，除了外面有個門，很多家裡是用簾子隔開的。古人認為，要非常文雅地把簾子揭開，不要弄出聲音。在清朝宮廷有個規矩，軍機大臣當中職位最低的打簾子軍機要為職位高點的掀簾子。過去清朝的皇宮夏天也得搭一個涼棚，冬天得掛上厚棉被做的簾子。打簾子軍機就要做到「緩揭簾，勿有聲」。這個軍機大臣走在前面，把簾子揭開時不能有聲音，讓資歷比較老的先進去，自己再轉身把簾子放下後進去。

軍機處

設立於雍正七年（一七二九年），當時的內閣在太和門外，雍正帝惟恐洩漏軍政機密，選取內閣成員協助自己處理政務。起初叫做軍機房，後來改稱辦理軍機處。這一機構的設置以後就延續下來，乾隆時期簡稱軍機處。軍機處的設立標誌著君主集權制發展到了頂點，成爲清中後期朝廷政務的最高決策機構。

這種規矩現在一般人不太知道了，但是現在有一個情況，我們看到很多人推門進來，或者關門出去的時候，根本不注意後面的門。我小時候有時候會忙記關門，我媽媽會說，看看你的尾巴呢？你是不是身後面有條尾巴啊？過去老輩會講，小輩就知道去把門關好。現在我們好像不大跟孩子講這個，不大對孩子有這種要求，包括現在我們看到好多轉門，走轉門的時候，我們一推走進去了，而不會回頭看看，後面有沒有老人？後面有沒有小孩？很多人不看，其實最好看一看，要照顧到別人。

「寬轉彎，勿觸稜」，它對孩子特別强調，一個房子有拐彎的時候，好多孩子想抄近路，覺得自己身輕如燕，急急忙忙就過去了，往往就會撞到這個角上，包括我們今天馬路上，看到好多車禍，就是違背了《弟子規》。我們如果知道「寬轉彎」的話，好多車禍就不會發生，很多人就覺得自己的車技像舒馬克一樣，可以一把就過去了。我跟那些朋友講，一把很容易過去，弄得不好一把就「過去了」。所以就要記住《弟子規》裡要求我們要「寬轉彎」。古人非常講究行為舉止要從容，要小心。

《弟子規》接著提出來的要求，就更加讓人費解了：為什麼明明拿著一個空的器皿，卻要把它想像成盛滿了東西？為什麼進入沒有人的房間，還要特別注意自己的言行，就像進到有人的房間一樣呢？

《弟子規》下面還有一些話，在我們今天看來好像有點小題大做，但是大家仔細想想有沒有道理。「執虛器，如執盈；入虛室，如有人。」你手上拿著一個空的器皿，比如拿著一個空盤子，你要把它想像成裡邊裝滿了東西。我們現在看到很多大人會叫：兒子，幫爸爸拿個盆來。那也要碰到孩子心情好，孩子心情不好會說：你自己拿，我不管。一般拿來都這麼晃著，反正裡面沒東西的。古人認為這樣是不可以，你一定要端著，不要以為它是空的，要想像裡面是有東西的。這樣你不容易敲碎東西，不容易敲到別人，自己也不容易受傷，行為又很端莊。

「入虛室，如有人」，到了空無一人的房子裡，你要像這房子裡有人一樣。很多人到了一個房子，比如去拜訪一個人，這裡面沒人，一進去東張西望，桌子上看看，櫃子拉開來看看，電視開開看看，音響打開聽聽。雖然沒有人，你要認為是有人的，你要放端莊，放尊重，要有一種自我節制，這是古人的要求。這些大家會覺得有什麼不合情理的地方？我覺得一點都沒有。

特別是「入虛室，如有人」，這一點在今天我們的孩子看來會覺得很奇怪。他們會覺得，我好不容易上了一天課（現在小學生的書包特別重，我都拎不動），回到家裡就把衣服一脫，光著膀子在那兒四仰八叉躺著，家裡不是沒人嗎？沒人我為什麼不能這樣？很多人有這個想法。很多朋友上班回來累了一天，回到沒有人的地方，我還不能放鬆放鬆？這樣做是沒有理解《弟子規》。《弟子規》講的是一個修身的問題，講的是要求在一個無論是什麼樣的情況下，即便是沒有人在場的情況下，都要做到有所不為，有所守。這個叫做「不欺暗室」，就說哪怕這個房間裡一個人都沒有，而且一絲光線都沒有，漆黑一片，伸手不見五指，你一個人待在裡面，也要有自我約束。

春秋末期，衛靈公下了一道詔令，規定國人只要經過王宮的門口，都必須行鞠躬禮，以表示敬意。剛開始時，大家都遵守，特別是在白天，經過王宮時都會鞠個躬。但是時間一長，慢慢大家都不遵守了，特別在宮門已經緊閉的時候，就沒人鞠躬了。宮門已經關掉，裡面又沒人看得見，又是晚上，於是便不鞠躬了。有一天晚上，夜深人靜，衛靈公和夫人南子正在飲酒，突然聽到宮門外頭有一些馬車聲傳來，到了這裡突然停下來了，過了一兩分鐘，這輛馬車又走了。這個時候國君就問南子，說這是誰啊？南子說，我敢肯定這個人就是蘧（ㄑㄩˊ）伯玉。衛靈公說，你怎麼那麼肯定呢？南子說，蘧伯玉是個嚴格遵守法律和規定的人，他對自己有嚴格要求，做任何事情非常自覺，不管有沒有人在場，他都能夠嚴於律己。剛才一定是這樣，他的馬車經過宮門口，雖然已經是半夜了，但是他停下馬車，下車向宮門鞠躬，鞠完躬以後又上了馬車再走。衛靈公說，如果不是蘧伯玉呢？南子說，錯了我就罰酒三杯。衛靈公趕緊派人去打聽，果真是蘧伯玉。

還有一句我們大家都知道的話，也是古人的要求，叫「天知地知你知我知」，這個典故在古代也是有真實出處的，見於《後漢書》。大將軍鄧騭（ㄓˋ），聽說一個人叫楊震，德才兼備，就徵召他。徵召他以後，楊震慢慢就負責我們今天講的組織人事，負責考察幹部、提拔幹部，經他手提拔了很多官員。楊震有一次到別的地方去當官，路過昌邑縣，當時昌邑縣的縣令叫王密，就是由楊震提拔的。那天晚上，為了感謝楊震的知遇之恩，王密就在沒有人的時候，帶著十斤黃金前來感謝楊震的提拔、栽培之恩。楊震看到王密拿著行賄的金子來，就跟他說：老朋友，我了解你是什麼樣的人，不然我不會提拔你，但是看來你不了解我，這句話意思很清楚。王密就說：恩人，深夜我悄悄地來，你把這金子收下吧，沒有人知道的。楊震回答：天知、地知、你知、我知，你怎麼能說沒有人知道？王密非常羞愧地走了。後來楊震官當得很大，卻為官清廉，從來不接受私下拜見。這就是古人的要求，不要以為沒有人就可以完全放鬆了，我們即使到了一個沒有人的地方，也一定要自我約束。

《弟子規》接下來還有哪方面的規定，希望孩子能夠從小養成良好的習慣和修身的大節？請大家看下一講。

第十一講

事勿忙，忙多錯；勿畏難，勿輕略❶。
鬥鬧場，絕勿近；邪僻事，絕勿問。
將入門，問孰❷存；將上堂，聲必揚。
人問誰？對以名；吾❸與我，不分明。
用人物，須明求；倘不問，即爲偷。
借人物，及時還；人借物，有勿慳❹。

❶略：忽略。 ❷孰（ㄕㄨˊ）：誰，哪一個。存：在家。 ❸吾：我。 ❹慳（ㄑㄧㄢ）：吝嗇。

《弟子規》在「謹」的篇尾，還特別關注了一些日常生活中的瑣碎小事，而這些看似不起眼的小事，如果我們不加以注意的話，往往會導致非常嚴重的後果。那麼究竟是哪些事情特別值得我們警惕的呢？如果我們忽略了這些事情，又會造成哪些嚴重的後果呢？

我們前面講到《弟子規》裡有許多對孩子行為舉止、待人接物等方面的規定。接著《弟子規》講：「事勿忙，忙多錯；勿畏難，勿輕略。」

這裡有三個「勿」。這一段的《弟子規》，「勿」字特別多，語氣比較嚴厲，嚴格要求孩子必須從小養成這樣的習慣。「事勿忙，忙多錯；勿畏難，勿輕略。」這些話的意思是，你碰到任何事情都不要慌亂。因為忙者多錯。如果我們急急匆匆的，很容易會惹出一些麻煩，把好事做成壞事。

「勿畏難，勿輕略。」你看到任何一件事情，都不要先有畏難情緒。我們經常看到一些孩子，爸爸媽媽叫他做一件事情：我幹不了。爸爸媽媽叫他做道題目：我不懂。什麼事情都沒做，就先怕了，那你什麼都談不上了。但是，僅僅有「勿畏難」是不夠的，還要「勿輕略」。換句話說，一方面，你不要凡事還沒做就覺得難；另外一方面，也不應該還沒做就覺得它很容易，輕視它，忽略它，這兩個極端都是要避免的。

按照《弟子規》的說法，孩子應該從小養成一種良好的習慣，這種習慣古人叫做「臨事而懼」。你碰到一件事情，先要存一點畏懼之心，你要非常認真，非常踏實、仔細地做好準備，去處理某件事情。如果太畏難，或是太輕略，那麼結果都不會理想。這樣的故事在歷史上比比皆是。

開元初年，唐玄宗比較注意選拔人才，當時有四個人非常優秀，其中有一個當河南尹的人叫李傑。唐朝的河南郡相當於現在的洛陽，河南尹是一個地方的長官。既然他當了這個地方長官，就要審案子。有一天，來了一個寡婦告狀，她告自己的兒子，罪名是不孝。不孝是中國傳統十惡之一，十件最惡的事裡，不孝在當時排名第七。因此做母親的告兒子不孝，那可是天大的罪，是可以判兒子死刑的。李傑就命令手下把這個不孝之子抓到堂上來審問。一審，很有意思。這個兒子說：大老爺，我得罪了我母親，您也別審了，我只求一死。什麼都不辯解。但李傑沒有，他做事力求勿輕略，沒有掉以輕心。於是，他就勸那個寡婦，說你寡居在家，身邊只有兒子一個親人了，你含辛茹苦把他養大，現在你告兒子不孝之罪，兒子按律當斬。你要想明白，今後後悔可是來不及的。哪知這個寡婦態度非常堅決，說這是一個逆子，我不要他，殺了就殺了，拖出去餵狗。李傑見寡婦這麼一個態度，只好說：行行行，我也不審了，你不是他母親嗎？你出去到大街上買一口棺材準備著給你兒子收屍吧。這寡婦一聽，好，大老爺答應了要把我兒子給砍了，她很高興，趕緊出門去買棺材。李傑當即就派了一個人跟著這個寡婦，發現這個寡婦出了衙門一拐彎，那邊有一個道士正在等著這個寡婦。李傑派出的手下就在旁邊偷聽，只聽到這個寡婦對道士說：都搞定了。手下把聽到的話告訴李傑，李傑一想這裡面肯定有問題。於是，等這個寡婦買好棺材來到縣衙的時候，李傑再一次勸說，你做媽媽的現在後悔還來得及。這寡婦當然不後悔，死都不後悔。結果李傑下令，把那個道士給拖上來，一審就審出問題來了。原來這兩個人有姦情，一個偶然的機會被兒子撞見，這兩個人尤其是道士擔心兒子去告官，所以就設計除掉這個兒子。這位兒子倒真是一個好孩子，要被砍頭的時候也不說，還說自己得罪了母親。所以李傑下令當場釋放兒子，把那個道士給斬了，屍體就放在那個棺材裡。這就是一個非常好的例子，李傑做事情非常縝密，絕對不輕率，避免了一個冤案。

孟母三遷

即孟子的母親爲選擇良好的環境教育孩子，多次遷居。《三字經》裡說：「昔孟母，擇鄰處。」後來，大家就用「孟母三遷」來表示人應該接近好的人、事、物，才能學習到好的習慣，也說明環境能改變一個人的愛好和習慣。

《弟子規》除了強調孩子應該從小養成臨事而懼的好習慣，還非常重視環境對孩子的影響，所以提出「鬥鬧場，絕勿近；邪僻事，絕勿問」。但是現在有些家長卻認為，應該從小就讓孩子多接觸社會，提早了解到社會的複雜性，對孩子是有好處的，那麼這種看法是對的嗎？

《弟子規》接下來講：「鬥鬧場，絕勿近；邪僻事，絕勿問。」打鬥、喧鬧的場合，小孩子不要去接近。那些不正當的、見不得人的、傾向不好的事情，小孩子不要去產生好奇心。

古代的中國人，非常重視環境對孩子的影響。孟母三遷這個故事我們大家都知道，為了培養孩子，媽媽不惜搬家三次，不就是為了給孩子找一個比較好的環境嗎？現在我們好多家長有一個盲點，他們認為孩子將來總歸要進入社會的，希望從小就讓他們接觸社會，每一個場合都讓他接觸，這樣孩子進入社會以後就比較老練。其實這個想法是不對的，因為孩子還沒有長大，沒有足夠的辨別能力，有些場合，特別是對孩子的身心發育、健康成長會產生不良影響的場合，應該和孩子隔絕開來，不能讓他很小就接觸這種場合。對那些德行不好的人，尤其要避免讓孩子接近。孩子小時候獲得知識的主要方法是模仿，所以父母對於未成年的孩子來講，應該是一把大傘，替孩子遮擋風雨。等孩子長大了，接受了比較完備的教育，心智比較成熟了，有判別能力，和鑑別能力，再讓他去接觸比較複雜的社會。這才是比較穩妥的。

我看到過一個很好的比喻。我們把一碗清水比成一個孩子，然後我們拿起一支鋼筆，往這碗水裡滴一滴墨水，這碗清水馬上就染上了顏色，不再是一碗清水了。所以說，滴進去一滴墨水是很容易的，但你要把這一滴墨水從水裡面提取出來，讓這碗水變成清水，那是多麼難的事情啊！

《弟子規》接下來還專門提出，如果到別人家裡拜訪，應該遵守的一系列禮節。那麼我們去拜訪別人時，究竟應該特別注意哪些事情呢？

《弟子規》接下來講：「將入門，問孰存；將上堂，聲必揚。」一個孩子如果要到別人家裡去拜訪，將要進門的時候，應該先問一下家裡誰在啊？家裡有人嗎？因為古人大都有一個院子，將入門的時候，你應在院子外頭先問家裡有人嗎？誰在啊？如果沒有人回答你，恰好那門又沒關著，你可以推門而入，但在穿過院子要進入廳堂的時候，還得問有誰在家？我們現在的家長有幾個去這樣教育孩子？現在孩子如果到同學家去玩兒，或者到隔壁鄰居家串門，能不能做到這個？很多孩子恐怕是推門就進。這種小事情，我們不能忽略。

我們進別人家的時候，高聲問一下，可以提醒主人有所準備，不至於讓主人措手不及，這反映的是對主人的尊重，對主人隱私的尊重。古人是極其講究這方面禮節的。《弟子規》的這四句話：「將入門，問孰存；將上堂，聲必揚。」完全是從儒家經典裡面直接引用來的，基本都沒改動。比如《禮記》裡就有「將上堂，聲必揚」。接下來的一段話：「戶外有二履，言聞則入，言不聞則不入。將入戶，視必下。」古人都是席子，沒有咱們今天的牀，如果門口有兩雙鞋子，那就說明房間裡不止一個人，那你就不能推門而入。如果你聽到主人在說話，你就可以進去，為什麼？因為他們在談的事情沒有什麼要迴避別人的。「言不聞則不入」，如果你看見門口是兩雙鞋子，但是聽不見裡邊有說話聲音，就不能進去，更不能到牆角那邊貼著耳朵拚命聽，因為人家可能在談些秘密的事情。那你應該聲高揚，再問一下：我可以進來嗎？「將入戶，視必下」，我們到朋友家裡去拜訪，進入人家家門的時候，你的視線要低一點，看方寸之內。我們現在很多人到別人家裡一進去，這個地方看看：裝修得不錯，這幅畫不錯，這個地方怎麼這麼放，那麼亂。這種方式是不可以的，極沒有禮貌的。進別人家，眼睛要看得低一點，萬一主人來不及準備呢？萬一主人衣服扣子沒扣呢？視線先低個幾秒鐘，再抬頭跟主人交往。

這就是中國傳統的規定，大家想想，中國的禮儀文明，多麼細緻！多麼細膩！只不過後來我們都忘了。

《弟子規》要求我們到別人家裡拜訪時，一定要先高聲地問：有人在嗎？而根據記載，儒家的代表人物孟子，就曾經因為沒有做到「將入門，問孰存」，而導致差點休妻。這是怎麼回事呢？

有一個很有名的故事，叫「孟子欲休妻」，就是孟子動過離婚的念頭。有一天孟子回家了，家裡就他妻子和他媽媽。他先回自己的房子，推門就進去了，突然看見他妻子箕踞而坐。他的妻子因為一個人在家，所以沒有坐得非常端正，就地一坐，兩腿伸開，很放鬆的樣子，這叫「箕踞」。孟子一看，這還了得？坐姿如此粗野，如此不守禮節！孟子很生氣，扭頭就去跟自己的媽媽說要休妻：這個老婆我不要了。他媽媽問為什麼？孟子說：我剛才回家看見她居然箕踞，太難看了，不符合禮節。孟子媽媽真是教子有方，說：你敲門沒有？你有沒有先問問家裡有沒有人？你進去的時候，是不是眼睛賊賊地直接往前看？有沒有把視線放低一點？孟子說：沒有。孟母說：即使沒有守禮節也是你的不是，你進家門的時候，應該先問問有沒有人，進去以後視線應該先看著眼前的地上，而不應該直衝衝地瞪著妻子看，所以不許休妻。而且你還要反思一下，你自己是不是守禮節。孟子趕緊承認錯誤。

所以，在中國傳統當中，連夫妻之間都是强調有隱私的，不能說這是我們倆的臥室，我推門進去就完了，這是不可以的。

接下來《弟子規》又往前推一步，比如你敲門：有人嗎？裡邊一般會回答：敲門的是哪一位，是誰啊？我們一般回答：我，連我都聽不出來？你耳朵被塞住了？《弟子規》規定：「人問誰？對以名；吾與我，不分明。」如果有人問：你是誰啊？老老實實回答：我是錢文忠。你千萬不要回答：我！文雅一點兒：吾。這個不分明，誰知道你是誰呢？

我們發現，今天好多電話詐騙用的就是這一手。因為他先要假裝成你的熟人，他也不知道你有什麼朋友，如果他說我是張三、李四，你馬上明白了你有沒有這個朋友，但他不跟你說，他說是我，一副很親熱的樣子。你怎麼好意思盯著他問，於是慢慢聊起來，一聊起來你就走遠了。這是一種手段，古人早就注意了。這方面也有例子，有闖禍的例子。誰？賈寶玉。

《紅樓夢》第三十回講，賈府戲班子好多小女孩放學以後就到賈寶玉住的那個院子裡玩，正好天下雨了。這個時候賈寶玉回來了，寶玉在外邊拍門，裡面的人只顧笑，寶玉就在外面叫：給我開門啊！叫了半天沒人去開門。這個當口襲人比較警覺，她就問：誰啊？賈寶玉的回答是：我。好多小姑娘一聽，這是不是寶姑娘的聲音？因為大概賈寶玉的聲音比較奶聲奶氣，女聲女氣，大家以為是薛寶釵來了。於是這幫孩子又猜，寶姑娘這時候怎麼會來呢？還是襲人比較警覺，說我先隔著門縫看看，襲人跑過去扒著門縫一看是賈寶玉，趕緊把門打開。賈寶玉一肚子火，進門飛起一腳，一下子踢在襲人的肋腰上，寶玉還罵。賈寶玉如果說，我是寶二爺，誰會不給你開門啊？你說「我」，誰知道你是誰呢？

《弟子規》還特別強調，如果使用別人的東西，一定要事先徵得主人的同意，否則就是偷竊。那麼《弟子規》的話是不是太過嚴厲了呢？如果我們借用父母的一樣東西而沒來得及和父母打招呼，這難道也算「偷」嗎？

《弟子規》關注的都是一些日常小事，關注的都是孩子在一些小事方面可能會忽略的東西。這些事特別值得我們警惕。下面的八句話：「用人物，須明求；倘不問，即為偷。借人物，及時還；人借物，有勿慳。」如果你想用別人的東西，必須當著人的面說明，請求他借給你。如果你問都不問就拿來用的話，即為偷。「借人物，及時還」，你借東西好借好還，好還好借，這是我們平常講的話，但是現在孩子確實是比較容易模糊和忽略的。孩子在家裡都是寶貝疙瘩，拿爸爸媽媽一樣東西用用，還是給你們面子呢，要不然問爺爺奶奶要好了，爺爺奶奶如果不給，就跟外公外婆要好了，於是家長都爭先恐後給孩子，從小把孩子寵壞了，不知道物品的歸屬，不知道尊重這件東西的主人。

有一個很有名的故事叫「義不摘梨」，這個故事見於《元史》。元朝的時候，有一個學者叫許衡，他是一位很有名的儒家大學者。在一個酷暑

許衡

許衡（一二〇九年—一二八一年），元代初期的名臣，也是元代一位百科全書式的通儒和學術大師，他曾參與制訂《授時曆》，比歐洲著名的《格列高里曆》還要早三百年。許衡「義不摘梨」的故事之所以傳誦近千載，一個重要因素就是在面對誘惑時，能夠「管住自己」，這個故事有很強的現實指導意義。

的天氣裡，他跟很多人一起逃難，經過河陽（今河南孟州市）時，大家口渴難耐，嗓子冒煙。這個時候，路邊正好有一棵梨樹，上面結滿了梨子，水靈靈的，讓人垂涎欲滴。跟他一起逃難的人都爭先恐後去摘梨子吃，只有許衡一人端坐在樹下無動於衷，旁邊的人覺得很奇怪：這一路急急忙忙趕來，口渴成這個樣子，這棵梨樹又沒有主人，你為什麼不去摘一個吃呢？又沒有人找你的事。許衡說：梨樹是沒有主人的，但是難道你不認為這個東西不是你的嗎？你心裡難道沒有主見嗎？不知道這個行為類似於偷嗎？

義不摘梨的故事說明哪怕是沒有主人的東西，也「須明求」，否則「即為偷」，那麼關於把別人的東西和自己的東西區分到涇渭分明的程度，還有一個更為極端的例子。

這個故事發生在宋朝。當時有一個人叫查（ㄓㄚ）道，有一天他帶著僕人去拜訪一個遠房的親戚。當然，上門拜訪親戚是要準備禮物的，所以他準備了很多禮物。他讓僕人挑著擔子就去走親戚，走著走著，也不知道是迷路了還是走岔了，一直到中午還沒到。兩個人都感覺非常餓，饑腸轆轆。而在路邊又找不到一個吃飯的地方，他們又沒有準備午飯，怎麼辦呢？僕人就對老爺說：您看這一擔子禮物，裡面好多吃的，要不您就從這些禮物裡邊先拿些東西充充饑。查道說：這怎麼可以？這些東西是禮物，禮物就是送給別人的，你當初把它作為禮物了，那你就應該認識到，這已經不是你的東西，而是你送給別人的東西，我怎麼能夠偷吃呢？於是兩個人餓著肚子趕路。一直到了親戚家，才接受款待，吃了一頓晚飯。今天我們很多人不能理解了：這個禮物是我買的，我要給別人的，但我還沒有送到別人手上，這難道可以算別人的嗎？但古人就這麼認為，雖然不分明，但心裡要有主見，就要知道它不是我的。現在我們可以看到社會上也有很多這種拾金不昧的故事，撿到東西一定給人送回去。但也有一些不良的情況，比如把人家東西「幕」下來，看到沒有主人，我趕快先拿掉。實際上後面這種行為在古人看來就是偷。

我們應該從小培養孩子一物不苟取的良好品行。這樣孩子長大以後，進入社會一定會受益匪淺。如果我們家長認為這些都是小事，孩子拿塊糖，從奶奶餅乾盒裡拿塊餅乾吃了，也不跟奶奶說，什麼東西都是他的，如果我們忽視這些的話，那麼孩子就會形成一種隨隨便便、比較隨性的不良習慣。長大以後進入社會，往往會被別人誤解，或者會給別人留下一個很不好的印象。到了那個時候，家長後悔都來不及。

《弟子規》到這裡結束了它的第四部分「謹」。在古漢語中，「謹」的本意是說話小心，要注意說話。後來泛指謹慎、小心、慎重、敬重、恭敬的意思。《說文解字》裡講：謹，慎也。所以我們今天講的「謹慎謹慎」是放在一起的。與「謹」相關的詞還有畏、敬、恭、儉、讓、勤等一系列概念，這些概念都是從「謹」生發出去的。「謹」要求每一個人立身處世要小心謹慎，要接受社會規則的約束，遵循一定的道德準則，千萬不能無所畏懼，不能放縱自己。這是儒家對個人修養的一種基本要求。謹，特別重要的是要求一個人有所不為，要求一個人言行慎重，勤勉修身，要經常自我反省，對別人要禮讓、恭謙。在中國傳統當中，讓一個孩子從小養成「謹」的習慣，是希望他將來能夠平平安安地度過自己的人生。《弟子規》還非常强調一個概念——信，要誠信。而誠信在《弟子規》整個的篇章結構裡面是嶄新的一章，是一個獨立的部分。《弟子規》是怎麼來講述誠信的？請大家看下一講。

第十二講

凡出言，信為先；詐與妄[1]，奚[2]可焉！

話說多，不如少；惟其是，勿佞巧[3]。

❶妄：言辭荒謬，沒有根據。
❷奚：何，怎麼。
❸佞（ㄋㄧㄥˋ）巧：花言巧語騙人。

誠信是中華民族的傳統美德，也是儒家倫理的重要內容，更是一個人安身立命的基礎，《弟子規》作爲一本儒家啓蒙教育讀本，更是將「信」作爲一個獨立的單元來編排。在現代社會，誠信一直是個熱門話題，現代人之間的懷疑越來越多，信任越來越少。面對誠信的缺失，光靠呼籲道德回歸是不夠的，還應該從生活的點滴中去規範行爲，尤其是對於未成年的孩子們，更應該讓他們從小就養成誠實守信的良好品質。那麼《弟子規》「信」篇都講了哪些內容呢？這本幾百年前的啓蒙小冊子，對我們現代人又有哪些參考和幫助？

《弟子規》到了這裡，就進入了一個新的篇章，進入了一個新的部分，這個部分的核心詞或者說最重要的觀念，就是「信」。

在中國的傳統文化中，是高度重視這個「信」字的，為什麼我們今天講誠信？因為在古人的眼裡，誠和信、信和誠是一回事。《説文解字》裡解釋：信，誠也。而講到誠的時候，則是：誠，信也。所以在古人的心目中，誠信是一回事。

《弟子規》在講這個「信」的時候，首先要求是你怎麼説話。《弟子規》講：「凡出言，信為先；詐與妄，奚可焉！」開口説話，首先要講的就是誠信，巧言欺騙和胡言亂語，誇張、誇大怎麼可以呢？《弟子規》在誠信部分剛開始就是要教大家注意，特別是孩子，你應該實事求是地説話。

《説文解字》

文字學書，東漢許愼撰。收字九千三百五十三個，重文一千一百六十三個。字體以小篆爲主，有古文、籀（ㄓㄡˋ）文等異體，則列爲重文。每字下的解釋，一般先説字義，再説形體構造及讀音，解説的依據爲六書。書成於東漢安帝建光元年（一二一年），是中國第一部系統的分析字形和考究字源的字書，也是世界最古老的字書之一。

「凡出言，信為先」，中國傳統社會裡把這句話和誠信結合起來的最有名的一個典故叫「一諾千金」。但是大家可能不知道一諾千金背後的故事。

一諾千金是個典故，現在已經是個成語，它出自於《史記・季布欒布列傳》裡的一句話，「得黃金百斤，不如得季布一諾」。意思是與其得到一百斤黃金，還不如得到季布的一句諾言，或者叫一聲答應。這是一個非常有意思的故事。

秦朝末年，楚地有一個叫季布的人，性情耿直，為人行俠仗義，只要他答應過的事情，無論有多大的困難，他都會辦到。

楚漢相爭的時候，項羽是楚國的將門之後，季布是項羽的部下，曾經好幾次為項羽出謀劃策，讓劉邦大吃苦頭。劉邦想到這件事情就火得不得了，他老記得項羽手下有個叫季布的人讓他倒楣。所以劉邦當上了皇帝以後，就下令通緝季布，而季布因為非常講誠信，大家都非常認同他，很多人便暗中幫助，因此劉邦一直抓不住他，這個講誠信的季布經常喬裝，躲到一些人家裡，大家把他隱藏起來。後來，季布求人將他賣給大俠朱家當傭人，朱家知道他就是季布，並沒有報官，而是找到了自己的一個老朋友——汝陰侯滕公。這個滕公跟劉邦說得上話，所以才把通緝令取消了。

季布的通緝令被取消了，總算恢復了自由。季布有一個老鄉叫曹丘生，這個人非常喜歡結交有權有勢的官員。當他聽說季布的通緝令被取消後，就嘆息道：哎，原來瞧不起我的季布，現在好像通緝令被取消了，看樣子皇上又要起用他做大官，曹丘生就去拜訪季布。季布對他本來就沒好印象，聽到這麼一個人求見，煩得要死，準備數落他幾句：我落難的時候，你到哪裡去了？我被通緝的時候，你怎麼不來幫我忙？現在我的通緝令被取消了，你才來看我。哪知道這個曹丘生真是厲害，一進門，他不管季布的臉色多麼難看，也不管季布的話多麼難聽，又是打躬又是作揖，拚命跟季布套近乎。但是什麼用都沒有，季布就是不吃這一套。

曹丘生一看，怎麼拍季布的馬屁都沒用，但是他堅信千穿萬穿、馬屁不穿，終於找到了最好的一個馬屁給季布拍上去。他說：我聽說了一件跟你有關的事情，現在全國都在傳一句民謠，大家都在說：得黃金百斤，不如得季布一諾啊。這句話看樣子是曹丘生編出來的，當時季布一聽，原來我這個講誠信價值黃金萬兩，心裡一下子很高興，就把這個他非常討厭的曹丘生作為貴賓隆重招待，還留在家裡住了幾個月。當曹丘生走的時候，季布還送了他一大筆錢。後來，這個故事在我們的傳統當中廣為流傳，「一諾千金」就作為講信譽的一個最好象徵，最好的一個典故，一直沿用到現在。

季布

漢初楚人。楚地著名「游俠」，重信諾，當時有「得黃金百斤，不如得季布一諾」之語。楚漢戰爭中，爲項羽部將，數困劉邦。漢朝建立，被追捕，由大俠朱家通過汝陰侯滕公向劉邦進言，得赦免。

《弟子規》強調開口說話，誠信為先，也就是說君子一言既出，駟馬難追。言必信，行必果。但是事實上，並不是所有的人都是謙謙君子，雖然人與人之間相互承諾，可是有些人所說的話，卻總是無法兌現！

在現代社會裡，最讓人討厭的就是不守時。我經常遇見不守時的朋友，他們都會有藉口：哎喲，堵車。但是有的時候，比如我約你晚上十一點見面，你也堵車嗎？這個理由我不相信。所以我覺得現在我們這個社會强調要誠信，最好是自己首先做到。我們說好幾點見面的，希望大家都守時。這一點，我們做的遠遠不如古人。現代人都講時間就是生命，效率就是金錢，應該很守時，但是要跟古人比，差遠了。

東漢時期，有這麼一個故事，叫「同窗踐約」，就是兩個同學按照約定踐行自己的諾言。有兩個人在洛陽讀書，一個叫張劭，一個叫范式，他們是一對好朋友，都在當時的都城讀書。兩個人學成後分別的那一天，張劭流著眼淚對他的好朋友范式說：今日一別，不知何時才能相見。對古人來講，旅行麻煩極了，哪像今天，坐著飛機就去了，古代走二百里路都是一件大事，而且兩個人要分開很遠，所以大家很難過。范式安慰他說：張兄，你不要難過，兩年後中秋節的中午，我到你家來，與兄台見面，並且拜見令尊大人。說完這句話，兩個同學各自回家。

兩年以後的中秋節，從早上開始，張劭就開始殺雞、洗菜、做飯，準備好酒。他爸爸一看：哎，兒子，你這是在做什麼呢？平時沒有那麼好的菜啊。張劭說：我在洛陽學習時候的同學，兩年前說今年的中秋節中午要來看您，我準備招待他。老人家說：他的家遠在山陽，相隔幾千里啊，兩年前的一句話，今天還會來赴約嗎？張劭說：范兄是個講信義的人，必定

同窗踐約

出自《後漢書．范式傳》。范式，東漢山陽（今屬山東）人；張劭，東漢汝南（今屬河南）人。因爲「同窗踐約」這個守時重諾的故事，延伸出成語「范張雞黍」，即指范式、張劭在一起大碗喝酒大口吃雞。以此比喻朋友之間情誼深厚，知己交心。

會來。正在他們說話的時候，就看見村外的道路上塵土飛揚，一匹快馬馱著范式來到了他家門口，時間正好是中秋節的中午。很多年以後，張劭生病了，臨死前他對妻子說：把孩子和我們的家事，託付給范兄，他是一個可以託付之人。後來范式果然精心地為張劭辦理了喪事，並且終其一生，細緻入微地照顧他的孩子。這個故事在歷史上傳為美談。

還有一個故事也很有意思，叫「陳實守時」。東漢時有個人叫陳實，有一次和朋友約好了時間見面。可過了約定時間朋友還沒來，於是陳實就自己出去旅行。陳實的兒子叫陳元方，當時只有七歲，當然不會跟著爸爸去旅遊，所以他就站在門口，沒事幹。這個時候，陳實的朋友來了，他就問這個小孩：令尊大人在不在啊？小孩回答說：家父等候尊駕很久，已經獨自出發了。那個朋友很生氣：令尊大人這麼做不妥啊，和人家約好的，又把別人丟下。這個七歲的小孩子陳元方講：尊駕和家父約定是在正午的時候，到了正午還不來，這是沒有信，你不講信用了。而這個人還對著孩子罵他的父親，這是很不講理的，你一無信譽，二不講理，你不覺得是自己不對嗎？這也是歷史上非常有名的故事。

陳實守時

出自劉義慶《世說新語》，原文為「陳太丘與友期」。陳太丘即陳實，字仲弓，東漢潁川許（現在河南許昌）人，做過太丘縣令。

「凡出言，信為先；詐與妄，奚可焉！」這是《弟子規》「信」部分的開篇十二個字，從字面意思看，告訴孩子們說話要講信用，不能巧言欺騙或者胡言亂語，更不能誇大其詞。也就是說要講實話、不撒謊，做個實誠人。

北宋有一個非常著名的詞人叫晏殊，在他十四歲的時候，就被人當作神童舉薦給了皇帝。皇帝召見了他，讓他和一千多名進士同時參加考試，結果晏殊突然發現這道考題恰好是他十天前剛剛練習過的。一般人怎麼辦？高興壞了，讓我逮著了，我撞到題了，多好。可晏殊沒有，他直接向皇帝稟報：皇上，今天的考題不巧，十天前我做過了，請皇上更改考題，重新考試。他這種誠信的品質讓皇上非常讚賞，大家也非常讚賞這位神童，覺得太難得了，不僅才學好，而且講誠信。晏殊當然也考中了進士，當上了官。

當時天下太平，京城的大小官員都沒什麼事可做，平時都是吃喝玩樂，四處遊玩。皇帝非常惱火，一看國家大事都沒人管了，就派人了解。結果派去的人回來跟皇帝說，有一個人是例外。皇上問，誰呀？派去的人說，晏殊。晏殊從來不出去泡茶館，也不到那些不好的場合去，他只要一下朝，就在家裡和兄弟們讀讀書，寫寫文章，填填詞。皇帝一聽，太難得了，我果然沒有看錯這個人，這個人當年考試的時候就非常誠信，今天我要召見他，要表揚他。皇帝就把所有的大臣們都召集起來，裡邊就有晏殊。皇帝就說：近來群臣遊玩赴宴，熱鬧得不得了，只有晏殊閉門讀書，如此自重，如此謹慎，正是東宮官合適的人選。換句話說，皇帝把太子的教育託付給晏殊，這當然是國家頭等大事了。一般人肯定會回答：感謝皇上，我的確對自己要求比較高，嚴於律己，我是利用每一分每一秒時間認真學習，刻苦用功，我絕不辜負皇上對我的期望。但晏殊沒

晏殊

晏殊（九九一年—一〇五五年），北宋詞人。字同叔，撫州臨川（今屬江西）人。其詞擅長小令，多表現詩酒生活和悠閒情致，語言婉麗，名作《浣溪沙》中「無可奈何花落去，似曾相識燕歸來」二句，傳誦頗廣。原有集，已散佚，現僅存《珠玉詞》及清人所輯《晏元獻遺文》。

有，他這樣回答道：皇上，我得說明，我其實是一個非常喜歡遊玩和吃喝的人，只不過實在是沒錢。如果我有錢，我早就去參加遊宴了。他在這個場合也不說假話，這樣一來，反而讓皇帝更信任他。晏殊在大臣當中樹立了很高的信譽。

「凡出言，信為先；詐與妄，奚可焉！」

古人認為，就誠信而言，天底下的人應該是人同此心，心同此理的。偉大的德行會感動一切，如果以誠待人，以信待人，也會感動一切。

現在媒體有一些報導，比如有些人犯了法，判了刑，被關在監獄裡。為了挽救他們、感召他們、教育他們，監獄會採取一個非常人性化的措施。如果他犯的不是重罪，對社會危害不大，本人又有改過的表現，那麼春節就可以讓他回去過年。讓他回家看看自己的父母，感受一下親情，是有助於他的改變的。現在我們實行的方法，並不是新方法，古已有之。

有一個故事叫「曹攄（ㄕㄨ）約囚」。曹攄是晉朝的一個縣令，當時他所在縣的牢房裡關了很多判了死刑的犯人。曹攄在年底的時候去監獄巡視，看到這些死刑犯，心裡很可憐他們，就說：過新年是全家團聚的時候，你們現在判了死刑了，在等候處決，你們想不想暫時回家去見一見親人？這些囚犯都感動得哭了，哪裡知道一個縣令會這麼對他們說話，都說如果能夠回家看看，就算死了，我們也沒什麼遺憾了。曹攄就說：好，我以誠待你們，希望你們也能以誠回報，我要求你們講信用。我擔這個責任，是因為看到你們到現在還痛哭流涕想跟親人見面，這說明你們身上還有一點良心未泯，還有一點人性，我做主，放你們回家過年。但是，我也派不了那麼多人跟著你們，所以我規定一個時間，你們都回來報到。曹攄這麼一做，他手下很多人都反對，說這些都是重犯啊。你把他們放回去，他們跑了怎麼辦？這責任不都你擔了嗎？曹攄說：這些人都是小人，但是如果我們以誠信恩義待之，我相信他們不會負約的。我替諸位擔責任，簽字畫押，如果有犯人逃掉，或者在外面接著犯罪，跟諸位無關。按照歷史上的記載，這些犯人到了規定的日期，全部回來報到了。這是中國歷史上一則用誠信感人的例子，這樣的故事也是數不勝數。

一個人只有做到以誠待人、言而有信，才能真正打動別人，才能贏得別人的尊重和認可。那麼，《弟子規》除了告訴我們說話要誠信之外，還提醒我們注意，說話時哪些問題是不應忽視的？

《弟子規》講了第一個原則，說話要講誠信。第二個原則是什麼？「話說多，不如少；惟其是，勿佞巧。」就是說話多不如說話少，應該實事求是，不要巧言矇騙。《論語》裡講：「巧言令色，鮮矣仁。」意思就是說話很花稍，很能夠迷惑人，臉上還配合著各種各樣動人的表情，這個不行。《論語》講：「君子欲訥於言而敏於行。」君子應該話盡量少說，但是在行動的時候，在實踐的時候，要敏捷。

墨子是中國古代比孔子稍微晚一點的重要思想家，有一次他跟他的弟子子禽對話。子禽問墨子：說話多有好處嗎？墨子說：那些蛤蟆、青蛙，還有蒼蠅，白天黑夜叫個不停，但是你覺得有很多人去聽他們嗎？子禽說：沒有，很討厭。墨子接著講：但是你看看那雄雞，每天只在黎明的時候按時啼叫，雄雞一叫，天下人就要起牀，所以多說話有什麼用呢？重要的是說話要有作用，要切合實際，這樣大家才會聽你的，大家才會重視你的話。

古人强調說話不要多，還有一個考慮，這句話也是我們平時經常講的話，叫「病從口入，禍從口出」。古人認為話如果多的話，不應該讓別人知道的機密，就很有可能洩漏，從而惹出麻煩。這種情況如果嚴重的話，就會誤國誤民。中國傳統當中，讀書人很可能將來是要去當官的，當官是要對天下黎民百姓負責。所以古代的教育跟今天的教育有一點點區別，特別看重要從小培養接受教育者，將來能夠擔負起社會責任的一種意識。

病從口入，禍從口出

語出《太平御覽》卷三六七引傅玄《口銘》。意思是言語不慎，會招致災禍。

有一個關於玉器和瓦罐的故事，韓國有一個國君叫韓昭侯，這個人說話不大注意，往往無意之間就把一些重大的機密洩漏出去。因此，身邊好多大臣就沒有辦法為他出謀劃策，但他又是個國君，大家對他無計可施，為此很傷腦筋。這時候有一個叫堂溪公的人自告奮勇地說：我去勸勸國君。大家說：你有把握啊？堂溪公說：我試試看吧。他見到韓昭侯以後說：國君，假如現在有一個美玉做的酒杯，價值千金，但是這個玉杯沒有底，請問國君，它能夠裝水嗎？國君說：都說你這個堂溪公很聰明，我怎麼看你像白癡一樣的，一個玉杯沒有底怎麼能裝水呢？堂溪公也不回答，接著又說：國君，有一只瓦罐，很不值錢，但是它有底，而且不漏，請問它可以裝酒嗎？國君說：當然可以了。於是，堂溪公就因勢利導，對韓昭侯說：這就對了，一個瓦罐，雖然非常廉價，值不了幾個錢，但是它不漏，可以用來裝酒；而一只玉杯，雖然價值千金，非常高貴，但是它沒底，所以連水都裝不了。人也是一樣，作為一個地位很高、一舉一動都非常重要的國君，如果你說話不注意，隨便亂講話，那麼你就會洩漏國家的機密。您就好比是一只沒有底的玉杯，再值錢也沒用，只會闖禍，還不如做一隻實實在在、確實有用的瓦罐。韓昭侯聽了堂溪公這一番話恍然大悟。從此以後，但凡和大臣在一起謀劃的時候，韓昭侯都非常小心對待，再也不亂講話，慢慢的，韓昭侯就像變了一個人似的。當然到最後，這個韓昭侯也是有點過分，過分到什麼地步呢？他晚上不跟夫人睡覺，也不跟妃子睡覺，因為怕一不小心把夢話講出去，洩漏秘密了。

「話說多，不如少」，言多必失、禍從口出，因此說話不能太隨便。那麼，什麼話能說？什麼話不能說？怎樣才能成為一個會說話的人呢？

在這個方面，我倒是建議大家回憶一下季羨林先生的一句話：假話全不說，真話不全說。假話不說，這是老先生一輩子堅持的原則，不說假話。但是真話你也不能不分場合地全說出來。比如我們看見一位女士從馬路對面走過來，跟她說：你怎麼今天這麼難看啊！也許這位女士早晨起來忘了化妝了，或者急匆匆的，或者身體不適，比較疲憊，也許她的確不如昨天那麼漂亮，但是這個真話不能說。然而，我們也沒必要說假話，這就是語言要有節制。在什麼樣的場合，採取一些什麼樣的話語方式，是有所講究的，這就是語言表述的技巧問題。但是，有一個非常重要的原則：「惟其是，勿佞巧。」

我們說話要跟實際的情況符合，不要花言巧語。所以按照季先生這句話的意思，你覺得在這個場合不好說的真話不說出來，但也不要去說假話，還是要把「真」放在第一位。

我們在現代社會裡碰到的一個最大的矛盾和一個最大的衝突，就是遇到善意的謊言，怎麼辦？

比如我們看到一個病人，你直截了當跟他說：你這個病很重，沒有兩個星期的活頭了。這雖是真話，但不能全說。當然你也沒必要跟人說：你身體健壯如牛，躺在病牀上做什麼？這樣也不對，沒必要。這是一種度的控制。

說話真的是一門藝術，講究分寸，但是對於這種度的把握，大人們都不見得能夠做到，對於這些未成年的孩子們來說，又該怎麼辦呢？善意的謊言，孩子們到底要不要說？

按照《弟子規》的要求，要「惟其是」。我們在教育孩子的時候，實際上不必過早地去教他學一些善意的謊言，這是沒有必要的。現在我們好多家長，對一些小孩子，或者對馬上要工作的比較大的孩子說：你當著老師面應該這麼說，當著領導面應該這麼說，這樣老師喜歡聽，你就能當小隊長，領導喜歡聽，你沒準就能當一個科長。這種教育是千萬要不得的。在孩子小的時候，對他的教育應該堅持「惟其是」，你要實事求是地講話。只有當孩子成長起來以後，你才可以告訴他一些講話的方式和方法，因為儒家也是非常講究說話技巧的。為什麼在儒家傳統中，很多人要學《詩經》呢？不是要求每個人都成為詩人，而是希望每個人能夠懂得辭令，能夠懂得在合適的場合講合適的話，而《詩經》就是一種對人表達技巧的訓練，所以我們中國傳統文化當中提倡每個人都要讀《詩經》。但是，如果把《詩經》當中那些非常華麗的辭藻過早地用到培養孩子講話上來，那並不是一個最妥當的辦法。孩子從小還是應該有一說一，有二說二。

現在好多孩子，有的時候家長問他：你考了幾分啊？大家認為孩子會怎麼回答？我觀察過了，有的孩子爸爸媽媽一問：你考了幾分啊？孩子回答：我在班級裡中不溜。這就是佞巧。中不溜是一個排序的問題，不是分數的問題。我們有時候會問孩子：這次考試，班級裡五十個同學，你排在第幾名啊？（當然我們不應該過多問孩子排名的）孩子會告訴你：爸爸，我考了八十五分。沒準八十五分排倒數第二名，這就叫佞巧。從小應該在這種細節方面去培養孩子一種表述的習慣。

「凡出言，信為先；詐與妄，奚可焉！話說多，不如少；惟其是，勿佞巧。」這樣的話，是誠信的第一部分，按照儒家的要求講，你如何表達？如何表述？如何講話？這是誠信的第一部分和最基礎的部分。當然，《弟子規》對於誠信的要求遠遠不是如此簡單，它還有哪些方面的具體要求？請大家看下一講。

第十三講

奸巧語，穢污詞，市井氣，切戒之。

語言是人類最重要的交際工具，是人與人之間溝通的橋梁。只有談吐得體的人，才會受到別人的尊重和認可。《弟子規》作爲一本儒家啓蒙教育讀本，不僅要求孩子們誠實守信，還要求孩子們從小就要謹言愼行，並且明確告誡有三種言語是絕對不能說的。那麼，在生活中，我們有沒有說過類似不得體的話？在與人交談中，哪些話能說，哪些話不能說，又應該用什麼樣的語氣說？

在上一講裡，我們講了《弟子規》「信」這個部分，談到人要講信用、講信譽。這個部分，首先就是從言語、詞語開始的。言語高雅、風趣幽默的人，到哪裡都會很受歡迎。相反，言語鄙俗、油滑、閃爍的人，到哪裡都會遭到別人的反感。那麼，如何讓自己在社會上，在和朋友的交往當中受歡迎呢？《弟子規》首先要求大家做到如何不讓別人反感，如何不讓別人討厭，要知道哪些話絕對不能說，哪些語氣絕對不能用。

「奸巧語，穢污詞，市井氣，切戒之。」一定要警惕和戒除三種情況，哪三種情況呢？奸巧語，非常奸佞的、存心不良的花言巧語，這種話先得戒除。從小養成這個習慣，不能說奸巧的話。這是第一。

污穢的詞語，很骯髒的，很下流的，很鄙俗的，這些話不要讓它從嘴裡蹦出來，不要說髒話。這是第二。

市井氣很濃的，非常庸俗的，張家長、李家短的，這種添油加醋的是非話，零零碎碎的閒話，也別說。這是第三。

這三種情況都是要戒除的。

奸，怎麼講都不是一個好字眼。在我們漢語當中，有很多字眼既可以從正面理解，也可以從反面理解，但奸這個字，我們只能從反面理解。如果奸這個字再加上花巧，那就是放大了的奸，那是更壞的一個詞。言語是內心的反映，就算再怎麼掩飾，你總有露出來的一天。一個說話非常奸巧的人，非常奸猾的人，在中國傳統當中，特別是在儒家文化當中，絕對不是個好人。

《詩經．小雅》裡有一首〈巧言〉，意思是非常善於說話，說話非常花巧。下面說的就是「巧言如簧」。大家都記住了這個成語，可沒記住後面的四個字：顏之厚矣。意思就是如果你把一件事，花言巧語說得像美妙的歌聲那樣動聽，那這個人臉皮夠厚的，所以巧言如簧不是一個褒義詞。

剛才講的是奸巧語，接著奸巧語的是什麼？是勿佞巧。

兩個巧字連在一起，這絕對不是巧合。像《弟子規》這樣影響極大的書，它的編排結構都是非常嚴謹和富有深意的，兩個巧字連在一起，是對我們的加倍提醒。我們中國人說話是很講究語言技巧的，要求言語得體，對於長輩應該用什麼樣的言語，對晚輩應該用什麼樣的言語，關起門來夫妻之間在家裡說什麼樣的言語，打開門到廣場上對大眾說什麼言語，這都是很有講究的。但是，講究有一個度，不能超過這個度。如果過了這個度，就成了奸巧，好事就變成了壞事。所以傳統教育孩子的時候，一般要求孩子寧拙勿巧。寧願慢一點，笨拙一點，不要搞得很輕巧，很花稍，這是不可以的。

奸巧也好，佞巧也好，都有各種各樣的表現形式。但是，古往今來，奸巧佞巧就兩種大類型。我總結了一下，可以分別用兩個成語來命名這兩大類型：

第一個成語是「溜鬚拍馬」，這是很奸巧、很佞巧的。溜鬚拍馬的意思是說，一個人在地位比自己高的人面前往往有一種內心的自卑感，會順著別人說話，去討好別人。而最終是為了達到某種個人的目的，這叫「溜鬚拍馬」。但是我們如果不懂得這個成語，我們就不知道溜鬚拍馬到底有多佞巧，有多奸巧。

這個成語分成兩件事，一件事是「溜鬚」，一件事是「拍馬」。

「溜鬚」是怎麼回事呢？宋朝有個宰相叫寇準，是個大文豪，非常有學問，他有個學生叫丁謂。有一次貴為宰相的寇準請自己的學生來吃飯。我們知道，古代的成年男子往往鬍子都很長，而且很漂亮，結果吃著吃著寇準的鬍子一不小心沾上了一顆飯粒，但是他自己不知道。坐在他旁邊的門生丁謂看見了，就趕緊跑過去，幫老師把這飯粒拿下來，然後把老師的鬍鬚一根根給捋一遍，捋得特別整齊。這個就叫溜鬚，做過頭了！你跟老師說鬍子上沾了一個東西，上去替老師拿下來，這都沒錯。可拿下來之後還給老師溜鬚做什麼呢？這是很佞巧的，古人很不贊成。

什麼叫「拍馬」呢？元朝是蒙古族入主中原，蒙古族是草原民族，非常喜歡駿馬，元朝當官的一般都騎一匹好馬。那時候，按照蒙古族的風俗，你去誇這個主人，一定要順便誇誇他的馬：你這匹馬真漂亮，長得好，英俊，是駿馬。但拍馬的時候，一般不能拍馬頭的，你只能「啪啪」拍馬屁股。所以在元朝的時候，路上一見面就「啪」一聲拍這馬：您這馬真好，您這馬怎麼那麼好，像天上的龍子一樣。這個就叫拍馬。

「溜鬚拍馬」湊在一起就是阿諛奉承，就是奸巧的代名詞。

像這種溜鬚拍馬的人，在我們的歷史上都是笑柄。清朝時有兩個人在此道最為有名，一個是和珅。和珅貴為國家大員，官位當然已經很高了，但是只要乾隆一咳嗽，貴為大員的和珅，馬上就會捧著一個痰盂給他接著，這就是佞巧。不但做事兒佞巧，他說話也佞巧，但是終有被人揭露的一天，引起別人的反感。所以，當乾隆爺一駕崩，嘉慶皇帝一上台，和珅就完了，這是一個很好的例子。

還有一個溜鬚拍馬的高手，他的水準一點都不亞於和珅，但是我們大家不太熟悉，他叫高士奇。高士奇原來家境貧寒，流落到北京城靠賣字為生。一個很偶然的機會，他碰到了大學士明珠。明珠是一個權臣，推薦高士奇到宮內去工作。這個人很有心機，進宮的時候，身上揣一個小口袋，口袋裡放什麼呢？放的都是金豆子，一顆顆都是黃金做的，他見了太監就給一顆，然後問皇上最近在看什麼書啊？皇上在考慮什麼問題啊？回去之後他馬上給自己補課，第二天皇上一問什麼，他都準備好了。皇上就覺得

溜鬚後記

這個溜鬚的故事還有後記；我們都知道寇準生性耿直，在被丁謂溜鬚之後，他當即毫不領情地說：「參政國之大臣，乃爲官長拂鬚邪。」意思是，你身爲國家大臣，不是來替我擦鬍鬚的。這一句話把丁謂羞得滿臉通紅，從此記恨在心，一心要找機會報復。後來宋眞宗患病不能上朝，丁謂就串通內侍誣告寇準陰謀擁立太子，不但奪了寇準的相位，還把他貶出了京城。

這個人學問太大了，所以他就越混越好。這個人就是出名的奸巧、油滑。

有一次，康熙皇帝帶著很多人騎著馬出去打獵，這時候皇上已經很賞識高士奇了，所以叫他也騎著馬跟著一起去打獵。那一天，皇帝騎著一匹新馬，比較烈，這隻馬尥蹶子，把泥漿水全部濺到了皇帝的身上。弄得皇帝臉上一塊泥、龍袍上一塊泥，很狼狽，心裡很不高興，臉色也很難看。大家都很尷尬，不知道怎麼辦。高士奇騎的那匹馬沒事，他渾身光鮮，一點泥都沒有，但他卻跑到一個泥塘裡面，就地打滾，把衣服弄得全是泥巴，顛顛地跑到皇帝面前。皇帝一看說：愛卿，你怎麼弄成這樣？高士奇答：皇上，您真是龍馬精神，騎術高超啊，您看微臣被馬給摔到泥坑裡，弄了一身泥。皇帝想：我這匹馬那麼不聽話，我還騎著，龍袍上才兩點泥，哪像你弄一身泥。高士奇就是這麼一個說話極其佞巧的人。

明珠

明珠（一六三五年—一七〇八年），清滿洲正黃旗人，官至武英殿大學士。明珠是康熙朝最重要的大臣之一，他官居內閣十二年，在議撤三藩、統一台灣、抗禦外敵等康熙朝重大事件中，都扮演了相當重要的角色。同時作爲封建權臣，他也利用皇帝的寵信，貪財納賄，結黨營私，晚年被康熙罷相。至今仍大名鼎鼎的納蘭性德，就是他的兒子。

《弟子規》中的「奸巧語」就是指奸邪巧辯的言語，說這種話的人往往有兩類，一類是溜鬚拍馬的高手，還有一類就是為了自己得到好處，不惜去攻擊別人，甚至把別人當作自己的墊腳石。這種人的座右銘就是「走自己的路，讓別人無路可走」。那麼這類人能總結成哪四個字呢？

這類人總結成四個字就是「口蜜腹劍」。口蜜腹劍也是有典故的。唐朝的權相李林甫，特別會琢磨人，他主要的專業就是琢磨人，非常陰險狡詐。李林甫只要發現有一個人才華很高，皇帝已經開始賞識他，可能要重用他，就開始琢磨他，然後把他給幹掉。李林甫暗算別人的時候，嘴上非常甜，心腸很毒辣，所以當時人稱他叫口有蜜、腹有劍，合起來就是「口蜜腹劍」。

他發現唐玄宗非常欣賞一個叫李適之的人。李適之是一個大臣，非常有學問，有才華。李林甫一看，這個人鋒頭要超過我了，他就去找那個李適之。他說：你真有才華，我非常希望你趕快提拔上來，你是國家的棟梁啊。華山那裡面有金礦，裡面有很多黃金，只不過皇上一時間還沒有注意到，這件好事你可以去做，你向皇上建議，去開採華山的黃金。這樣的話會增加國庫收入，皇上會更加欣賞你，將來你的前途無量。李適之就去找唐玄宗，說華山有黃金，建議趕快開採。唐玄宗隔了一天問李林甫說：李適之向我建議，開採華山的黃金。李林甫說：皇上，華山有黃金，臣早就知道了，為什麼我不建議開採呢？因為華山在風水上是龍脈，不能動土去挖的啊！黃金跟皇上的龍脈相比，皇上的龍脈更重要，千萬不能挖。這麼一弄，李適之不就倒楣了？從此以後，皇上就不搭理李適之了：為了點兒黃金你把我們家龍脈給挖了！這就是口蜜腹劍的典故，像李林甫這種人都

李林甫

李林甫（？—七五二年），唐宗室，小字哥奴，唐玄宗時的著名奸相。因爲依附武惠妃而得到擢升，身居高位十九年，權勢極盛。善於玩弄權術，對人表面上甜言蜜語，背後卻陰謀暗害。因此得罪了不少人，包括後來成爲相國的楊國忠。天寶十一年（七五二年），李林甫抱病而終。死後即遭到楊國忠誣陷，還沒下葬就被削去官爵，沒收家產，子孫也流放嶺南，下葬的棺材都被換成了小的。生前風光無限，身後卻極悲慘。

是沒有好下場的。

到了後來，李林甫一會兒擠兌掉一個人，一會兒擠兌掉一個人，慢慢地開始獨攬大權，使自己成為一人之下、萬人之上的人物。但是因為樹敵太多，晚年他生病了，渴望再見一眼皇帝，可已經見不到了。為什麼呢？因為旁邊很多人把他隔開了，他只能由家人扶著站在城門口，看見皇帝遠遠地站在城樓上，跟他招招手，李林甫回去之後就死了。死了以後還被人掘墓，屍體被挖出來，把身上的官服剝掉。最後李林甫的兒子以一介庶民的身分埋葬了他。所以，奸巧的人，無論你是溜鬚拍馬，還是口蜜腹劍，都不會有好下場。我們有哪個人會願意自己的孩子成為這樣的人呢？沒有一個會願意的。所以我們要按照《弟子規》這樣教育孩子，奸巧語不要說。

《弟子規》作為一本儒家啓蒙教育讀本，告訴孩子們從小就要謹言慎行，並且明確告誡孩子們有三種言語是絕對不能說的。第一種不能說的是「奸巧語」，第二種是「穢污詞」，也就是罵人的髒話。那麼，當你第一次碰到孩子開口罵人的時候，你該怎麼辦呢？

至於穢污詞，當然是指一個人說話骯髒、下流，我們平時說這個人嘴臭，就是這個意思，這種人是典型的缺乏教養。有誰願意跟一個滿嘴髒話的人打交道？所以作為父母，見到孩子第一次開口罵人的時候，就必須嚴厲制止。

現在孩子接受資訊的渠道很多，電影、電視、廣播、網路，到外邊跟別的孩子玩兒的時候，都會學說髒話。父母一旦聽到孩子罵人、說髒話，一定要警示。我們現在有好多父母，特別是長輩，看到孩子說一句罵人的話，因為小孩子長得很可愛，就覺得很好玩兒，有時甚至鼓勵他再罵一句，千萬不可以這樣，一定要孩子從小養成習慣，嘴裡不要有髒詞，不要說髒話，千萬不能因為覺得好玩兒，去縱容孩子。

還有一點特別重要。錢鍾書先生的夫人——楊絳先生寫的一個小說《洗澡》裡面描寫到，老一代知識分子在家裡吵架時馬上用英語，為什麼在家裡吵架要用英語？就是不願意讓孩子聽到。因為這是長輩之間的事，不要讓孩子受影響。現在，我們好多三口之家父母吵架的時候，氣頭上的話、不冷靜的話都出來了，往往會說出一兩句過頭的話，甚至是罵人的話來，這樣孩子就會聽進去了。所以，夫妻在家吵架的時候千萬不要對罵，如果控制不住，也得避開孩子，不要讓孩子從小就生活在不適當的語言當中。

老百姓常說上梁不正下梁歪，因此為人父母就應該以身作則，成為孩子的好榜樣。其實《弟子規》中提到的「穢污詞，切戒之」，絕不僅僅是約束孩子的，成年人也同樣適用。接下來《弟子規》還告誡孩子們，說話時不能沾染「市井氣」。什麼叫市井氣呢？

什麼叫市井？相傳古代的時候八戶人家共用一口井，滿八戶人家就要掏一口井，大家共用，所以市井慢慢地就引伸為人口聚集的地方。背井離鄉就是這個道理，井就是鄉，鄉就是井。市井是後來延伸出來的一個詞，就是形容人口比較聚集的地方，也有集市的意思。

粗俗、庸鄙，而且往往帶有很强的買賣氣，這種語氣就叫市井氣。在我們的傳統當中，這樣的語氣是要戒除的。一般的奸巧語大家都會注意的，說話的時候要掌握分寸，實事求是；穢污詞現在一般也會注意，因為開口罵人誰都不會認為是件好事，誰都不會認為滿嘴髒話是好事。但是我們最容易犯的、最不小心的，就是市井氣。

我舉幾個例子，這種情況我想很多朋友都碰到過。在商場裡，一個服務員在那兒賣服裝，這時候進來一個人，一看這件衣服標價一百塊錢，進來的人覺得貴，問八十塊錢可以賣給我嗎？這個營業員要八十五塊錢。買的人還想爭取一下：我就出八十塊錢，能不能賣給我。這本來是生活中的討價還價。但是我們往往會聽到服務員說：看你這個人，穿得跟公主一樣，穿得跟皇太后一樣，還缺這五塊錢啊？你要缺這五塊錢，你穿成這樣幹嘛？這就叫市井氣，很庸俗，很鄙俗。

我還看到過這麼一件事情。有一次我去買鞋子，正好碰見一個老大媽也買鞋子，老人家比較細心，多試了幾雙。那營業員過來了，一般來講營業員應該歡迎顧客，應該好好說話，但是那營業員態度很不好：挑來揀去的，你到底買不買？這個大媽也有意思：小姑娘，你們這兒貼了一個標語，我一看標語——顧客就是上帝，我還不能挑幾雙鞋試試？這老人家說得一點都沒錯。那個年輕的營業員當時就說了很過分的話：顧客是上帝啊，但是您不知道，上帝是個老爺爺，而且上帝是長鬍子的啊。您有鬍子嗎？您是老爺爺嗎？您怎麼跑我們這兒冒充上帝了？這種話就是市井氣，缺德少教，是我們一定要避免的。

市井氣在現代社會最集中的反應在哪裡呢？我個人對這種現象非常反感，就是動輒稱別人做老闆。這種市井氣必須引起我們的高度警覺，因為它已經侵入我們的校園中間。現在的校園裡，研究生管自己的導師也叫老闆，比如我的研究生，有的時候會相互說，你今天幹嘛去了？我去查個資料。誰叫你查的？我們老闆，指的就是我。這也叫市井氣，應該戒除。

而戒除奸巧語、穢污詞、市井氣這三種言語，我們說起來簡單，要孩子養成這個習慣可真不容易。這個習慣一定要從小培養，讓孩子在他的學習和生活當中遠離這一類的言語。家長自己更要以身作則，時時注意為孩子營造一個比較清爽的語言習慣。這樣的孩子長大以後進入社會，就會贏得別人的尊重，受到別人的歡迎。

語言是人與人之間溝通的橋梁，一個談吐得體的人很容易受到周圍人的喜歡。那麼，在與他人的交談過程中，都應該注意些什麼呢？如何將自己塑造成一個談吐大方、舉止優雅的人？接下來有十句非常重要的話送給大家。

有人標舉出十句這樣的話，第一句是「水深流去慢，貴人語言遲」。一條河，如果它的水很深，那麼它的流速一般是比較慢的，最起碼看上去比較慢，這就叫水深流去慢。貴人語言遲呢？貴人一般開口都比較晚，或者說話的語速比較慢。中國人有個愛好，就是把大家的孩子抱在一塊兒比：你們家的孩子已經開口說話了，我們家的孩子已經能說很多話了，他們家的孩子還不能說話。那時候我奶奶一般就會說：貴人語言遲。就是說你說話比較慎重，比較緩慢，比較遲，是一種尊貴的表現。這句話也叫語言宜少又宜遲，這是第一句。

第二句是「話不可說絶，事不可做絶」。這也是中國傳統的一種處世智慧，叫退一步海闊天空，就是別把話說到很極端，讓自己沒有退路。

第三句是「酒中不語」。現在我們不太注意，喝酒的時候是話最多的時候，我敬你一杯，你敬我一杯，話越來越多，酒越喝越高，這在過去是非常忌諱的。中國傳統文化講究的是，酒中不語真君子，酒氣沖頭話多過。意思就是不要說出不恰當的話，一喝酒，腦袋一大，什麼都脫口而出，這是會闖禍的。

古人還講「氣頭不語」。這個跟我們現在也不一樣。現在大家鬱悶的時候可以去找心理諮詢師，心理諮詢師會告訴你別生悶氣，有什麼不高興、不痛快的要說出來，心裡鬱悶要叫出來，不行要罵出來。古時候不是這樣，因為傳統中沒有心理諮詢師，我們沒法跟醫生這麼說，所以古代講究氣頭不語。因為也許我們一生氣，不妥當的話就說出來了，所以生氣的時候最好不要亂講話。這是第四句話。

第五句是「熟人不語」，這句話到現在已經完全不一樣了。我們今天遇到熟人，遇到好朋友，就要暢聊一番，沒話找話，瞎聊狂侃。但古人反而提醒我們，熟人說話更要當心。因為彼此太熟悉了，大家沒有遮攔，言多必失。比如大家跟我很熟悉，一見我說：錢老師，你怎麼這麼胖啊，又長了一圈兒？你知道我愛不愛聽嗎？這叫熟人不語。過去古人講「虎生猶可近，人熟不堪親」，就是老虎再陌生，你上去拍拍牠，哪天老虎吃飽了，精神好，沒準還舔你一下。但是人與人之間再熟悉，你說話沒遮攔那是不行的，要有一定的距離感。這個距離感是對別人的尊重，也是對自己的尊重。而且古人特別強調一點，不能「交淺言深」。交情沒有深到這個地步，話說得很深，這是很不合適的。

第六句是「邪事不語」。不正當的事情，或者擦邊球的事情，不要亂講。現在我們好多孩子不太注意。比如好多孩子湊一塊兒相互會問：你這張碟片哪兒買的？我在正規店裡買的。我這張從地攤上買的，盜版，五塊錢。這種話在過去都不能說，因為做的不是一件正當的事情，所以這個叫邪事不語。

第七句是「戒穢污詞」，這也是古人的話。穢污詞不要講，髒話不能講，這個《弟子規》裡提到了。

第八句是「戒輕諾」。就是不要輕易許諾，輕易答應別人。

第九句是「戒話擾」。就是人家很忙的時候，不要去打擾人家。比如我在忙一件事，你突然來嘮叨，說一些無關緊要的話，會讓人很討厭。

最後一句是「戒揭短」。拿我舉例子，比如有些朋友問我：錢老師，你有一米七嗎？那不就是在揭我的短嗎？所以這樣的話最好不要說。再比如看到一個女孩子：好久沒見，你怎麼胖成這樣了？在今天，這樣也算揭短，所以可見在中國傳統文化當中有很多這樣的俗語。《弟子規》也就是從這些智慧當中提取出來的，把它融入生活，來教育孩子從小養成一種謹言慎語的習慣。

我們千萬不要把說話當作一件小事。在語言的表達方面，在和別人的交談和交往方面，我們在使用語言的時候，還應該有哪些地方要時刻注意？請大家看下一講。

第十四講

見未眞[1]，勿輕言；知未的[2]，勿輕傳。

事非宜，勿輕諾；苟輕諾，進退錯。

1. 眞：眞實情況。
2. 的（ㄉㄧˊ）：確實。

現代社會資訊爆炸，五花八門的資訊充斥著人們的耳目。對於未成年的孩子來說，當他們面對各種誘惑的時候，更容易失去正確的判斷，不知所措。因此，讓孩子們從小養成誠信的道德觀和良好的語言表述習慣，至關重要。讓他們從小就明白，什麼情況下不能輕易發表自己的意見？什麼樣的事情不可以隨意傳播？什麼樣的要求可以答應別人？什麼樣的要求是不能夠答應的？如果承諾了對方卻沒能兌現該怎麼辦？關於這些問題，《弟子規》又會給我們什麼樣的建議呢？

當今的社會生活實在是豐富多采，所以教育孩子從小就按《弟子規》要求養成「見未真，勿輕言；知未的，勿輕傳」的良好習慣，就格外重要了。不是你親眼所見的，或者就算是你親眼所見，但是看得並不真切的，就不要輕易發表自己的意見。對於事情的真相，沒有足夠的把握，沒有確切的了解，就不要輕易地去傳播。這四句話背後是一種慎重的、踏實的、負責任的習慣，是一個人的立身之本，是為人處世應該遵循的基本準則。

否則，即便是最大的學問家，最有才華的人，也會鬧出笑話來的。我們大概沒有人敢說自己比蘇東坡聰明，或者說比蘇東坡有才氣吧？但他就犯過這樣的錯。

據說，有一天，蘇東坡到丞相王安石的府上去拜訪，當時王安石正忙著接待別的客人。於是家裡的僕人就引導蘇東坡到書房裡先坐一下，等王安石忙完了再過來相見。蘇東坡在王安石的書房裡等得挺無聊，就跑到了書桌前看看。他發現王安石的書桌上有一張紙，紙上有一首還沒寫完的詩，裡面有兩句：「昨夜西風過園林，吹落黃花滿地金」。意思是昨天晚上，西風吹到了我的園林裡來，把菊花全部吹落在地，一片金色。蘇東坡讀完以後，哈哈大笑，說你這叫什麼詩，堂堂一個丞相，又是一代大文豪，連季節都沒搞明白。秋天，是菊花盛開的時節，怎麼會有菊花落下來呢？所以蘇東坡就拿起筆寫了後兩句：秋花不比春花落，說與詩人仔細吟。意思是：菊花跟別的花不一樣，秋天不掉的，你這位詩人啊，想明白了再吟詩吧。寫完之後筆一扔，走了。過了不久，蘇東坡犯事了，被貶為黃州團練副使。到了這個地方，有一年的秋天，他推門一看，突然發現自己花園裡的菊花被風吹落滿地，一片金色。蘇東坡大驚：菊花秋天怎麼會落呢？「見未真，知未的。」你看到的只是一部分菊花，你了解的也是一部分菊花，天底下的菊花，真的會有在秋天落下的。這就是一個例子，再有學問的人，如果不注意、不慎重，也會犯錯誤。

蘇東坡誤以為菊花在秋天是不落的，這還是有影子的，但是還有好多事情，連影子都沒有。假如我們輕易相信，往往就會產生錯誤的判斷，甚至讓一些別有用心的人達到他們不可告人的目的。

西漢時期，南陽有一個人叫直不疑。此人好學，不圖名利，非常忠厚。後來朝廷發現了這個人才，就讓他去當了一個官。旁邊有人開始嫉妒他，就誹謗這個直不疑：這個直不疑啊，相貌堂堂，也有水平，書讀得

蘇軾

蘇軾（一〇三七年—一一〇一年），北宋文學家、書畫家。字子瞻，號東坡居士，眉州眉山（今屬四川）人。嘉祐進士。宋神宗時曾任祠部員外郎。

蘇軾與王安石「菊花詩」一事之後，王安石雖然沒直接責備蘇軾，但心中一直不快。所以在蘇軾遭貶時，王安石便建議皇帝將他貶到黃州，有意叫蘇軾看看是不是「西風過」、「遍地金」。當然，蘇軾這次遭貶，對他的詩文創作並非壞事，不僅給他帶來了創作豐收期，享譽四海的「東坡」雅號也由此而生。

也不少，但是這人品行不端，和他的嫂子有不正當的男女關係。這下，天底下的人都懷疑這個直不疑，認為這個人很不堪。直不疑一看沒辦法了，開始還不想去爭辯，到最後直不疑說：瞎扯什麼呢，我連哥哥都沒有，哪裡來的嫂子啊？朝廷一查，直不疑果然沒哥哥。這就是非常有名的一個典故，叫「無兄盜嫂」（《漢書．直不疑傳》）。我們在現實生活當中，遇到什麼事情，假如沒有確實的證據，就不要輕易地亂講，也不要輕易地相信。有這樣一句諺語，叫「謠言止於智者」。謠言，碰到了真正有頭腦的人，就沒有市場了。

過去，民間流傳這麼一首打油詩，很有道理：「讒言慎勿聽，聽之禍殃劫。堂堂七尺軀，莫聽三寸舌。舌上有龍泉，殺人不見血。」意思就是說讒言你不要去聽它，聽了以後就會有災禍、有劫難的，堂堂七尺男子漢（過去一般講男子漢身高七尺。當然過去的尺子比較短了，不是今天這種尺子，如果按照今天的來算，三尺一米，那麼這個人就是兩米三三，比姚明還高，那是不可能的），不要相信三寸舌頭。你人高七尺，舌頭才三寸，為什麼要相信它？舌上有龍泉，殺人不見血。龍泉是寶劍（龍泉在今天的浙江，出寶劍的地方），舌頭像龍泉劍一樣，有的時候殺人不見血啊。傳說有人拿著寶劍去砍一個人的頭，其中有一把寶劍很鋒利，砍完了以後，這個人頭滾到一邊居然還瞪著刀說：好快一把刀！假如你相信謠言，就是你自己倒楣；如果不僅你自己相信，還竭力地去傳播謠言，那就非常有害，很有可能使社會產生一種不安，產生一種動盪。

「見未真，勿輕言；知未的，勿輕傳。」《弟子規》用這十二個字告誡孩子們，任何事情在沒有看到真相之前，不要輕易發表意見，對事情不了解時，不可以輕易傳播。正所謂人言可畏，衆口鑠金，積毀銷骨，三人成虎。

「三人成虎」這個成語背後也有一個故事。《戰國策．魏策二》中說：「夫市之無虎明矣，然而三人言而成虎。」在一個城市裡，怎麼可能有老虎呢？這個道理不用說大家都明白。但是三個人都說有老虎，大家就真的相信有老虎了，這就叫「三人成虎」。

戰國的時候，各國之間彼此互相攻伐，但是也經常妥協，簽訂一些和約、盟約。簽完了盟約，為了讓雙方信守，有個規矩是彼此把國君的兒子交換一下，作為人質押在對方那裡。那個時候，正好魏國跟趙國簽了一個類似於停戰協議的東西，於是魏國就要派自己國君的兒子去別國當人質。當時有一個大臣姓龐，奉命護送太子到敵國的都城去。因為他心裡知道，自己陪著國君之子到別的國家去，難保旁邊沒有小人進讒言，自己又不在國君身邊，連一個申辯解釋的機會都沒有，所以想事先跟國君敲敲警鐘。但是話不能直說，古人很講究說話方式的，只能用比喻。

臨行前，這個大臣就對魏王講，大王啊：假如現在有一個人來跟您說，街市上出現了老虎您相信嗎？魏王說：這不胡扯嗎？這麼多人哪來的老虎呢？我不相信。大臣說：假如又來了一個人，跟大王說，街市上有一隻老虎，我看見了，大王您相信嗎？魏王說：又來一個人說，這我就有點將信將疑了。龐姓大臣緊盯著魏王又說：大王，如果現在有第三個人跑過來跟您說，街市上來了一隻大老虎，我看見了，您相信嗎？魏王說：那我肯定要相信了，三個人都說有老虎啊。這個大臣就說：街市上不會有老虎，大王，這是明明白白的事情啊。現在經過三個人一說，您就相信真的有了老虎。現在趙國的國都邯鄲遠離魏國的國都大梁，我身處異地，議論我的人，說我壞話的人，一定不止三個，希望屆時大王您明察。魏王說：好的，好的，一切我都知道，你放心去吧。

但是，當這位姓龐的大臣陪著魏王的兒子完成了使命，回到魏國的國都大梁後，魏王再也沒有召見過他。為什麼？還是聽信了讒言了。也就是說，這個謠言不斷傳播，不斷重複，它的欺騙性會增加。如果我們輕易去傳播謠言，我們在無意之間就成了一個幫兇了，就成了傳播謠言的人的工具，這是我們要再三警惕的。判斷一件事情的真偽，必須仔細觀察，不能道聽塗說。假如我們忘記了「三人成虎」這個典故的話，那麼在我們的生活當中就會有各種各樣的謠言，傳來傳去，擾得我們生活不得安寧。

這一部分的《弟子規》，所講的一個關鍵字，或者叫核心概念，就是一個「信」字。既然要講信，就不可能不講承諾，不可能不講諾言。

《戰國策》

戰國時遊說之士的策謀和言論的彙編。展示了戰國時代的歷史特點和社會風貌，是研究戰國歷史的重要典籍。西漢末劉向編定爲三十三篇，《戰國策》的書名也是劉向擬定。《戰國策》長於議論和敘事，善於用寓言闡述道理，著名的寓言故事「畫蛇添足」、「亡羊補牢」、「狡兔三窟」、「狐假虎威」等都是出於這部書。

人們常說，君子一言既出，駟馬難追，所以答應別人的事情，就一定要做到。但是在生活中，我們往往會碰到這樣的情況，對於別人提出的要求不好拒絕，勉強答應後又無法做到。那麼遇到這樣的情況時，我們又該怎麼辦呢？《弟子規》又是如何告訴我們的呢？

「事非宜，勿輕諾；苟輕諾，進退錯。」

天底下的事情，沒有一件是輕而易舉就可以去做的，所以我們不要輕易地答應別人。如果輕易地答應了別人，而實際上又做不到，就會把自己放到一個非常尷尬的境地，進也不是，退也不是，狼狽不堪。《弟子規》裡邊的意思非常清楚，道理也很簡單，但是我們仔細想一想，真正要做到確實千難萬難。

在現實生活當中，這樣的例子真是太多了。一位男士跟他太太說自己是釣魚的高手：我今天釣點魚回來，晚上準備好熬魚湯吧。但他又釣不著，只好去買了兩斤魚，可被太太發現了，說：人家釣的魚，都是有大有小的，怎麼你釣的魚都是一個品種的，還都一樣大小的。所以我們在承諾某件事情之前，一定要仔細思考，充分衡量，不適合自己的，自己沒有能力做到的，就不要承諾；假如承諾了，就一定要做到。

有一個古代守信用的典範人物叫魏文侯，他是戰國時期魏國的國君。魏文侯守信，在中國古代是傳為美談的，而且被載入了法家非常重要的一部著作《韓非子》裡。

國君一般都會有自己打獵的場地，比如過去清朝的皇帝，在承德的圍場打獵，所以有管理那個地方的官員。有一次，魏文侯跟自己獵場的官員約好，什麼時候我要來打獵。到了約好打獵的這天，突然颳起狂風，身邊的侍從就勸魏文侯：那麼大的風，您就不要去打獵了，魏文侯不同意。那個時候沒有手機，也沒有電子郵件，也沒有辦法通知那邊的官員。魏文侯就說：不可以因為風大的緣故就不去了，事先沒有通知他們，現在單方面取消，這樣的事情我不能做。所以魏文侯自己駕著馬車，頂著大風趕過去，通知管理獵場的官員取消這次打獵活動。約定相會的日期，如果不能如約前往，應該在事先通知對方，免得別人苦等，這是守信，也是對別人最起碼的尊重，從小應該培養孩子養成這種良好的習慣。

在現代生活當中，我們很多人都把這當小事，比如上級跟一個下級約好了，明天晚上五點半，在那裡聚會，談一件事情，上級突然有事了，往往不通知就不去了：你是我部下，你等等怎麼了？這是千萬不可以的。因為在講諾言、講信譽、講守信方面，沒有上下級的區分，沒有尊卑的區分，也沒有長幼的區分。作為上級，作為長輩，更應該以身作則，社會要健康地運行，需要每個人都做到誠實守信。

魏文侯在位的時候，受到當時各國的普遍敬重。其實當時的魏國並不強大，主要就是因為魏文侯人格的感召力，讓大家特別地敬重他。

魏文侯

魏文侯（？—前三九六年），名斯，戰國時期魏國百年霸業的開創者。李悝（ㄎㄨㄟ）、吳起、西門豹等著名將相都爲他所用。他在戰國七雄中首先實行變法，改革政治，獎勵耕戰，興修水利，發展經濟，使魏成爲當時的強國。軍事上西取秦的河西，向北越過趙國攻滅中山，疆域得到極大的擴展。

《弟子規》告誡孩子們，無論說話做事都要遵循一個「信」字，誠實守信才是立身之本。凡事都要量力而行，無法兌現的事一定不要承諾。話說起來容易做起來難，當你承諾別人的時候，往往預料不到這件事情有多難，那麼當你無法兌現諾言的時候，又該怎麼辦呢？

《世說新語》中記載了一個叫華歆的人，他是怎麼做的呢？

當時國家大亂，各地戰火紛飛，華歆要逃難，同行的還有他的一位同伴叫王朗，兩個人一起坐船避難。本來船就很小，又裝了很多東西，後面還有追兵，這個時候有一位陌生人突然過來說：救救我，捎我一把，讓我也坐你們的船逃跑吧。華歆很為難，船太小了，他們自己還想快點逃走。所以華歆就拒絕了這個人的請求，說我帶不了你，你還是自己保佑自己吧。但是旁邊的王朗說：華歆啊，船雖然小了點，不是還可以擠一個人嗎？也不會沉沒，你還是讓他上來吧，咱們積點德、行點善，能幫一個人也算做件好事。華歆這麼一聽，就沒有繼續反對，這個陌生人就上了船。船上很擠很重，船速當然就慢了，就在這個當口，後面的追兵已經趕上來了。王朗慌了，就跟這個陌生人說：哥兒們，我們管不了你了，要麼你跳河裡，要麼我們靠岸，你自己走。這時候華歆說：不行，我當初之所以不敢答應他，不敢承諾帶他走，就是怕後面的追兵趕上來。但是現在我們已經答應他了，已經承諾他了，

《世說新語》

原名《世說》，也稱《世說新書》。爲南朝宋劉義慶所撰。原本爲八卷，今本三卷。分德行、言語、政事、文學、方正、雅量等三十六門，主要記載漢末至晉代士大夫的言談、軼事。

就不能因為危難而把他拋下，我們現在必須帶著他一起走。這個故事在當時也傳為美談，所以被記載到《世說新語》裡。

「事非宜，勿輕諾；苟輕諾，進退錯。」

如果不按照《弟子規》的要求做，隨口答應別人，隨口許諾別人，那會出現什麼結果呢？這樣的故事更多，其中一個故事也很有名，但是大家不一定熟悉，叫「棘刺刻猴」。

在荊棘的尖上刻一隻猴子，這聽起來似乎是一個不可能完成的任務。誰又會做出這樣的承諾呢？這樣的承諾又該怎麼兌現呢？

春秋戰國時候，燕王有一個嗜好，就是收集各種各樣非常精巧的玩物，特別是別人沒有的珍奇寶貝。有時候為了得到一個自己喜歡的玩物，他不惜千金。有一天，衛國有一個人拜見燕王，他對燕王說：您不是喜歡寶貝嗎？我能給您做一個寶貝，世上沒有第二個。燕王當然感興趣了，就問他：你能為我做什麼人間寶貝啊？我這宮裡面有的是寶貝。這個衛國人說：我手藝高超，有獨門的絕活，我能給您刻一隻猴子。燕王說：活猴子我那兒還有一堆呢，我還用你給我雕刻猴子。這個人說：大王您別急，我能夠在一根荊棘刺的刺尖上給您雕刻一隻猴子。這個就是今天講的微雕，頂級的微雕。燕王說：這個我聽都沒聽說過，居然在那麼小的地方可以雕一隻猴子。宮裡面金銀寶貝有的是，但是沒有這麼小的猴子啊。於是心裡很是高興，趕緊讓人給這位衛國人安排最好的生活，並且給了他方圓三十里地，作為他的封地和俸祿。然後國王就問那個衛國人：你真能辦到啊？衛國人說：沒問題啊，我一定給大王刻好。燕王一想：你不給了我承諾嗎？好，你去刻吧。

過了幾天，燕王心裡癢癢啊，就把這個人叫來問：我想馬上看一看，你給我雕刻的那隻小猴兒呢？這個衛國人承諾是承諾了，可怎麼刻得出來啊？這明擺著是不可能完成的。衛國人一下子進退兩難，他刻不出來，但又答應了國王，這不是找死嗎？所以衛國人開始編故事，說在荊棘刺尖上刻的這隻猴子，那不是一件凡物，一個人要有誠心才能看見。他又對國王說：國王啊，您要向我保證，半年之內不進後宮，不能去找您的王后和妃子，半年之內不得飲酒、吃肉。國王一下就暈掉了：為了你一隻猴子，讓我半年不進後宮，半年不喝酒吃肉。燕王很猶豫。這個時候，衛國人說：還沒那麼簡單啊，這個還是最基本條件，您還得趕上一個雨過日出的好天氣，還要搶在陰晴轉換的那個瞬間，您才可以看到這隻猴子。

進退失據，衛國人開始編謊話了。但是大家別忘了，真相終究是會顯現，真的就是真的，假的就是假的。騙得了一時，騙不了一世。這個時候，鄭國有一個鐵匠覺得這裡邊有詐，就去找燕王：大王，您看到猴子了嗎？大王很鬱悶，說看不著。鐵匠問：為什麼看不著呢？大王說：這個人說他能刻，但是他要求我半年之內不進後宮，半年之內不飲酒吃肉，還得等一個雨過日出天氣陰晴轉換的那一刻才能看到，看樣子我沒有福分。這個鐵匠說：大王，您能看到。大王說：你怎麼說能看到。鐵匠說：您先問問他到底是真的還是假的。大王說我問不出來。這個鐵匠說：好問啊，我是打刀的，如果要在那麼小的一個尖上刻東西，他首先要有一把刀，比那個尖還要小的刻刀，不然怎麼刻？總不能拿把菜刀去刻吧？我是一個鐵匠，我知道如果大王您要叫我打這麼一把刀的話，我是打不出來的，我做不到。既然這個衛國人跟您說有辦法在荊棘刺上雕一隻猴，您可以這麼問他，說我知道這隻猴雕起來很費工夫，一時半會兒我看不著，這是對的。但是你既然能雕這麼一隻猴，總得有這麼一把刀吧？你先把這把刻刀給我看看，讓我過過癮。等我看到了這把刀，就下決心半年不進後宮，半年不去吃酒肉，等著看這隻猴子。

國王一想，好主意，就叫人把那個衛國人叫來，如此這般地跟他說了。這個衛國人說：有啊，這刀我有，可是我來見大王，隨身不敢帶啊，哪兒有見大王隨身帶把小刀的，我回去拿。衛國人回去之後，左等不來，右等不來，等燕王再派人去找他的時候，發現已經人去室空。

我們傳說當中有很多這樣的故事，都是為了告訴大家不要輕易地承諾。承諾了以後，如果做不到，會讓自己非常被動。當然這個故事裡的衛國人，已經有點招搖撞騙的嫌疑了，這是另外一個層面的事情。所以我們要牢牢記住《弟子規》這段話：「見未真，勿輕言；知未的，勿輕傳。事非宜，勿輕諾；苟輕諾，進退錯。」

承諾是無比沉重的，在承諾之前，你要考慮好你所承諾的事情以及你個人的能力。一旦承諾了，惟一的選擇就是履行這個承諾，把這個承諾變成事實。

《弟子規》裡講了哪些話不能講，哪些語言要避諱，哪些不好的表述習慣從小要戒除之後，又給我們講述了對諾言、對承諾的一種良好習慣的養成。《弟子規》所關注的還遠遠不止這點，甚至要求我們在教育孩子的時候，對孩子的咬字、吐字的方式，以及說話的輕、重、緩、急都應該有所注意。希望從最小的細節開始，從小培養良好的語言習慣。《弟子規》在這方面有哪些具體的規定？請大家看下一講。

第十五講

凡道字[1]，重且舒[2]；勿急疾，勿模糊。

彼說長，此說短；不關己，莫閒管。

見人善，即思齊；縱去遠，以漸躋[3]。

見人惡，即內省；有則改，無加警[4]。

惟德學，惟才藝；不如人，當自礪。

1. 道字：說話吐字。
2. 重：指發音吐字清楚。舒：流暢。
3. 躋（ㄐㄧ）：登，升。這裡指升入同一行列，成爲同一類人。
4. 無加警：無則加勉，警告自己不去做。

人言爲信，言必信，行必果。因此《弟子規》「信」篇，就是通過規範孩子們日常生活中的言行，使孩子們從小養成良好的語言表述習慣。不僅如此，《弟子規》還對孩子說話時咬字吐字，以及語言的輕重緩急做了明確的規定。那麼，《弟子規》在這方面具體是怎麼要求的呢？儒家文化特別強調榜樣的力量，《弟子規》作爲一本儒家啓蒙教育讀本，又會樹立孩子們一個什麼樣的學習榜樣呢？

《弟子規》前面講要重信義，要重承諾。無論是講信義也好，還是重承諾也好，在大多數的情況下，都離不開語言表達。《弟子規》對一個孩子從小如何養成恰當的語言表達習慣，或者說一個孩子從小應該怎麼說話，都做了非常嚴格的要求。

「凡道字，重且舒；勿急疾，勿模糊。」這已經關注到孩子們的咬字吐音，說話的時候應該口齒清楚，聲音洪亮，發音舒緩，不要著急，也不要含糊其辭。這些非常細節的地方，往往是我們教育孩子的時候容易忽視的。我們在教育孩子的時候，比較重視孩子是不是口齒伶俐，是不是語言快捷，是不是反應急速，但是別忘了，所有的快捷也好，口齒伶俐也好，都要有一個度。

不論在什麼場合，說話都應「重且舒」。按照《弟子規》的要求去做，我們就會受到很多益處。

現在大家一般都比較關注美女，其實在中國古代好多美男子也是備受關注的。有一個美男子，我們過去沒有提到過，他之所以在歷史上地位特別高，受到廣泛讚賞，有一個相當重要的原因，就是他說話是「重且舒」的典型。

這個人的名字叫裴楷，字叔則，河東聞喜（今屬山西）人。他是西晉時期非常重要的朝臣，也是當時非常著名的名士。

裴楷在當時有一個稱號，叫玉人，就是說他長得像玉一樣，非常溫潤、潔白、細膩，典型的一個美男子，他風神高邁，儀表俊爽，即使粗服亂頭也氣宇不凡。當時的人們稱讚他：見裴叔則，如玉山上行，光映照人。你只要跟他一見面，就好像面前是一個玉雕的人，好像人行走在玉做的山上一樣，光彩照人。他之所以如此有名，不僅是因為他的儀表像玉一般的溫潤、雍容，更重要的是因為他的風采也像玉一般的清修高潔，他說話非常有涵養。

由於家教好，裴楷從小說話就非常注意「重且舒」。他的學問也不一般，精通《易經》、《老子》等經典。一個學識淵博、談吐儒雅、咬字清楚的美男子能不招人喜歡嗎？因為他很有名，所以被招到皇帝面前去侍讀。皇帝的氣派比較大，一般自己不看東西，如果一些聖旨，一些比較重要的文件，他就讓裴楷讀給他聽。據史書上記載，由於他口齒清楚，發音凝重，所以大家為他總結了八個字：左右屬目，聽者忘倦。意思是他一說話大家都盯著他看，非常關注，讓人忘記了疲勞，我們可以想像這是一個什麼樣的情形。

裴楷就憑藉著他講話「重且舒」，曾經刀下救人。

中國古代的帝王都非常相信術數，這在今天看來是迷信，當時的人不會這麼看。據《世說新語》記載，晉武帝登基之後，找了一個算卦的人給他算卦。這個人算出來一個字：「一」。晉武帝剛剛當皇帝，算卦的算一個「萬」多好？就是說晉武帝能當一萬年的皇帝。晉武帝一想：這個老小子，不是說我只能當一年皇帝嗎？他覺得很不吉利，於是開始翻臉，準備把這個算卦的給拖出去砍了。

這個時候，群臣相顧失色，都不知道該怎麼辦了，怎麼弄出這麼一個結果？裴楷正好在旁邊，他引用了何晏的《老子注》，以非常凝重和舒緩的語氣講了三句話：「天得一以清，地得一以寧，侯王得一以為天下貞。」天如果只有一個天，當然天是清的了。如果天上出現兩個天，這邊烏雲遮日，那邊不要發生氣流對撞嗎？地得一則寧，如果地震了，這塊拱起來，那塊陷下去。侯王得到了一，那是天下最大的根本，根本就是一，所以一是最吉利的。裴楷由於「重且舒」的咬字，整個朝廷都聽到了，皆大歡喜。晉武帝一聽，算了，還給了重賞。那個算卦的本來要成刀下之鬼，這一來得救了，還得了一筆賞金。

晉武帝

晉武帝（二三六年—二九〇年），即爲司馬炎，晉朝的建立者。司馬昭長子，司馬昭死後四個月就代魏稱帝。咸寧六年（二八〇年）滅吳，統一全國，可以說是三國分裂局面的終結者。不過，司馬炎本是繼承司馬懿、司馬師、司馬昭三代的基業而稱帝的，本身並不是英明之君，江山穩固後，便開始罷廢州郡武裝、大肆分封宗室、允許諸王自選長吏和按等置軍，且無法處理少數民族內遷問題，爲日後八王之亂與永嘉之亂埋下禍根。

語言是人類最重要的交際工具，是人與人之間溝通的橋梁。如果一個人吐字含混、咬字不清，在生活中就會鬧出各種各樣的笑話來……

反之，如果說話不是「重且舒」，會鬧出什麼事來？這在歷史上也有，只不過大家不太注意。歷史上還有一個很有名的人，《太平廣記》裡有所記載，這個人叫侯思正（也有侯思止的說法），本來是個衙役，也就是衙門裡面一個比較低級的辦事人員。這個人的特點就是說話不講究，沒有受過很好的教育，吐字不清，咬字不正。武則天有一段時間是鼓勵大家告密的，侯思正就是因為告發別人而當上了官，得到了武則天的重視。由於他原來是衙役出身的，當官以後，武則天就命令他去審理案子。侯思正小人得志，所以一天比一天歹毒，他有一天去審訊一位忠臣高官叫魏元忠。審著審著，他又不著調了。他吐字不清、說話也不懂得重且舒，很快、很急，他跟魏元忠講：你趕緊去，要不呢？你就把……你趕緊去把，要不你就……就說了這麼一句話，沒完沒了地說。可這句話沒人聽得懂是什麼意思。

魏元忠明白，他這是說話太快。當然魏元忠不認罪，人家沒罪，又怎麼認罪？實際上他是想說你牛什麼，你要真有本事嘴硬，去把白司馬坡給背起來。在洛陽城旁邊有個大山坡，叫白司馬坡，但他說的就是輕且急，沒有說清楚、說完整，別人聽不懂。下面一句說：你要有本事，不然你把孟青給吃了。孟青是什麼人呢？孟青是唐朝的一位很厲害的大將軍，曾經拿著一個大棒子打死過人。所以他的意思是說：你嘴硬什麼，你有本事把這個山坡給我背起來，你要再有本事把那個將軍去吃了。但魏元忠聽不明白：你莫名其妙地跟我說什麼呢？就愣在那裡。這下侯思正的態度更惡劣了，就拉著這位忠臣的兩隻腳在地上拖來拖去。最後把這個魏元忠給拖火了：你說話說得不清楚，我聽不懂怎麼回答你？你還來拖我。你別拖我了，算我倒楣，運氣不好，好比是騎了一頭惡驢被摔下來，可是我這個腳還掛在驢鐙上，所以被你拖。

魏元忠說話倒是「重且舒」了，侯思正聽得一清二楚，這下他更火了：你這是什麼話，你敢辱罵我是惡驢啊？我立馬把你殺了。

但是武則天剛好下了一道命令，因為武則天信佛，所以禁止屠宰，這兩天不能殺生。於是他又說了一堆烏七八糟的話，大家還是聽不懂。旁邊觀看審判的官員就說這個人也太逗了，把情況向武則天做了彙報。武則天聽了以後也大笑：怎麼有這麼一個人啊？這個連話都說不清楚的人還整天亂講。後來這個侯思正的下場非常慘，而且成為歷史上的一個笑柄。所以說話太急、吐字不清楚，是一個非常要命的毛病。

《弟子規》在說完了孩子應該怎麼咬字，怎麼吐字，怎麼舒緩凝重地說話以後，接下來又有四句話，而這四句話在今天則是我們不能完全照搬的話。

《太平廣記》

宋代人編的一部大書。全書五百卷，目錄十卷，取材於漢代至宋初的野史小說及釋藏、道經等和以小說家爲主的雜著。是宋代李昉、扈蒙等十二人奉宋太宗之命編纂的。這部書的編纂從太平興國二年（九七七年），耗時一年完成。因爲成書於宋太平興國年間，並和《太平御覽》同時編纂，所以叫做《太平廣記》。

《弟子規》作為一本儒家啓蒙教育讀本，就是通過規範生活中的言行來塑造一個人的良好品格。但是這樣一本幾百年前的小冊子，它並不是完全適用於今天的人，那麼接下來《弟子規》會涉及什麼內容，這些內容為什麼不適用現代人呢？

「彼說長，此說短；不關己，莫閒管。」意思很明白了，在這世界上，每天發生的事情多了去了，有說長的，有說短的，只要是跟自己沒關係的，你就不要去管閒事。我們必須準確理解這四句話，毫無疑問，這四句話裡明白地表達一種意思：那就是事不關己，高高掛起。各人自掃門前雪，莫管他人瓦上霜。或者說，惟讀聖賢書，莫聞窗外事。這種味道很濃，這是我們今天完全不能接受的。因為在今天，我們還是應該倡導主動去關心別人，應該倡導見義勇為。在社會上看到一些不好的事情、不恰當的事情，即便跟我自己沒有直接關係，也應該勇敢地站出來，這樣的人是值得我們尊敬的，這種精神是值得我們去學習的。所以我們首先要把《弟子規》這四句話裡邊的這一層意思剔除掉。

同時，我們在讀《弟子規》的時候，也必須時刻牢記一點，《弟子規》主要針對的是未成年的孩子。這段話的本意，我想主要是希望孩子能夠在以學習為主要任務的年齡階段，集中精力，專心致志地學習，不要分心。

假如從這個角度去理解的話，那麼《弟子規》這麼說也是有一定道理的。所以對這四句話我們要辯證地理解。

《弟子規》在講完了這些方面以後，對於孩子從小應該形成良好習慣，還提出一個很重要的概念，那就是在儒家文化當中，特別强調的榜樣的力量。

《弟子規》要求孩子「見人善，即思齊；縱去遠，以漸躋」。看到別人好的地方，你要即思齊，馬上就下決心，要發這個願，要有這個志向去趕上他。縱去遠，即便相去還很遠；以漸躋，你要立下一個長遠的規劃，逐漸地趕上他。

古代有部書叫《說苑》，裡面就記載了這麼個故事，非常有意思。有一位姓南的先生遇到一位姓程的先生，這位姓程的先生一看南先生來了，很高興，就給他煮了一條魚吃。煮了一條什麼魚呢？娃娃魚。這在今天是絕對不允許的，娃娃魚是中國國家保護動物，是不能吃的。這位南先生就說：「吾聞君子不食鯢魚。」意思是我聽說君子不吃娃娃魚。為什麼君子不吃娃娃魚？道理很簡單，因為它叫娃娃魚，叫起來聲音像小孩哭一樣，君子有惻隱之心，是不忍心吃的。那個程先生很愣：我好心好意給你逮條娃娃魚煮好了，你還不吃。程先生就說：「乃君子否，子何事焉？」意思是：怎麼，你覺得自己算君子？吃不吃娃娃魚跟你有什麼關係啊，君子跟你有什麼關係啊？南先生說：「吾聞君子上比，所以廣德也」，我還不是君子，但是我聽說過怎麼才能成為君子。君子跟我們一般人的區別在哪裡呢？上比，他和比他強的人去比，我們一般人只會在物質生活方面，有時候去跟比自己強的人比，但是君子不是，君子是比道德。在道德上比，所以廣德也，君子的道德水準提高得很快。「下比，所以狹行也」，如果你往下比，就會越比路越窄：我今天早晨懶得去上班了，九點上班，我睡到九點十分才起牀，你看我辦公室還有一個人，睡到九點半才起牀呢。這就叫下比，那就會越比越糟糕，路就越行越窄。「比於善，自進之階罷了」，如果我去追求善的，去把自己按照好的標準隨時去對照、去努力的話，我自己就會進步得很快。「比於惡，自

《說苑》

西漢劉向撰。劉向，西漢時經學家、文學家、目錄學家，曾領校秘書。本書就是他校書時根據皇家藏書和民間圖籍，按類編輯的先秦至西漢的一些歷史故事和傳說，並夾有作者的議論，借題發揮儒家的政治思想和道德觀念，帶有一定的哲理性。

退之原也」，如果我經常跟不如我的人去作比較，跟做得不好的人比，那我不是每天都在退步嗎？「吾豈敢自以為君子哉？志向之而已」，我哪裡敢自認為我是君子啊，只不過我內心嚮往做一個君子罷了。

古人也說：高山仰止，景行行止。看見一座高山，你會生敬仰之心；看到一個很好的行為，你會去追隨它。這都是在講榜樣的重要性。在古代，有很多人把見賢思齊作為自己的座右銘，時刻提醒自己，時刻要求自己。如果見賢思齊這句話能夠在孩子們的腦海當中扎根，讓孩子懂得應該不停地按一個比較高的標準去要求自己，用一個比較長遠的學習規劃去實現自己的志向，那麼這個孩子將來就會取得比較大的成就。

別人身上的優點，值得我們學習；別人身上的缺點，是不是對我們就沒有用處呢？《弟子規》告訴我們從他們的身上也能有所學。那麼在比自己能力差的人身上能學到什麼呢？

《弟子規》接著又寫了四句：「見人惡，即內省；有則改，無加警。」要求孩子做到，如果發現別人有做得不好的地方，如果看見別人的缺點，你要馬上反省自己，自己身上有沒有？如果有的話，馬上改掉，沒有的話，你要提醒自己時刻警惕，不要犯同樣的錯誤。

唐太宗就是這樣的人，他很善於吸取別人成功的經驗，但是他更善於汲取別人失敗的教訓。他為了提醒自己，不要重蹈隋煬帝驕奢淫逸的覆轍，他斷然放火，焚燒了一座非常著名的樓閣——迷樓。這個故事是非常發人深省的。

可見，古人在這方面是高度警惕的，對於失敗者，對於在他們前面被歷史所淘汰的人物，他們非常注意總結教訓。

孔子曾經說過：「見賢思齊焉，見不賢而內自省也。」《弟子規》作為一本儒家啓蒙教育讀本，繼承了孔子的這一思想。希望孩子們從小形成虛心的學習態度，認識到任何人身上都有我們值得學習的地方。那麼，我們如何才能發現別人身上的優點？又應該怎樣向他學習呢？

我們要見賢思齊，賢者有很多值得學習的地方。那麼接下來的問題就來了，我們應該學習賢者的什麼？

《弟子規》的回答很清楚：「惟德學，惟才藝；不如人，當自礪。」別的我們別管，重點看看兩個「惟」字，也就是說最重要的是德學和才藝，如果不如別人的話，你要自己奮發，下決心去學習。

清代有一個名醫叫葉天士。有一次，一位上京應考的舉人，經過蘇州時覺得不舒服，就請葉天士去看。葉天士一看，就問他怎麼了？那個舉人說：我身上都挺好，沒有哪裡不舒服，但是我每天都口渴，我不停地想喝水，很長時間了。葉天士給他一檢查說：我勸你別去赴考，你內熱太重，得了消渴症，不出百天必不可救。再過一百天就完了，我也治不好你，你就別去考試了。這位舉人一聽，那麼有名的大夫跟我說，我的命只有一百天了，他突然想通了。怎麼想通了？我既然沒有幾天活頭了，那我更應該去考試，博一個功名，也算是給自己和家裡有個交代，所以他堅持去赴考。走到鎮江，他碰到一個老和尚，老和尚也懂醫術，一看就知道他得了消渴症。於是勸他：你有這病，沒什麼辦法，但是你願不願意相信我？這個舉子一聽：這也沒什麼信不信，葉天士都說我命不過百天，那我就聽你的。老和尚跟他說：你這樣，每天就吃梨，口渴了你吃梨，餓了你也吃梨，堅持吃一百天。這個舉子就真的堅持吃了一百天的梨，果然一路平安無事，而且一下考中了進士。等他回來的時候，衣錦還鄉，碰到了葉天士。葉天士暈掉了，因為他是一個名醫，說話都很靈驗的，怎麼看那位舉人得意洋洋、容光煥發地回來了？覺得很驚訝。這個舉子就把自己的奇遇告訴了他。葉天士一聽，原來在鎮江有這麼一個和尚，他一定有過人之處。他就把自己打扮成一個乞丐，改名為張小三，跑到廟裡要拜這個老和尚為師。每天起早摸黑，為這個老和尚挑水砍柴。老和尚一看這個小夥子很勤奮，很喜歡他，每當有人來找看病的時候，他都帶著這個張小三，讓他在旁邊看著。在那兒待了三年，葉天士把這個老和尚的醫學都學到手了。這個老和尚就說：張小三，你跟了我三年，你現在可以回去了。憑你現在的醫術，你已經超過江南的葉天士了。葉天士一聽，立即下跪拜師：大師，我就是葉天士。

現在，我們在教育孩子的過程當中，最難的一件事情，就是教孩子學會虛心。現在的孩子，成長環境缺乏參照性，他生活在一個相對比較封閉的環境裡，從小備受長輩的寵愛、誇獎、稱讚、獎勵，所以往往會比較清醒地認識到自己的長處。但是很多孩子卻不容易看到自己不足的地方，更難虛心地承認別人比他强的地方。所以我們在教育孩子的時候，首先要讓孩子意識到自己的不足。

你只有意識到自己有所欠缺，才會虛心地去學習。而學習什麼？這是今天的教育當中特別麻煩的一個問題。我們現在社會上有一些不好的導向，就是對成功的片面理解。在很多家長的心目當中，讓孩子學一樣東西，將來可以找到一個很好的工作，工資很高，可以買很好的車子，可以買很大的房子，把成功等同於這種德、學、才、藝以外的東西，這一點是非常要命的。按照《弟子規》的要求，樹立一個榜樣，而在這個榜樣的身上，主要就是學習德、學、才、藝這幾個方面的長處。而別的，相比德、學、才、藝而言都是次要的，應該先放在一邊的。

《弟子規》在强調了榜樣的重要性以後，在明確地論述了如何向榜樣學習以後，對孩子的教育還提出了哪些應該重視的方面？請大家看下一講。

第十六講

若衣服，若飲食；不如人，勿生慼❶。
聞過怒，聞譽樂；損友❷來，益友卻❸。
聞譽恐，聞過欣；直諒士❹，漸相親。
無心非，名❺爲錯；有心非，名爲惡。
過能改，歸於無❻；倘掩飾，增一辜❼。

❶慼（ㄑㄧ）：悲慼，憂傷。❷損友：對自己有害的朋友。❸卻：退卻，離去。
❹直：正直。諒：誠信。孔子認爲正直、誠信、見聞廣博的人是三種有益的朋友，即益友。
❺名：稱作。❻歸：回到。無：指沒有過錯。❼辜：罪，過錯。

《弟子規》是一本儒家啓蒙教育讀本，在《弟子規》「信篇」中，不僅對孩子們說什麼話，怎麼說有明確的規定；而且對孩子們聽什麼話，怎麼聽也有明確的規定。比如當孩子聽到表揚與讚美之詞的時候，他應該怎麼辦？當孩子聽到批評與責備之聲的時候，他又該怎麼辦？如何把孩子培養成一個內心充滿自信的人？

在前面一講我們談到，《弟子規》要求孩子們要注重品德學問，注重才能技藝。如此說來的話，當然是要進行比較。如果一個孩子從小沒有和另外一個孩子比較的習慣，他怎麼會知道自己哪方面比別人長，哪方面比別人短呢？

但是，《弟子規》對比什麼、怎麼比也很有講究。接下來講的主要就是這方面的內容。

「若衣服，若飲食；不如人，勿生慼。」換句話說，如果是衣服和飲食方面，你不如別人，穿得不如別人光鮮，吃的不如別人講究，那不要去比，沒什麼好比的，更不要因此生氣、不愉快。

大家千萬不要以為《弟子規》講的這些內容是微不足道的，現在這種問題非常嚴重。特別是在今天的一些小學和幼稚園，尤其是那些所謂的貴族小學和幼稚園，大家可能會看到，兩個小孩子在比自己家裡的車子，比誰媽媽的包包更高級。而拎稍微差一點的包的那個媽媽，好像還覺得有點對不起自己的孩子，讓自己的孩子丟臉了。這種教育是要命的。如果從小不知道防微杜漸，如果從小沒有培養孩子養成一種好的習慣，該比的比，道德學問、技藝才能，你不如人家，你要趕上人家，要跟別人比；不該比的要堅決不比，比如衣、食、住、行，沒有什麼好比的，那就不去比。

為什麼《弟子規》首先要强調若衣服、若飲食，你不要跟別人比呢？

衣服和飲食是人生活所需要的最根本的東西。假如在人生活最根本需要的這兩件事情上，我們能夠安貧若素，能夠從小學會不去計較，不要去和別人攀比，在別的方面，比如我們現代社會裡的住房、汽車等等，慢慢你就不大會跟別人比。所以教育孩子要從最根本處著手。

中國古代是一個身分制社會，是一個等級社會，人的飲食和衣服是代表著你的身分和地位的。現在，哪個女孩子一高興，我穿條紅裙子，穿上紅的繡花鞋，又沒有違法，也沒妨礙交通，誰都管不著。但是在古代這樣的裝扮是不行的，在古代必須是自己的丈夫有功名，也就是秀才娘子，才可以穿紅裙子，才可以穿紅顏色的繡花鞋。如果不是讀書人的太太，哪怕你是億萬富翁的夫人，也不敢穿的，這是規矩。

中國傳統社會是一個官本位的社會，只有通過讀書，或者通過軍功，當官了，才可以穿綾羅綢緞。今天大家到王府井，隨便買個絲綢穿上了，也不會有人管。過去不行，如果不是當官人家，就只能穿棉布的衣服，而絕對不能穿絲綢的。所以《弟子規》裡這樣教育孩子是有深意的，像飲食、衣服、身分、社會地位，這些東西不要太在意，你只要努力向上就行。

我小時候還聽說過一個故事，就是阮咸曬衣的故事。阮咸是西晉時期著名的文學家，小時候家裡非常貧寒，吃的、穿的都很平常。在魏晉的時候是很講究的，那時候的男人出門是要撲粉的，非常講究。但是，他安貧若素，在有錢人面前泰然自若，一點都不自卑。這樣我們現在看起來似乎很簡單，我很自尊。但是大家別忘了，在古代有一個習俗你很難躲過去的，什麼習俗？就是每年農曆的七月初七，都要曬衣服的，也叫曬箱子底。因為七月七日的太陽力量最大，殺菌的功能最好，所以要把家裡的衣服拿出來曬一曬。但很多人家是不曬的，或者挑一些稍微像樣的衣服拿出來曬一曬，怕丟臉。阮咸不是，非常坦然，家裡有什麼衣服，他就曬什麼衣服，哪怕是一地的破衣服。別人都跑過來看，他也不在乎，很淡然。我不和你們比衣服，我和你們比才華。於是「阮咸曬衣」就成了千百年來中國人教育孩子的典故：不要因為你富貴就看不起人，不要因為你貧窮而感到自卑。重要的是，你是不是通過努力擁有了才華！

阮咸

西晉著名的文學家，陳留尉氏（今屬河南）人，字仲蓉，阮籍之侄，與阮籍並稱爲「大小阮」。年輕的時候家裡並不富裕，但他一點也不自卑。每年七月初七，各家都要把箱子中的衣服拿到太陽下面晾曬，阮咸也把自己的衣服晾出來，這些人見阮咸晾曬的衣服破舊不堪，都來觀看。但阮咸一點也不在意，他認爲，富貴不是可以誇耀的資本，貧寒也不是恥辱，人活著關鍵在於他的德行和學識。

接下來，《弟子規》講的又是我們現在教育孩子時，幾乎束手無策的一個問題，就是如何從小培養孩子正確地面對批評。我們現在的孩子，集萬千寵愛於一身，從小看慣了笑臉，從小聽慣了誇獎，他們不知道應該怎樣去面對批評。很多教師和家長，也覺得對孩子輕不得也重不得。我們現在提倡鼓勵教育，提倡表揚性的教育，這是有道理的。但是，**我個人認爲，任何事情總得有個度**，我過去不相信，現在不相信，將來也不會相信，世界上會存在不需要批評的教育。如果誰告訴我，教育只要表揚就可以了，只要正面誇獎就可以了，不需要批評，我就當他是癡人說夢。沒有批評，怎麼可能有教育呢？

表揚與讚美之詞，人人都喜歡聽；而批評與責備之聲，無論是誰聽到，心裡都會有些不舒服。那麼，怎樣才能讓孩子們從小就能正確地面對表揚與批評呢？

《弟子規》講：「聞過怒，聞譽樂；損友來，益友卻。」假如一個小孩子一聽到批評就暴跳如雷，就不高興，就發怒，一聽到誇獎表揚就高興，如果從小養成了這種習慣，只聽得進好話，聽不進一些批評指正的意見，那麼損友就會來了，益友就會卻了，也就是說不好的朋友都來接近你了，好的朋友都躲著你。

這裡沒有更多需要解釋的，只要我們搞清楚損友和益友這兩個詞就可以了。損友就是對自己有害的。那什麼叫益友呢？就是對自己有益的朋友。哪些人是對自己有益的朋友呢？孩子從小應該交什麼樣的朋友呢？在《論語．季氏》裡面對這個益友是有定義的。孔子曰：「益者三友，損者三友。友直，友諒，友多聞，益矣。友便辟，友善柔，友便佞，損矣。」所以《弟子規》講的損友和善友也是有權威出處的。

「友直，友諒，友多聞」。「友直」，這個朋友很正直；「友諒」，這個朋友很寬容；「友多聞」，這個朋友博學多才，知識面很廣。這三種是好朋友。

學術界對《論語》這一段的解釋有點不一致，大致說起來，以下這三類人就叫損友。第一，獻媚、逢迎的人，老討好你，每天都說你好，嘴上都捧你，好像你就是個完人一樣。第二，兩面三刀的人。當面說你好，什麼都好，好到天上去，背後卻說這小子不行，這小子不像話。這第三種就是花言巧語的人，這個我們就不用多解釋了。這三類人都是不好的朋友。

古代有一個虢（ㄍㄨㄛˊ）國，不是個大國，但也不見得是個很弱的國家，後來卻滅亡了。為什麼會滅亡？因為出現了一個整天只愛聽好話，聽不得反面意見的國君，所以他身邊就圍滿了損友，那些阿諛奉承的、溜鬚拍馬的、兩面三刀的、花言巧語的小人，直到最後虢國要滅亡了。而那一群損友呢？他們不會陪著你死的。最後虢國的國君跟著一個車夫逃了出去。這個車夫趕著馬車，載著虢國的國君逃到荒郊野外。這個國君又餓又渴，垂頭喪氣，車夫就趕緊取來車上的食品袋，裡面有清酒，有肉脯（也就是肉乾），還有一些乾糧，讓國君吃喝。國君酒足飯飽以後擦擦嘴，就來問這個車夫，你哪裡弄來這些東西啊？這個車夫的回答是：國君，我事先準備好的。這個國君覺得很奇怪：你怎麼會事先準備好呢？這個車夫一看就不是損友，很樸實，不會花言巧語。車夫說：我是特意替大王您準備的，以備在逃亡的路上好充饑、好解渴。國王暈掉了，說：你早就知道我會有逃亡這一天啊？車夫說：是的，我早就估計到您有這一天。那國君要瘋了：既然這樣，你為什麼不早點告訴我？你連我逃難的吃的都準備好了，卻不提醒我？車夫說：您只喜歡聽奉承的話，有

虢國

虢國是西周初期的重要諸侯封國。周武王滅商後，周文王的兩個弟弟分別被封爲虢國國君，虢仲封東虢，虢叔封西虢。西虢國位於現陝西寶雞附近，後隨周平王東遷至今河南陝縣東南，地跨黃河兩岸，河北稱爲北虢，河南稱爲南虢，實爲一國，於公元前六五五年被晉國所滅。原地留有一小虢，公元前六八七年被秦國所滅。東虢國，西周初年所封諸侯國，位於現河南滎陽，公元前七六七年被鄭國所滅。

別人提意見的話，哪怕再有道理，您也聽不進去啊。我一個車夫，哪敢跟您提意見，您不但聽不進去，恐怕咔嚓一刀就把我給剁了。要是這樣的話，您到了今天，連一個給您趕馬車的人，給您準備水和食物的人都沒有，所以我沒告訴您啊。國君聽到這裡，臉都氣紫了，指著那個車夫大罵：你這混蛋，早不告訴我。這個車夫一看，完了，這昏君都到這分兒上了，死到臨頭還不知悔改。車夫想想就說：行行行，大王息怒，大王息怒，我說錯了。國君也離不開這個車夫了，兩個人都不說話。過了一段，國君昏昏沉沉就靠著車夫的腿睡著了。車夫就把自己的腿慢慢挪開，在旁邊找了一塊石頭墊在國君的腦袋下，自己一個人走了。後來這個國君在野外被野獸吃掉了。

我們可以看到，這就是聽不進批評意見的人，周圍都是損友，這樣的人遭遇亡國、喪家，幾乎是註定的事情。

《弟子規》用這十二字告訴我們，如果一個人聽到批評就生氣，聽到表揚就歡喜，那麼壞朋友就會來接近你，而真正的良朋益友反而會疏遠退卻了。那麼當我們聽到別人的誇獎時應該怎麼辦？當聽到別人的批評時又該怎麼辦呢？《弟子規》是如何告訴我們的呢？

「聞譽恐，聞過欣；直諒士，漸相親。」假如你聽到別人讚美自己，就內心惶恐，別人表揚你：這孩子真聰明，了不起，將來一定要得諾貝爾獎，你就要想想我是不是真有那麼大本事啊？我是不是還要更勤奮一點？這就是「聞譽恐」。「聞過欣」，假如有人對孩子說：這孩子晚上打遊戲早晨不起牀啊，你這樣不對啊。如果孩子聽到這樣的批評，內心還很欣喜：是我不對，老師還願意批評我，給我一個改正的機會。如果老師不批評我，那就是放棄對我的教育。抱持這樣的心態就對了。「直諒士，漸相親。」非常好的朋友，非常正直的朋友，就會慢慢和你親近起來，你周圍的圈子就會是一個比較正直的圈子。

人的一生，誰能夠保證不做錯事，沒有過失呢？問題是：

第一，你做了錯事，有過失以後，能否改過？

第二，錯和過失要有個度，過了這個度，就不是錯和過失了，恐怕就是罪，就是惡了。

那麼《弟子規》怎麼說的呢？「無心非，名為錯；有心非，名為惡。」意思很清楚了，「無心非」，你無心做了一件不對的事情，無意做的，這個叫錯；「有心非」，你有意去做一件不對的事情，有意做的，提前策劃好的，這個就是惡。這是《弟子規》的一個規定，是否有心，完全看你的心和動機，看你原來的本意。當然這一點放在今天我們要强調，比如過失殺人，依然是犯罪。所以《弟子規》的這種理論要跟我們的現實生活區分開，要跟一些極端的情況區分開。

我們來看看《呂氏春秋》裡的一個小故事。

《呂氏春秋》

《呂氏春秋》是戰國末年（公元前二二一年前後）秦國丞相呂不韋組織屬下門客集體編纂的雜家著作，又名《呂覽》。這部著作融合儒、墨、法、兵眾家長處，形成了包括政治、經濟、哲學、道德、軍事各方面的理論體系。呂不韋編此書的目的在於綜合百家之長，總結歷史經驗教訓，爲秦國統治提供長久的治國方略。《呂氏春秋》經歷了兩千多年的光陰，是中華民族的一份珍貴遺產。

宋國有個叫澄子的人，他丟了一件黑色的衣服，就到路上去尋找。看見遠遠來了一位女士，也穿了一件黑衣服，就拉住人家不放，要拿走人家的衣服，說今天我丟了一件黑衣服。那個被他拖住的女士暈了：你也許確實丟了一件衣服，但這件黑衣服是我自己做的，跟你那件沒關係啊。澄子說：你趕快把衣服還給我，因為我丟了一件黑衣服，而你現在穿的也是一件黑衣服，何況我丟的是件夾衣，你穿的是件單衣，你還占便宜了呢。

這個故事說明什麼？你本來不小心丟了一件衣服是無心非，只不過是個小小的錯。你在路上看見遠遠地來了一個人，穿了一件黑衣服，以為就是自己所丟的衣服，你上去問她要，還可以算無心非。但是等你抓住人家，抓住人家的衣服，人家告訴你這不是你的衣服，而且你自己也已經發現了，你原來的是夾衣，而你居然還去要別人的衣服，這就是惡，就是有心非了，是有意在做壞事情。

所以我們發現，**有的時候，從無心非到有心非之間，這個轉換，或者這個演變，是沒有明確界限的，就是一念之差的事情**。古人講，一念之差，在這邊是人，在那邊可能就是禽獸。再往前走一步，你非要把這位婦女的衣服搶走，那你不僅是惡，而是犯罪了。所以這種細節上的轉化，從小就要讓孩子們知道，在這種要害的關節上從小要養成好習慣。

人非聖賢，孰能無過？也就是說每個人都會犯錯誤。但是，當面對錯誤時，有的人勇於承認，而有的人卻極力掩飾。尤其是未成年的孩子，他們為了逃避大人的責備，甚至撒謊。那麼，如何讓孩子正確地認識自己的錯誤？《弟子規》又是如何告誡我們的呢？

人難保不犯錯，不犯過失，犯了以後，怎麼辦？

《弟子規》要求孩子從小學會「過能改，歸於無；倘掩飾，增一辜」。如果你有了過錯，自己能改，「歸於無」，那就沒事了。特別是對孩子來講，假如你一不小心做了一件錯事，打碎了一個碗，或者一不小心丟了一本書，你承認錯誤，以後注意，那就歸於無了。因為孩子還小，還有很多改過自新的機會，所以沒有人會在乎的，但你必須要做到知錯就改。「倘掩飾，增一辜」，假如你不承認，還花言巧語來辯駁，找藉口，就是在增加自己的過錯。不僅不能歸於無，還要雙倍計算，這是《弟子規》的理論。

在好多電視台的法律節目裡面，有的時候罪犯要接受電視記者的採訪，來講一講他為什麼要犯罪。我們發現有相當一部分罪犯實際上是起源於從小撒謊，從小狡辯，從小找藉口的。他小時候家教不好，長大以後就成了一個習慣。有的時候，撒了一句謊，騙了一樣東西，而那個時候如果你改正的話還來得及，沒有嚴重到犯罪的地步。但一句謊話千句補，你說了一句謊話，你得用一千句去補。比如咱們睡過頭了，鬧鐘沒有響，到公司主管很生氣，你怎麼遲到了？我們有的時候跟主管坦承，尤其年輕人：對不起，我睡過頭了，下次一定會改，缺的工作我加班補。沒有一個主管會跟你在乎的。但是很多人不是，有的人要撒謊，瞎編亂造，找藉口搪塞這個過錯，結果怎麼著？你的罪增加了一千倍，一句謊話千句補，到最後把自己折騰死。這個情況很多，我們必須時刻警惕才行。

到這裡，《弟子規》的第五部分，也就是講「信」的部分就結束了。

《弟子規》在這一部分，其核心內容就是一個「信」字，希望孩子能夠從小樹立對「信」的正確認識，長大以後，這樣的觀念才能牢牢地札根在他的生命當中，他的一切行為以誠信為準則，這對他未來的成長是非常有好處的。

《弟子規》即將開始的一個新部分又有哪些精彩內容呢？請大家看下一講。

第十七講

凡是人，皆須愛；天同覆[1]，地同載[2]。

行高者，名自高；人所重，非貌高[3]。

才大者，望自大；人所服，非言大[4]。

己有能，勿自私；人有能，勿輕訾[5]。

[1] 天同覆：同在藍天下。覆：遮蓋。

[2] 地同載：共立大地上。載，承載。以上兩句指共同生活在一個世界上。

[3] 貌高：指外表高大威嚴，儀表堂堂，好像正人君子。

[4] 言大：自我吹噓，誇誇其談。

[5] 輕：輕易，隨便。訾（ㄗˇ）：詆毀，說人壞話。

《弟子規》在「泛愛眾」的篇首，就提出了「凡是人，皆須愛」，那麼，這種愛到底是哪種範圍和意義的愛呢？我們又該怎麼愛除了親人朋友以外的人和世界？我們又該怎樣做才能真正贏得別人的尊重？對那些不如自己或者比自己強的人，我們又該用怎樣的心態來面對呢？

《弟子規》在講完「信」這個部分以後，開始了一個非常重要的部分。這個部分就是「泛愛眾」。我們現在講解《弟子規》的時候，把它分成幾個部分，其實《弟子規》本身並沒有這個劃分。

開篇就是非常感人的四句：「凡是人，皆須愛；天同覆，地同載。」為什麼說它感人？我們都是人類的一分子，共享一片藍天，共居一塊大地，難道我們不應該相互關愛嗎？

中國傳統文化的主流是儒家文化，而儒家的創立者孔子是將「仁」作為最高的道德和價值標準的。我們經常講仁義道德，這個仁，既複雜又簡單。要說複雜，「仁」字在儒家典籍當中出現得實在太多，就一部《論語》而言，仁字的出現次數數以百計，比比皆是。簡單來說，什麼叫仁呢？仁者，人也，仁者，愛人也，我們要去愛人。儒家也講：「苟志於仁矣，無惡也。」如果你立志要成為一個人，如果你立志要去愛人，那麼你不會幹什麼壞事的，不會有惡的。如果這個世界上每一個人都是這樣，那麼就不會有惡了。可惜不是，這個世界上人的差別太大了。

我們一直說，儒家的愛是一種有差別的愛，我們叫等差之愛。比如講，我們愛自己的父母，比愛自己的祖父母要多一點。我們愛祖父母比愛自己的曾祖父母要多一點。我愛自己的父親，比愛我的叔叔、伯伯要多一點，我愛自己的媽媽，比愛我的阿姨要多一點，這叫等差之愛，是有點差別的。如果這麼說的話，我們就不能理解《弟子規》這句話了，「凡是人，皆須愛」，這是一種博愛。

問題在於，儒家的愛確實是一種等差之愛，但是儒家的愛也有博愛的成分，也有博愛的思想。中國傳統文化當中有的學派就是高高標舉起這種博愛思想的，比如墨家，講兼愛，那就是講博愛的。所以我們千萬不要以為博愛是完全來自西方的。我們應該清醒地認識到，博愛也有中國傳統的源頭。我們今天在講到《弟子規》這部分的時候，特別要提請大家注意的是，**中國的傳統文化儘管強調人是萬物之靈，但是對於與人類共同生活在同一個天地下的萬物，也是強調要有愛心的。所以中國文化的最高境界是天人合一**。中國的傳統文化不大强調征服自然。我們雖然有人定勝天這樣的話，但傳統的主流是强調天人合一的。西方的文明和東方的文明是有區別的，這是一個非常複雜的問題。但是西方的文明就非常强調人要征服自然、征服大海、征服高山，把地底下的資源挖出來，為人類所用，這樣做的後果大家已經看到了。當然不是說這麼做沒有積極的一面，它是有好處的，如果沒有對自然的開發和利用，我們人類社會不會發展到今天。但是我們特別要注意，儒家這種愛的精義，除了愛人，還有別的萬物，我們也都要愛。這在環境保護已經成為人類共識的今天，是特別重要的。

跟大家講一個關於愛動物的故事，而由一個人對待動物的態度，我們可以看到這個人身上體現出來的某種特質，怎麼被別人認同。魯國有一個國君去打獵，打到了一隻小鹿，他就派一個姓秦的臣子把這隻小鹿帶回去，準備晚上殺了吃。這位姓秦的臣子走在路上，發現有一隻母鹿一直跟著他，而且不停地在叫。這位秦先生不忍心，他想：我們國君抓到的這隻小鹿大概是這頭母鹿的孩子吧。他就把這隻小鹿給放了。這位國君打完獵回來，就問這位姓秦的臣子：我的鹿呢？這位秦先生說：路上有一隻母鹿一直跟在後面啼叫，我實在不忍心，所以我就私自把小鹿給放了，讓它跟著自己的媽媽走了。國君當然很生氣了：我辛辛苦苦打了一天獵，本來滿懷欣喜地準備回來享受我的獵物，你竟然把我的獵物給放了。國君隨即就把這位秦先生趕出了魯國。

一年以後，魯國的國君想給自己的兒子找一位老師，這個時候他又想到了一年前被他趕走的秦先生，就派人恭恭敬敬把他請回來。身邊的人看不懂了，就問這個國君：大王，這個人不是原來得罪過您嗎？私自把您的獵物給放走了，怎麼您現在又請他回來當公子的老師？這是什麼道理啊？這位國君很聰明。他說：這個人連一隻小鹿都不忍心殺死，何況是對人呢？請這樣一個心裡充滿愛的人來教我的兒子，我才放心啊。國君是通過秦先生對一個動物的愛看到了他對萬物的愛，他希望自己的孩子將來能夠成為一位理想的國君，能夠愛人民，能夠愛萬物，因此他把自己的兒子交給這個當年得罪過自己的臣子來教育。

《弟子規》要求我們要懷有一顆仁愛之心，不僅是對自己的親人，對天地萬物都應該如此，這樣的仁愛之人才是真正的仁者。那麼接下來《弟子規》說的「行高者，名自高；人所重，非貌高」，又給我們提出了一個問題，人最應該重視什麼？究竟是外在的容貌還是內在的修養，在競爭日益激烈的今天，怎樣才能讓孩子成為一個真正成功的人呢？

人最應該重視什麼？究竟是外表還是內在？別人最終是通過什麼來評價自己的？究竟是外表還是內在？《弟子規》有明確的意見。我們現在都習慣把孩子打扮得漂漂亮亮，讓孩子學唱歌、學跳舞、學外語、學樂器，這當然非常好。問題在於，我們是否也對孩子的內在給予了足夠的重視呢？

《弟子規》接著說，「行高者，名自高；人所重，非貌高」，這裡講的就是內在的德行和外在的容貌之間的關係。正如《弟子規》裡所說，「行高者，名自高」。你只要德行高，你的名聲自然就會高，這是更注重內在的東西。

有一個非常有名的故事，叫「晏嬰使楚」，說的就是這個道理。齊王要派一個人出使楚國，挑來選去，最後派了長得非常矮，長相普通，甚至有些猥瑣的晏嬰去。楚王一看，齊王怎麼派這麼一個人來啊？就準備侮辱一下晏嬰，在城牆下面開了一道非常小的門，規定他只能從這個地方進來。晏嬰不卑不亢地說：這哪裡是人走的門啊？這是狗洞啊！如果我訪問的是狗國，那我就走狗洞。楚王一聽，那我們楚國不就成了狗國了嗎？就只好打開大門請晏嬰進去。

楚王見到晏嬰之後就説：齊國沒人了啊，怎麼把你給派來了？晏嬰的回答更妙：我們齊國派使節有一個規矩，上等的國家派上等的人去，我在齊國最不中用，所以就派我到楚國來了。楚王一聽，對晏嬰肅然起敬。

過去我們講，**人不可貌相，既然人不可貌相，那麼要憑什麼去觀察人、判斷人、認定人呢？最重要的是關注他的內在**，這樣的故事在歷史上還有很多。

春秋時期，魯國有一個大夫，他的姓很怪，但是在歷史上曾經很有名，姓哀。傳説中，這位哀大夫相貌醜陋無比，而且別人有的外貌缺點他都有，集人類醜之大成。他不僅醜陋，而且還駝背，還是瘸子，就這麼一個什麼怪毛病都有的人。魯哀公很好奇，怎麼會有這麼一個人啊？他就把以醜出名的哀大夫給叫過來，一看，以惡害天下。就是以他這種長相之醜惡，讓天下都害怕，就像《鐘樓怪人》裡面的加西莫多。但是魯哀公還是比較厲害，並沒有嫌棄他，反而把國政交給他，把管理國家的重任交給他。結果在這位哀大夫的治理下，魯國四個月政教大興，社會風氣大大改觀。魯哀公開始大概是出於好玩兒任用他，後來他自己想不明白了：我任命這麼一個醜八怪管國家，卻管得這麼好。他就去問孔子：有這麼一個人，其醜無比，但是這個人很奇怪，男人和他相處，就捨不得跟他分開，大家都願意跟他交朋友；女人見到他，扭頭就向自己的父母提出要求，與其做別人的妻子，不如做哀先生的妾。我把他召來看過，真的相貌醜陋，一醜動天下。他跟我相處不長，我就很了解他，並且信任他

晏嬰

字仲平，又稱晏子，夷維（今山東高密）人，是春秋後期一位重要的政治家、思想家、外交家，以生活節儉、謙恭下士著稱。孔子曾贊曰：「救民百姓而不誇，行補三君而不有，晏子果君子也！」

了，所以把國事委託給他。他很淡然，好像並不當回事。現在他把國家治理得很好，但是又走了，我內心就像失去了什麼，很不愉快。請問孔老夫子，這是一種什麼樣的人啊？

孔子的回答非常有意思：有一次我到楚國去，看見一群小豬正在吮吸母豬的乳汁，而母豬躺在地上。我正在旁邊觀看，忽然，這群小豬一下子全跑開了，我才發現，原來這頭母豬已經死了。所以，我悟出一個道理，小豬愛牠們的母親，愛的不只是形體，而是支配這個形體的精神。如果愛形體的話，形體又沒變，這母豬還躺著，但是牠的精神已經不在了。按照古人的說法，死了以後魂魄就沒有了。戰死沙場的人，埋葬他的時候，一般無須在棺材上面加什麼裝飾，戰死的人不在乎這個，砍掉了腳的人也沒有理由去珍惜原來的鞋子，因為他們都失去了根本。所以孔子强調的是人要重根本。什麼是根本？內在的才是最根本的。

《弟子規》說一個人的名望不是靠自我的標榜獲得的，而接下來的這個故事告訴我們，即使是一個真正有才華的人，也要做到非言大，因為自我膨脹的言大者是不可能獲得別人尊重的，而這個故事的主人公，竟然是詩聖杜甫的爺爺。

過去强調孩子一定要好好讀書，萬般皆下品，惟有讀書高。這個話今天可能要具體情況具體分析，但是古人要傳達的精神是什麼？你的財富也好，官位也好，容貌也好，所有東西最後都會離開你。只有一樣東西不會離開你，那就是你內在的才學、品德，它永遠不會離開你的，別人想奪也奪不走。所以古人一直強調孩子從小要努力學習，要德藝雙修。「才大者，望自大；人所服，非言大」，意思就是說，要別人信服你，靠的不是說大話、吹牛，否則別人不僅不會信服，你還可能惹禍上身。而「才大者，望自大」，你真正有才華，你的名望自然就會大起來。

杜甫大家都很熟悉，我要講的卻是他的爺爺杜審言。杜審言非常有才華，他的才華不一定比他的孫子杜甫差。但是問題就在於，這個人才大話也大，不夠低調，可以說是歷史上不低調的標兵。他當時和另外三個人合稱為「文章四友」，四個人都非常會寫文章。唐朝的進士很難考，而杜審言二十多歲就成了進士，所以他非常有才華，武則天也非常欣賞他的詩文。根據《新唐書．杜審言傳》的記載，「恃才高，以傲世見疾。」意思就是他自恃才華超人，所以把誰都不瞧在眼裡，還經常說謊，遭人嫉恨。有一次，跟他齊名的文章四友的另一個才子蘇味道寫了一道判詞，就好比咱們今天法院的布告、判決書之類的。這篇文章其實寫得很好，但是杜審言覺得自己才大，心裡很不高興，看一眼之後就說味道必死，就是蘇味道一定要死。別人一聽嚇壞了，說不會啊，蘇先生身體很好，他怎麼會死呢？杜審言講：「彼見吾判，且羞死。」那是因為我沒寫，如果我寫了這判詞，讓蘇味道看見了，他會羞死的。這口氣夠大吧，真的是語不驚人死不休。

他經常跟人家說：「吾文章當得屈、宋做衙官，吾筆當得王羲之北面。」我的文章寫得好啊，好到什麼地步？好比我是官，屈原、宋玉得在旁邊站著，只能做我的部下；我的字寫得好啊，好到什麼地步？王羲之看到我都得磕頭。

後來，他生病了，很多人都去看他。臨死前他還說了一句大話，「甚為造化小兒相苦，尚何言？」就好像我們今天講的，我在這個世界上混得不好，主要是運氣不好，我也不想說什麼了。最後還不甘心說了一句大話，「然吾在，久壓公等，今且死，固大慰，但恨不見替人。」他說我想想，我在這個世界上運氣不好，我也不大想活，也沒什麼意思，我活在這裡把你們給「壓」死了，你們沒法出頭，我太厲害了，我現在死吧，對你們也是一個安慰，只不過我不甘心啊。為什麼不甘心？沒有人能夠接我的班啊！

這樣的人在歷史上的名聲當然不如杜甫了，實際上他才華也很高，但是他說話做事太過分。所以我特別建議大家讀一讀周敦頤的《愛蓮說》，「出淤泥而不染」，這一段大家都很熟悉，君子就應該像蓮花一樣，只要你真的像蓮花一樣出淤泥而不染，你就會有「香遠益清」。只要有真才實學，品德高尚，那麼你即使低調一點，別人也會知道的。這是《弟子規》要孩子從小養成的一個好習慣——謙虛。

我們應該怎麼去看待自己和別人的才能？假如別人的才能超過了自己，我們應該以一種什麼樣的態度和心態去面對？《弟子規》講：「己有能，勿自私；人有能，勿輕訾。」自己有才華有能力，不要自私，看到別人有才華有能力，你不要去貶低詆毀。可是這簡簡單單的十二個字，遇到具體的事情，我們又該如何去做呢？

接下來的問題是，你自己謙虛了，你怎麼去看待自己和別人的才能？假如別人有才能，你應該以一種什麼樣的態度和心態去面對？《弟子規》講：「己有能，勿自私；人有能，勿輕訾。」你自己有才華不要自私，別人如果有才華，你不要去詆毀。這個意思大家都明白，但是放到現實當中，卻沒有幾個人能真正做到。這個「己有能，勿自私」大概是比較容易做得到的。自己有才華，你不要自私，讓大家知道，現在很容易做到，電視上有很多才藝秀，就是讓你去表現自己。但是現在有很多人沒什麼才華，卻以為自己有才華。這個問題比較嚴重。在今天，真正難做到的是「人有能，勿輕訾」。別人有才華，你不要去貶低他，不要去詆毀他。現在有一種現象非常不好：笑人無，恨人有。你沒有，我取笑你，我看不起你；你要有了，我會嫉恨你。兩個同學考試，我考了九十分，你考了八十五分，我瞧不起你，這也叫笑人無，是不應該的。如果我考了九十分，你考了九十五分，我恨得要死，咬牙切齒，這種心態也是不健康的。《論語》裡講，「夫仁者，己欲立而立人，己欲達而達人。」**你自己想有所成就的話，也應該讓別人有所成就；你自己想聞名天下，想發達的話，你也應該讓別人發達。你不能只允許自己有好事，不允許別人有好事。**

春秋的時候，晉悼公向自己的大夫祁黃羊請教，說你看看誰能夠去管理南陽。祁黃羊回答：解狐。晉悼公覺得很奇怪：解狐不是你的仇人嗎？你怎麼推薦他啊？祁黃羊說：國君，您問的是誰能夠去管理這個地方，您沒有問我的仇人是誰啊。這是什麼樣的胸懷？不久，晉悼公

王羲之

東晉書法家，字逸少，號澹齋，祖籍琅邪臨沂（今屬山東），後遷會稽（今浙江紹興），晚年隱居剡縣金庭，是中國著名書法家，有「書聖」之稱，代表作《蘭亭集序》。

又去問祁黃羊：現在軍隊缺個頭，我要找一個人來管理軍隊，你看誰行？祁黃羊說：祁午啊。晉悼公又暈了：祁午不是你的兒子嗎？祁黃羊說：對啊，您問我誰能當軍事長官啊，沒問我誰是我兒子啊。「人有能，勿輕訾」，意思就是哪怕是自己的仇人，他有某方面的才能，你就不應該去貶低詆毀，而應該實事求是地去看待。「己有能，勿自私」，雖然不是他自己，但也是他自己的兒子吧，他自己的兒子有軍事才能，也不必自私，你可以大大方方地推薦他。這種心胸是非常非常難得的。

我們今天也會有這樣的看法，對那些有真才實學的人，我們會欽佩，但是對別人一些看起來微不足道的才能，很多人可能會不屑一顧或者嗤之以鼻。下面這個故事告訴我們，不論多麼微不足道的能力，都有可能成為決定成敗的關鍵。那麼，這又是一個怎樣有趣的故事呢？

《莊子》裡有一個故事，但這個故事，後來被人演繹了，和原文不盡相符。在春秋百家爭鳴的時候，有一個很有名的人叫公孫龍。公孫龍很有學問，手下有好多弟子，每一個人都有自己的特長和本領。有一次，公孫龍在趙國的時候跟他的弟子說：我作為你們的老師，只喜歡有本領的人，沒有本領的人，我看都不要看，都不喜歡。這時候，有一個人就跑來

祁黃羊

名祁奚，黃羊是他的字。春秋時晉國大夫。因舉薦仇人解狐和他自己的兒子祈午，時人稱爲「外舉不避仇，內舉不避親」。

求見，公孫龍一看這個人相貌平平，就問：我不結交沒有本事的人啊，請問您有什麼本事？那個人說：先生，大本事我沒有，但是我有一副好嗓門，聲音特別大，哪怕距離很遠，別人也能聽得見，一般人沒這個本事。公孫龍回頭一看，就問自己的弟子：你們中間有沒有聲音比他大的啊？弟子們爭相回答：我們的聲音都很大，我們都是大嗓門。然後都斜著眼睛，很輕蔑地看著他。公孫龍就說：那你們比試比試。眾弟子推舉一個嗓門最大的人，和那個人一起往前走了五百步，到了一個小山坡背後，然後朝公孫龍那邊喊話，結果只有那個人的聲音能聽得到，那個嗓門最大的弟子的聲音一點都聽不到，於是公孫龍就把這個人收為自己的弟子。其他弟子心裡很不爽，就經常欺負他。而且很多人在旁邊講：嗓子好算什麼本事啊？我們老師是一個斯文人，又不需要人幫他吵架。這就是一種典型的「笑人無，恨人有」的心態。

過了不久，公孫龍到燕國去見燕王，他帶著一大群弟子上了路。沒走多久，碰到一條非常寬的大河，河面很寬。公孫龍他們這邊沒有船，遠遠地看見對岸有一條船，而且船夫正好蹲在船上閒著。公孫龍就讓人把他新收的那個徒弟叫來，然後說：你幫我把那船給叫過來。那個被大家瞧不起的大嗓門一喊，聲如洪鐘，直達對岸，艄公立馬站起來，將船划了過來。公孫龍一行上了船，一點都沒有耽誤跟燕王的見面。春秋時候，這些人見國君是非常重要的事情，是尋找為國君服務的機會，也就是當官的機會，他如果找不到機會，那群弟子都要跟著他餓肚子的。孔門弟子不也經常這樣嗎？孔子落難的時候，身邊的弟子也捱餓！到這個時候，那些原來「笑人無，恨人有」的弟子才認識到，這位新來的學友的一副大嗓子還真的有用。

我們應該尊重別人的才能，哪怕這種才能表面上看起來是多麼的微不足道。千萬不要把自己的才能看得太重，而對別人的才藝不屑一顧。

現在的孩子因為從小就生活在一個相對比較封閉的家庭環境裡，大都是獨生子女，在家裡惟我獨尊，對自己的才能和優點認識得非常充分，但是對自己的同學，對自己的夥伴，往往不夠尊重，對別人的長處認識不足。如果一個孩子從小沒有養成客觀公正地去認識、評價、尊重別人才能的習慣，這個孩子進入社會以後，就很難交到很好的朋友，很難融入一個團隊，難以得到別人的認可和尊重。

《弟子規》在講完了這些部分以後，又著重講了孩子教育方面的很多問題。《弟子規》希望孩子們從小能夠從很多小地方，從細節之處，也是最根本之處，形成良好的習慣。

《弟子規》是怎麼論述這方面的要求的？請大家看下一講。

第十八講

勿諂富，勿驕貧；勿厭故，勿喜新。

人不閒，勿事攪；人不安，勿話擾。

人有短，切莫揭；人有私，切莫說。

道人善，即是善；人知之，愈思勉。

揚人惡，即是惡；疾[1]之甚，禍且作。

善相勸，德皆建[2]；過不規[3]，道兩虧[4]。

[1] 疾：痛恨。
[2] 德皆建：指雙方道德都可建立。
[3] 規：規勸。
[4] 虧：虧欠，缺失。

在日常生活中，如何與人交往是一個再普通不過卻又大有學問的問題，從家人到朋友到同事，甚至是只有一面之交的人，面對形形色色的人，我們在和他們打交道的時候，該遵循一個什麼樣的原則呢？對這些問題，《弟子規》都一一給出了答案。然而，是不是我們按照《弟子規》的要求去做，就眞的萬無一失了呢？《弟子規》中還出現了一個前後矛盾的地方，這又是怎麼回事呢？

不可否認，在中國的歷史上，我們可以發現很多嫌貧愛富、喜新厭舊的人，他們被稱作勢利小人，是和君子相對的，為君子所不齒。這樣的小人很多，一直為中國傳統文化的主流所反對。《弟子規》希望每一個孩子從小經過教育，通過向榜樣的學習，長大以後能夠成為一個君子，不要成為一個小人。所以，《弟子規》這樣教育孩子：「勿諂富，勿驕貧；勿厭故，勿喜新。」意思是說，不要看到人家有錢就去討好他，獻媚於這種財富；也不要因為看到別人貧窮就瞧不起他，自己很驕傲。不要因為一樣東西舊了或者過時了，你就去厭棄它；也不要因為一樣東西是新的或者是流行的，你就去喜歡它。

宋國有一個姓曹的人出使秦國，宋國國君就送給他幾輛馬車。這個人到了秦國以後，把秦國國君哄得很高興，又被加賜了一百輛馬車。然後，這個姓曹的人回到宋國，碰到了莊子，就跟莊子說：我原來住在這種非常偏僻、狹隘的巷子裡，我原來窮，買不起鞋，所以我得自己打草鞋。我原來吃不飽飯，所以我的脖子乾癟，面黃肌瘦，這是我不如別人的地方。但是你看我，今天牛吧，我一旦有機會，我就從大國的國君那裡一下子拿到了一百輛車的賞賜，這難道不是我比別人强的地方嗎？莊子看不起這種小人，心想：你原來有幾輛車子，現在有一百輛車子，你就覺得自己很牛了？莊子就說：我聽說過一件事，秦國國君生病的時候，就去召集天下名醫給他看病，如果有人可以把他身上的一個膿包或者一個癤子的膿給擠出來的話，他就賞這個人一輛馬車。假如有一個人去舔他的痔瘡，就立馬賞車五輛（古人當中有一種觀念，認為痔瘡之所以不容易治好，是因為沒有人去舔）。凡是治療的部位越上不了台面，賞的車輛就越多。你最起碼給秦王舔過痔瘡吧？不然怎麼有那麼多車子呢？莊子瞧不起這種勢利小人，中國的傳統也瞧不起這種勢利小人，不是因為你今天車子多了，今天發達了，我就瞧不起你，而是因為你羨富嫌貧。我們可以為你高興，但是你沒必要顯擺，莊子看見顯擺的人就很憤怒。

現代社會飛速發展，隨著財富的增加，我們的幸福指數卻在降低，如果我們能做到《弟子規》說的「勿諂富，勿驕貧」，也許我們的快樂會多些，煩惱會少些。那麼接下來的這句「勿厭故，勿喜新」，對於它的字面意思我們都能理解，但是在今天，這句話還適用嗎？我們又該怎樣理解它的真正含義呢？

莊子

莊子（約前三六九年—前二八六年），戰國時哲學家。名周。宋國蒙（今河南商丘東北）人。做過蒙地方的漆園吏。莊子繼承和發展老子「道法自然」的觀點，認爲「道」是無限的、「自本自根」、「無所不在」的，強調事物的自生自化，否認有神在主宰，但又認爲道能「神鬼神帝，生天生地」。其思想包含樸素辯證法因素。莊子的哲學思想達到了很高的思維水平，對後世影響很大。其文汪洋恣肆，想像豐富，著作有《莊子》。

至於「勿厭故，勿喜新」的道理也是很明白的。最近這幾年，社會飛速發展，我們的現代化事業推進得很順利，但同時我們開始懷舊，社會上出現了一股懷舊的風潮。比如，北京現在有很多高樓大廈，原來沒有這麼多高樓大廈的時候，大家不怎麼懷舊，有了高樓大廈，大家又扭頭去找四合院了；住進了樓房，三居室、四居室的，卻突然留戀起住大雜院的時候，有了一股懷舊的情緒。懷舊給人的感覺是什麼？如果一個人很懷舊，你會怎麼認識這個人？**我個人很願意交一個有懷舊情懷的朋友，因爲他不厭舊、不厭故，因爲他感恩。所有懷舊的人心中都有一種特殊的感恩的情懷，感恩當然是一種非常高尚的情操，我們當然願意去交往。**講到喜新厭舊，基本上是講陳世美了，基本上是指夫妻之間的關係。在過去，喜新厭舊並不專指夫妻關係，泛指一切事物。民間戲曲中的陳世美，慢慢地把我們對於喜新厭舊的這樣一個概念，定格在男女關係上，定格在夫妻關係上，這是我們要注意的。

如果一個人真正能夠達到《弟子規》所要求的「勿厭故，勿喜新」這樣一種道德水準，或者這樣一種做人境界的話，那麼他就會受到他人的尊敬和讚賞。

宋弘是東漢時的司空，一個職位非常高的官，他非常有名，第一是由於他很有才華，第二是他相貌堂堂。但是，他不知道自己被一個人給盯上了，也不知道盯上他的是一位女士，他更不知道，這位女士居然是皇帝的姐姐。光武帝劉秀的姐姐就是湖陽公主，她一直在注意宋弘。這時恰逢湖陽公主的老公死了。公主喪偶再嫁，在漢朝時還沒有像宋朝、明朝以後那樣受到嚴格約束，所以作為弟弟，光武帝很關心自己的姐姐，準備為她找一個後姐夫，於是就去探探她的口氣：您看滿朝文武，這個人怎麼樣？那個人怎麼樣？一個一個數。湖陽公主多聰明的人啊！她又不好意思對弟弟說：我就喜歡那個，你把他給我搞定。但是她心裡是對宋弘有意思的，所以就對弟弟說：宋公（就是宋弘）容貌威嚴，而且非常有大德，我看朝廷裡的臣子沒有一個趕得上他的。光武帝聽湖陽公主說了這麼一段話後，心裡已經明白了，然後他就去找宋弘，打算把他發展為後姐夫。但是宋弘已經娶妻，光武帝就做他的思想工作：俗話說，做了官以後，你就可以把貧賤時候的朋友給換掉了，地位不一樣了，貧賤之交可以不要了。有了錢，你就可以把你窮苦時候的妻子給換了。人情難道不是這樣的嗎？這時宋弘說了一句流傳至今的千古名言，他說：「臣聞貧賤之交不可忘，糟糠之妻不下堂。」（《後漢書．宋弘傳》）這句話就是在這個背景下說的。光武帝聽了以後一下明白了，回去就跟自己的姐姐說：這件事情還是算了吧，您琢磨別人去吧。後來這個人就被記在史籍當中流傳了下來。他的這種道德水準和操守非常高。

《弟子規》告訴我們在別人很忙或者心情不好的時候，不能去打攪他們。可是這件看起來再簡單不過的事情，我們都做到了嗎？反之，如果我們不這樣做，又會帶來怎樣嚴重的後果呢？

《弟子規》接下去說：「人不閒，勿事攪；人不安，勿話擾。」人家忙著呢，沒有空，你就別去打擾人家。人家心神不寧，或者人家有點別的事，你就別去橫插一杠子，要尊重別人。這個說起來很簡單，但是我們捫心自問，我們做到沒有？實際上很不容易做到。比如，我們接電話時，很少聽到這麼一句話：您現在方便接電話嗎？我們在打算和別人說話或者有事情找別人的時候，最好看看情況，留意一下別人的狀態。多問一句不會有錯的，這裡體現出對別人的尊重和體諒，也體現出自己的修養。

父母一般都不太注意孩子講電話時的禮貌。我們應該教孩子說：孩子，你如果打電話給別人，要先問問接電話的人，您現在方便嗎？讓他從小養成這個習慣，對孩子終身有益。而且，如果你完全不分場合地嘮嘮叨叨的話，有的時候好心還沒好報。

三國時，魏明帝最疼愛的一個閨女死了，魏明帝很悲痛，決定厚葬女兒，並且表示要親自送葬。這時有一位姓楊的大臣進諫說：皇上，不妥，過去先皇和太后去世的時候，您都沒有親自去送葬，而現在女兒死了，您卻要親自去，這個與禮法不合。照道理說，這位大臣說得沒有錯，這是符合當時社會的禮儀要求的。但是，問題在於他沒有看場合，當時魏明帝已經很悲痛了，你找一個機會提醒他可以，但不要翻來覆去地頂著他說。最終魏明帝不僅沒有聽進去他的意見，還把他趕出了朝廷。這就是好心沒好報，實際上完全沒必要這樣。

魏明帝

（二〇五年—二三九年）即曹叡。字元仲，沛國譙縣（今安徽亳州）人。曹丕之子，曹操之孫，能詩文，與曹操、曹丕並稱魏之「三祖」，但文學成就不及操、丕，爲後人留有散文二卷、樂府詩十餘首。

當眾揭別人的短處，肯定是一種不好的行為。那麼究竟什麼樣的行為才算是揭短，難道別人的缺點我們不能幫助他們指出來嗎？如果大家都不說，我們又從何得知自己的缺點呢？這樣我們也就無從改進，不是更加不對了嗎？

《弟子規》講：「人有短，切莫揭；人有私，切莫說。」這裡的「短」有兩層意思：一是別人外在的短，如形體、體態、相貌。有熟人跟我開玩笑說：文忠，怎麼一過春節你又胖了？然後叫我站好了、低頭，問我看得著自己的腳尖嗎？這就叫揭短。其實，你沒必要這樣說，尤其是當著很多人的面。還有，比如有些人身材比例不太好，你說：你什麼都好，就是腿短。這個是外在的短，你也不能去揭，因為大家都是人，沒有完美的。還有一種短是指別人的不恰當的行為，「短」就是做了一些不好的事，《弟子規》也不贊成「揭」。所謂揭，就是在公眾場合講。如果是我單獨跟你說，好心提醒，那則不叫揭短。

上海世博會有一道禮儀題，我發現很多人不會做。問題是：當你是世博會的工作人員，突然看見前面過來一位男士，他關鍵部位的拉鍊沒拉好，你怎麼處理？你絕對不能拿著喇叭說：「喂，這位先生，校門開了」，這個就叫揭短。而你悄悄地過去說：這位先生，您拉鍊沒拉好，這個就不叫揭短。所以，揭是指在公開場合講。至於隱私，自然不應該去打聽，更不應該去傳播。

最近一段時間，我們可以看到網路上經常有人把他人的一些隱私照片，甚至一些視頻掛上去，這是非常不道德的行為。在中國傳統中，這種行為幾乎被視作非人的行徑。而在今天涉及他人隱私的時候，我們的處理態度要比傳統更慎重。為什麼？因為在傳統當中，就我所知，你去揭別人的隱私，一般不牽涉到犯罪，只不過說你這個人教養不好、品行不行。但今天如果你把別人的隱私公之於眾，就有可能受到法律制裁。現在社會上很多不和諧事件的起源，幾乎都是因為亂揭別人的隱私，我們都很樂意看到這些胡說八道的人被法律制裁。

雖然《弟子規》說不要揭別人的短，也不要去說別人的隱私，但是對於別人的善和別人做的好事，卻告訴我們要盡可能地去宣揚，那麼這樣做究竟會有什麼好處呢？

這裡講的還是短和私的問題，再深入一點說，就是善和惡的問題。如果到了這個層面上，儒家的主張是非常清楚的，《中庸》就說：「隱惡而揚善。」意思是別人的惡不要去說，別人好的地方你要拚命地表揚。

《弟子規》說：「道人善，即是善；人知之，愈思勉。」你稱道別人的善，本身就是善。比如，你哪天在河邊散步，突然看見一個孩子不小心落水了，這個時候旁邊有人跳下水去把孩

《中庸》

儒家經典之一。原是《禮記》中的一篇。相傳是戰國子思作。內容肯定「中庸」是道德行爲的最高標準，並提出「誠者不勉而中，不思而得，從容中道，聖人也」，把「誠」看成是世界的本體，認爲「至誠」則達到人生的最高境界。並提出「博學之，審問之，愼思之，明辨之，篤行之」的學習過程和認識方法。宋代從《禮記》中把它抽出，與《大學》、《論語》、《孟子》合爲「四書」。

子救起來，你並沒有跳下水去救，但是你到處說有一位見義勇為的人，不怕犧牲，搶救了孩子。你去宣揚這個善，那麼你本身也是在行善。這個就叫「道人善，即是善；人知之，愈思勉」。如果有一個人很偶然地做了一件好事、小事，你經常去宣揚的話，這個人知道了，他會不斷地勉勵自己，今後會做更多的好事。如果他第一次做好事是無意識的，後來因為你的宣揚，讓他變成有意識地去做好事了，這不就是大家在共同行善嗎？

詩人李白有很多外號，但有一個外號最妙，叫謫仙，即從天上被貶下來的仙人。換句話說就是，李白太厲害了，基本不是人了，是個神仙，但他是從天上被派下來的。這個外號的來歷就是一個非常好的「道人善，即是善；人知之，愈思勉」的例證。誰稱李白為謫仙？賀知章。他是唐朝著名的詩人，非常了不起，為人直爽、豁達、健談，當時滿朝文武都特別仰慕他，很願意和他交談。賀知章還有一個優點，就是愛才若渴，熱情地提攜後輩，特別願意去稱揚別人好的地方，去讚揚別人的優點。當賀知章在京城的時候，李白還只是一個青年詩人，嶄露頭角。賀知章讀了李白的《蜀道難》後，讚嘆不已，逢人就說李白是謫仙，是從天上下來的神仙。賀知章比李白要年長四十多歲，但兩人一見如故。正是由於賀知章不停地讚揚李白，稱頌李白的才華，才使李白名震天下，後來更被稱為詩仙。

（

《弟子規》教導我們要盡量去宣揚好人好事，同時對待壞人壞事也給我們提出了要求。可是，這種不要揚人惡的態度，對今天的我們還適用嗎？為什麼對《弟子規》中「揚人惡，即是惡；疾之甚，禍且作」這句話，我們應該有所取捨而不能全盤接受呢？

反過來，如何對待別人的惡呢？《弟子規》也有明確的要求：「揚人惡，即是惡；疾之甚，禍且作。」即別人做的惡事，你到處去講，這本身就是惡。如果你講得太過頭了，批評得太厲害了，你可能會惹禍上身啊！這四句話，是特別需要注意分析的，要理性地去看。《弟子規》這麼說，是傳統社會希望孩子從小養成謹言慎行的習慣，管好自己的嘴巴，要教孩子從小懂得「病從口入，禍從口出」，不要去惹事。這個觀點在傳統社會是這麼看，但在今天不一定合適。

漢朝時有一位將軍叫灌夫，勇敢善戰，嫉惡如仇。但是他有個缺點，就是不給人留面子，到處去揚別人的惡。他嫉惡如仇嘛，所以看見一個人幹了一件壞事，就到處去說。有一次，丞相請他喝酒，在酒宴上，丞相說：你喝，把這杯給乾了。灌夫說：我就不乾。兩人爭起來了，灌夫一火，當眾把丞相做的惡事全部抖了出來。酒宴被攪散了不說，還因為丞相是皇帝的舅舅，灌夫最後被殺了。

傳統觀念中，是很忌諱揚人惡的。所以在民間，居然編了一個叫「濫言舌枯」的故事，即你說話太多，特別是說別人不好，你的舌頭就會枯掉。

從前有個人叫祝期生，這個人從來不喜歡説別人的好話，以説別人的壞話、揚人惡為最大的樂趣。他遇到那些相貌醜陋的人，高興壞了，一定要譏諷人家；碰見相貌俊美的，他又氣壞了，又要詆毀人家；遇到笨的就欺負人家，遇到聰明的就擠兑人家；遇到窮的就瞧不起人家，遇到富有的人就誹謗人家；遇到當官的他也不怕，見到讀書人就揭發人家的隱私；看到人家奢侈他要罵，看到人家節約他也要譏諷；看到人家説好話，祝期生就説：「嘴上説説的，他心裡不是這麼想的」。如果有人在做好事，祝期生就説：「哎，怪了，他既然做了這麼一件好事，那麼那件好事他為什麼不做呢？」他就是這樣一個讓人很討厭的人，一輩子就過這個日子，到處亂講。到了晚年，祝期生得了一種病，舌頭發黃，必須用針去刺這個舌頭，擠出一碗血，他才能康復。後來一年中，類似用針札舌頭放血的工作得自己折騰六到七次，痛苦得説不出話，最後他的舌頭枯掉了，人就死了。

但是，這裡有個問題，《弟子規》在這裡反映的思想，或者這種觀點，是不是有一個度的問題？我們是不是完全能夠把《弟子規》這裡的內容照搬來教育孩子？在我個人看來，《弟子規》把不能揚人惡絕對化了。《弟子規》絕大部分是非常有道理的，但是，這絕對不等於説我們就應該無原則、無條件地全盤接受。我們還是應該具體情況具體分析，特別是要把《弟子規》裡的思想和內容，與現在的社會狀況進行比較、對照。應該繼承的，我們要堅決地繼承；應該揚棄的，我們要堅決地揚棄。如果完全按照《弟子規》來做，那麼見義勇為就無從談起了。有個壞人在那兒幹壞事，你都不敢説，誰都不説，那這個世道可就太黑暗了，與惡勢力做鬥爭的理由都沒有了。比如今天有些很壞、很惡的事情大家去揭發，大家去鬥爭，如果按照《弟子規》來講，你就是不對，揚人惡你就是惡！你說別人不好，你自己也不好！這裡面就有一個是非泯滅的問題。所以，我們對傳統文化遺產，一定要理性地分析，不要一味地批判傳統文化，說傳統文化什麼都不好，但今天弘揚傳統文化，我們也不能說傳統文化什麼都好。這兩種意見都是極端的。

雖然《弟子規》要求我們要「道人善」，不要「揚人惡」，可是接下來《弟子規》又告訴我們要「善相勸，德皆建；過不規，道兩虧」，這看起來和前面的「揚人惡，即是惡」的內容又有些矛盾了，這又是怎麼回事呢？對於《弟子規》中出現的這種互相矛盾的地方，我們究竟應該怎麼做呢？

《弟子規》接下來又要求孩子，從小要形成一種良好的習慣，或者說與人交往的習慣，即「善相勸，德皆建；過不規，道兩虧」。大家應該相互提醒對方，跟朋友交往的時候，要勸人向善，這樣的話對兩個人道德的建立都有好處。如果你看見對方有過失，而不去規勸，那麼朋友之間，兩個人都於道有虧，那不是好事。這個跟前面的話在邏輯上是不是出現一點矛盾呢？

南北朝的時候，有兩個人是好朋友，一個叫崔瞻，一個叫李概，他們不是一般的酒肉朋友，而是經常聚在一起談天說地、詩文酬答，一起學習和出行。如果對方有缺點，彼此都會毫不客氣地指出來。後來，李概要回家了，要和崔瞻分別，崔瞻十分難過，就給李概寫了一封信，說意氣用事、仗氣喝酒是我經常犯的毛病，有你在，你總是毫不客氣地教訓我，如今你走了，還有誰可以指出我的缺點呢？我是多麼地思念你這位好朋友啊！這就是真正的友情。

我們在教育孩子時，有時要留意一下孩子所交的朋友，多關心一下，孩子再小也有他們的社交圈，不要以爲社交圈是人踏上社會以後才有的，如果孩子一生能夠有兩三個像李概這樣的益友，他們將受益終身。而且這樣的益友自然越多越好，但在很多情況下是可遇而不可求的。

在「善相勸」這方面做得很好的人，我們不能不再次提到管寧。東漢末年黃巾起義，漢王朝岌岌可危，社會動盪不安，這時管寧跑到遼東，就是今天的東北和朝鮮那一帶。當時那裡的文化還沒有開發和建立，管寧就在遼東「講詩書、陳俎豆；飾威儀、明禮讓」。遼東太守熱情地歡迎他，多方資助他。「講詩書、陳俎豆」：由於遼東的漢文化基礎很薄弱，他就經常把老百姓召集起來，讓大家一起共同來讀詩書，把祭奠祖宗等慎終追遠的精神教給大家。「飾威儀、明禮讓」：比如，原來有的人可能不大講究，光著身子就出來滿街走，像這些方面，他就教育大家要懂得禮儀，懂得相互謙讓。最後管寧通過這種善相勸，把遼東地區的文化水準、文明程度，在東漢末年那樣的亂世一下子提高了。這是管寧的重大貢獻。

可見，善相勸也是非常非常重要的。所以，我們在讀《弟子規》時，一定要認真地用心去讀。看到裡面有一些矛盾的相互抵觸的地方，不要輕易放過，要認真地思考。思考清楚以後，要有自己的取捨，然後才用它來指導、規範自己的行為，用它來教育自己的孩子。

《弟子規》在接下來的部分還給孩子提出了哪些要求？還給孩子做了哪些指點？請大家看下一講。

第十九講

凡取與，貴分曉；與宜多，取宜少。
將加人，先問己；己不欲，即速已[1]。
恩欲報，怨欲忘；報怨短，報恩長。
待婢僕[2]，身[3]貴[4]端；雖貴端，慈而寬。
勢服人，心不然；理服人，方無言。

❶己不欲，即速已：孔子說「己所不欲，勿施於人」，意思是自己不願意的事，也不要強加於人。已，停止。
❷婢僕（ㄅㄧˋ ㄆㄨˊ）：舊時供有錢人家使用的女子稱婢，男子稱僕。
❸身：指主人自身。 ❹貴：重在。

現在的孩子都是獨生子女，從小在眾多長輩無微不至地呵護下長大，因此在成長的過程中，他們在家庭裡一直都是被關愛、被付出的一方，他們幾乎無須付出，就可以得到想要的一切，因此很多孩子從小就養成了以自我爲中心的習慣，而不懂得去關心別人、與人分享，以至於長大後進入社會，他們才發現自己很難與人相處，也交不到朋友。那麼關於這些問題，《弟子規》又是怎麼告訴我們的呢？

孩子終究要長大，一旦進入社會，他們就免不了要和別人交際、溝通，這時就會遇到取和予的問題，也可以說是拿和給的問題。古人講，「取予不可苟且」（《淮南子．本經訓》：「取予有節，出入有時」）。無論是你拿進什麼，還是你拿出去什麼，都不能隨便，要很在意。中國民間有一句話：親兄弟明算帳。親兄弟之間也得把帳算明白，所以中國的傳統特別看重從小培養孩子「取予不可苟且」的習慣。

現在的孩子，給的機會不太多，取的機會很多，因此他們就不知道在予和取的過程中，應該怎麼樣來把握這個度，怎麼處理。取和予，當然是有所區別的。

《弟子規》希望，孩子從小養成這樣的習慣：「凡取與，貴分曉；與宜多，取宜少。」只**要牽涉到拿和給，那就一定要弄得明明白白，不要馬馬虎虎、模模糊糊。給予別人的時候，多一點不妨；拿進的時候，少一點不妨。**

傳統中國，固然有不少為富不仁之徒，大斗進，小斗出。過去青黃不接的時候，農民活不下去了，要到大戶人家去借糧，借一斗，但是有的為富不仁之徒借出去的時候用的斗是小的，等你打下糧食還給他的時候，他拿出一個大斗，說你得還我這麼一斗。這就反了。

當然，不可否認，傳統中國也有很多積善之家，小斗進，大斗出，是在做慈善。因為過去中國人相信散福積德，認為一個人的福分不能太多，否則以後會承受不住的，所以要散掉一點，散掉的是福氣，積回的是德，這個德不一定應在你身上，讓你發大財，但是會應在你的子孫後代身上。這裡面當然有迷信色彩，但是卻不能否認這是一種善行。

古人很講究，甚至講究到不近人情的地步。有一部古書叫《風俗通》，在這部書和它的評注裡面，我選出三位人物，是關於「取予不可苟且」的。

有一位，原文記載很短：「潁川黃子廉，每飲馬輒投錢於水，其清可見矣。」潁川這個地方，有一個人叫黃子廉，有一次騎馬，馬渴了，他就把馬牽到河邊讓它喝水，每次馬喝完水，他都要扔個銅板在水裡，因為他認為自己的馬喝了河裡的水，他得交錢。

還有一位更絕：「太原郝子廉，饑不得食，寒不得衣，一介不取諸人。曾過姐飯，留十五錢，默置席下去。每行飲水，常投一錢井中。」有個太原人叫郝子廉，他很窮，吃不飽，穿不暖，但是他從來不隨便拿別人的東西。有一次，他到姐姐家裡去吃飯，在席子底下放了十五錢，作為給姐姐的飯錢，悄悄地放，因為怕姐姐不收。而他平時走路時渴了的話，只要去喝井水，就放一個錢在井裡邊。有人也許會說，這不是胡鬧嗎？你放個錢在井裡邊叫誰撈去啊？其實，古代的井過一段時間要淘一遍，這樣可以保持井水的乾淨，因為經常要清理井底，那麼淘井的時候可以把錢拾起來。

最絕的還有一個人：「鮑焦耕田而食，穿井而飲，非妻所織不衣，餓於山中食棗。或問之：『此棗子所種耶？』遂嘔吐立枯而死。」有一個叫鮑焦的人，他只吃自己種的東西，只喝從自己井裡打的水，只穿妻子織的衣服。有一次他到山裡去，餓了就吃樹上的野棗子，這時旁邊過來一個挺無聊的人，說：你不是不吃別人東西嗎？這棵棗樹是你種的嗎？結果鮑焦馬上把棗子吐出來，站在那裡餓死了。

這三個人都很極端，也很不近人情，這個我們沒必要提倡。但我們不得不說他們的行為是值得尊敬的。

雖然，今天像前面這種極端的例子不會發生了，但是在中國家家都是獨生子女的今天，關於取和予的問題卻更加突出了，如今的孩子在幾個大人的呵護下長大，取多予少，逐漸養成了自私的習慣，不懂得分享。那麼這樣的缺點又會給孩子的人生造成怎樣的困擾呢？

《弟子規》的「凡取予，貴分曉；與宜多，取宜少」這十二個字，對於今天的孩子來說特別重要。第一，今天中國的孩子基本上都是獨生子女，不大知道給予別人，從小沒有這個環

《風俗通》

即《風俗通義》。東漢末應劭撰。原書二十三卷，一百三十篇，今存十卷。內容以考釋議論名物、時俗爲主，對當時的社會陋習和迷信思想頗有批判。文中首次記載了「女媧造人」、「李冰鬥蛟」等神話。

境，不能怪他。第二，我們都會忽略，現在中國的第一考不是高考，是公務員考試。很多家長都特別希望自己的孩子長大以後去為國家服務，為民族服務，去當公務員，那就特別需要培養他們從小養成取予分曉的習慣。

我們經常看到媒體報導，有些公務員貪污了，很多都是從小事情開始，不是説第一次就貪污很大一筆錢的。現在流行的一句話，温水煮青蛙，這是説一隻青蛙，在涼水裡也能活，在稍微有點温度的水裡也能活。火在底下烤著，青蛙不知道，在水裡挺高興，慢慢熱，慢慢熱，突然發現自己熟了。所以，這就要求我們在對孩子進行教育的時候要特別注意這個問題。

《越中雜識》中記載，有一個東萊人叫劉寵，是個讀書人，東漢的時候當了會稽（今浙江紹興）太守。這個人非常廉潔勤政，漢朝末年時國事一塌糊塗，貪官污吏橫行，擁兵自重，禍國殃民，但是會稽郡卻吏治清明，百姓安居樂業。《後漢書》説：「寵治越，狗不夜吠，民不見吏，郡中大治。」後來，因為聲望高，劉寵就被徵召回京任將作大匠，類似於今天中國的住建部部長這個職位。臨行的時候有幾位老人來送他，哭著説：我們都是小民，前面那個郡守不像話，貪贓枉法，擾得我們不安生。所以，以前那個當官的在的時候，每到半夜，我們這兒的狗都叫個不停，覺都沒法睡。自從您來了之後，晚上連狗都不叫了。我們現在聽説您要離任，也挽留不住，所以我們就自願地集了幾個小錢給您送行。然後老人們就給了劉寵一包錢。劉寵説：這個我不能收，這

《越中雜識》

地方志，乾隆年間成書。作者署名「西吳悔堂老人」。《越中雜識》專記浙江紹興的「山川人物、古蹟碑銘」，在編撰上除對清康熙三十年（一六九一年）的《紹興府志》有所摘錄、增刪外，還將作者自身「昔所瀏覽見聞極眞者參記其間」，故而「保存了許多珍貴的資料」。

實在是不敢當的事情。但是這幾位老人一定要他收下，劉寵因為急於趕路，實在是盛情難卻，就把這一包錢給收下來了，等他出了山陰界，即會稽郡的地理範圍，就把這包錢投到了江裡。於是大家都傳説，這段河水從此變得特別清澈。這條江就是今天的錢清江。當年乾隆皇帝南巡的時候，經過這個地方就問，為什麼有那麼怪的名字。當地人就把流傳了千餘年的東漢末年故事，稟報給了乾隆皇帝，乾隆皇帝揮筆題了一首詩：「循吏當年齊國劉，大錢留一話千秋。而今若問親民者，定道一錢不敢留。」我們做父母的，應該從小培養孩子有劉寵這樣的好品格。

我們通常會對那些給予我們幫助的人心懷感激，並且也會盡力去回報，但是對那些和我們有過過節的人卻很少有人能夠輕易原諒，可是接下來的故事告訴我們，以德報怨不僅能夠化解不必要的紛爭，甚至可以避免一場戰爭，這又是怎麼回事呢？

《弟子規》告訴我們有恩一定要報，而對於那些怨恨，我們最好忘掉，如果我們都能夠做到，社會將更加和諧。

《弟子規》接著講：「將加人，先問己；己不欲，即速已。」這講的還是「己所不欲，勿施於人」的道理。再次強調，在要求別人之前，先要求自己。如果自己也不願意，或自己也做不到，那就別去要求別人。

有恩必報，這是中國的傳統，所以《弟子規》也提倡，要讓孩子從小知道「恩欲報，怨欲忘；報怨短，報恩長」，懂得人應該記恩，多懷感恩之心。古人說，滴水之恩當湧泉相報，那麼，怨恨能忘記就快點忘記，能放下就快點放下，因為冤冤相報何時了？

在古代，魏國與楚國交界的地方，有一個小縣。一個姓宋的大夫，到這個縣裡去當縣令。兩國交界處，氣候條件和土壤條件都差不多，所以兩國的老百姓都以種瓜為生。這一年春天，氣候乾旱，由於缺水，瓜苗長得很慢，魏國的人擔心瓜苗不長會導致損失，就組織一些人，每天晚上到地裡面去挑水澆瓜，連續澆了幾夜之後，瓜苗的長勢就變得特別好，特別旺盛。而這時楚國老百姓的瓜田裡的瓜苗長得不好，蔫蔫的，他們一看到魏國人種的瓜長得好，心裡就很不高興，很嫉妒，於是半夜三更偷偷地跑到魏國的瓜地裡去，把瓜秧都給踩斷了。魏國的老百姓很生氣，說我們今天晚上也過去，把楚國的瓜秧給踩了，憑什麼我們經常被他們欺負，我們又沒做錯什麼。這時宋大夫搖搖頭，對這些百姓說：如果你們一定要這麼做，也不是沒有道理，確實是那些楚國百姓有錯，我們魏國百姓沒有錯。但是，你們這麼做，最多就是解解恨，撒撒氣，可是後面呢？以後楚國的人更不會罷休了，晚上又來踩你們的瓜秧，今天他踩你，明天你踩他，踩來踩去，兩邊的瓜都沒有了，對誰都沒好處啊！魏國的老百姓就問宋大夫，該怎麼辦？宋大夫就出主意說：你們今天晚上澆完了自己的地，再過去把楚國的地澆一遍，結果怎麼樣？走著瞧。當時的老百姓還是很聽當官的話，魏國的老百姓當天晚上把楚國的瓜地給澆了。第二天，楚國的人發現魏國的人不僅不記恨，反而在夜裡幫他們澆瓜，慚愧得無地自容。這還是一件小事吧？但是兩邊的老百姓都不知道，當時楚國對魏國正好也是虎視眈眈，就等著一有藉口便準備發兵攻打魏國。而邊界這件事情被楚國的縣令知道，他把魏國的老百姓晚上來給楚國澆地的事情稟告了楚王，楚王深受感動，內心不安，不但沒有發兵攻打魏國，而且主動和魏國和好，送去了很多珍貴的禮物，維持了很長時間的和平。這就是對恩怨的處理方式。處理得好，大家都好；處理得不好，大家都不好。《弟子規》**希望人要報恩，不要去報怨，讓這種觀念從小就在孩子的腦海中札根，牢牢地記住。**

雖然我們今天已經沒有婢僕了，但是《弟子規》講的這個情況，也適用於那些替我們服務的家務工作者，他們每天都和我們生活在一起，可是又不是我們真正的家人，那麼我們應該以什麼樣的態度來對待他們呢？

現在，在很多家庭中，特別是城市家庭中，都有家務工作者，民間一般叫保母、阿姨，他們和主人在人格上是完全平等的。但是在古代有尊卑、等級、身分觀念，大戶人家有奴婢或者僕人。傳統中國的這些奴婢和僕人是個什麼樣子，大家看看《紅樓夢》就知道了，像襲人、晴雯，她們還都是大丫嬛呢，看看她們下面的小丫嬛，過的那是什麼日子。

我們首先要明白，雖然今天已經沒有婢僕了，但《弟子規》中的某些思想，對我們從小教育孩子依然是非常重要的。我們要教會孩子，怎麼對待自己家裡的家務工作者。今天城市中的很多孩子，都是由家務工作者帶大的，要求孩子從小對家務工作者持一種什麼樣的態度？這已經變成一個非常大的問題。

《弟子規》的要求是，「待婢僕，身貴端；雖貴端，慈而寬」。主人在對待婢僕的時候，行為必須端正。而就今天的家庭而言，除了自己的行為要端正以外，主人不妨也做一點力所能及的家務活，不要因為家裡有家務工作者，你就連油瓶倒了都不扶，我實際上很看不慣這一點。比如有的時候到朋友家裡去，其實大家都沒什麼事，晚上去聊天，孩子在旁邊。這個時候做父母的說：阿姨，給我倒杯茶來。這其實沒有必要。尤其有的時候聊天聊得很晚，比如聊到晚上十點、十一點，家裡的阿姨已經休息了，這個時候作為主人走兩步到廚房也不要緊。現在又沒有多大的房子，就算是個四合院，走兩步也就過去了。如果也要叫一聲阿姨，起來倒杯茶，孩子看在眼裡，記在心裡，將來長大以後，對他的合作夥伴或者部下、助手也會這樣。這對孩子是沒有好處的。特別**不要縱容孩子衣來伸手、飯來張口，要有意識地讓孩子從小也做一點事情。尤其是，這一點教育是我們今天缺失的。同時，僅僅是行爲端正還不夠，還應該慈愛而寬厚，不能對家務工作者苛刻。**

我有一位陳姓朋友，是世界級油畫家，非常了不起，他對自己的家務工作者非常寬厚。有一次，他從國外進口了一個浴缸，搬回來放在家裡，家務工作者出於好心，要給主人把這個浴缸擦一下。但是家務工作者不知道，這個浴缸不是我們通常用的搪瓷的或者鑄鐵的，而是一種新型材料做成的。這位家務工作者就拿一塊百潔布拚命去擦，一擦一道痕，一擦一道痕，這個浴缸就被擦報廢了。而我這位朋友一點都沒有生氣，而是說：謝謝你幫我把浴缸擦乾淨，謝謝，但是這個浴缸因為它的材質比較特別，不要這麼擦。而且，他為了讓這個家務工作者安心，沒有換掉那個浴缸，他天天躺在這個毛喇喇的浴缸裡泡澡。當然，過一段時間他會換掉這個浴缸，但是他當時很尊重別人的感受。這是位非常了不起的藝術家做的事情，所以我覺得這就是人品的問題。畢竟生活在同一個屋簷下，彼此尊重，彼此體諒，是非常重要的。

在講求人人平等的今天，做到這一點尚且不那麼容易，可是在地位等級觀念很嚴重的古代，也有一個關於如何善待婢僕的故事，而且在當時也被大家傳為佳話，可見這樣的善行，即使在等級森嚴的封建社會，也是受到大家認可和肯定的。那麼這又是一個怎樣的故事呢？

宋朝一個非常著名的詩人叫楊萬里，他大概於公元一一二七年出生，一二〇六年去世，號誠齋，江西吉水人，是南宋傑出的詩人，與陸游、范成大齊名，一生主張抗金。他立朝剛正，遇事敢言，無所顧忌。因為他太正直，所以隨時做好了丟官的準備，事先把回家的路費留好，而且也不許家裡人買東西，怕回家的時候東西太多，帶不了。他的夫人羅氏雖然是貴夫人，但是對婢僕「雖貴端，慈而寬」。古代的冬天沒有空調、暖氣，奴婢更無法取暖。於是，羅夫人一到冬天就很早起牀，親自下廚熬一大鍋熱氣騰騰的粥，分給奴婢吃完以後，才安排奴婢幹活。一直到七十歲，這位羅夫人都堅持這麼做。楊萬里搞不懂，就問自己的太太：天氣那麼寒冷，你現在也七十歲了，為什麼大冬天不多睡一會兒，非得起來熬這鍋粥啊？家裡那麼多僕人，他們完全可以做，你為什麼非要自己做啊？羅氏的回答是：婢僕也是有爹媽的，也是別人家的孩子。冬天的早晨那麼冷，一定要讓他們的肚子裡邊有點暖意，才可以幹活啊！

更為難得的是楊萬里和夫人羅氏一共生了七個孩子，四個兒子、三個女兒，他們都是由羅夫人的母乳餵養長大的。過去的官家，很多都有奶媽的，有人就問羅夫人：你這是做什麼啊，一個人奶大七個孩子？而羅夫人說：我看不得別人餓著自己的孩子來餵我的孩子。歷史上對這位羅夫人的讚譽是很高很高的，在一百年前的傳統中國，大概沒有人不知道羅夫人的。古人相信因果報應，相信積德，因為楊萬里脾氣壞，為人正直，所以他當官得罪了很多人，而且自己並沒有當什麼太了不起的大官。但是他的四個兒子全部當上了大官。所以古人就總結，把這個功勞歸到了他們的媽媽身上，因為媽媽慈而寬，非常尊貴、端莊，積了德。媽媽受苦，兒子享福，在民間一直有這個說法。

「勢服人，心不然；理服人，方無言」，《弟子規》用這四句話結束了泛愛衆。意思是說，**如果你仗勢欺人，去壓服別人，雖然你官大、權力大，別人惹不起你，但別人心裡也是不以爲然的。只有以理服人，大家才會心悅誠服**。

我們前面講過，「泛愛衆」是《弟子規》的第六個板塊，這是我們後人給它分的。為什麼說這個板塊特別重要？因為「仁」在中國古代或者在中國傳統文化當中，是一個核心的道德概念，仁者，愛人也。仁者，要和自己的同類有一種相互親愛的關係。而在中國傳統當中，對這個仁字還有一個解釋：仁者，從人從二，即一個單立人，旁邊是個二。所以仁者，就是人們要學會互存、互助、互敬、互愛，要求人類社會守望相助，和諧共處。這是仁的另外一層意思。所以既然是這樣的話，當然就會要求泛愛眾。因為天同覆，地同載，大家應該彼此相愛。**仁的含義雖然非常寬泛，我們也多次提到，但是最主要、最核心的是對人的生存權和人的尊嚴的肯定。這是中國傳統文化的經義。**

温家寶總理曾經在做報告的時候强調，要讓人民生活得更幸福，更有尊嚴。當温總理講到「尊嚴」兩個字的時候，會場爆發了暴風雨般的掌聲。我們中國傳統文化的精義就在於此，要有一種尊嚴。這樣，就必須靠所有的人彼此親愛，才能建構出一個和諧而有尊嚴的人類社會。

孔子提出了「仁者，人也」這樣一個命題，並且進而要求仁者是要愛別人的，這是孔子思想最偉大的地方。他認為，愛人的最高目標就是要做到對人忠，己欲立而立人，己欲達而達人，最起碼就是要對人恕。什麼叫恕？己所不欲，勿施於人。這也是泛愛眾的底線，最低標準。

到這裡，《弟子規》的第六部分結束了。在接下來的部分當中，《弟子規》還有哪些教導？請大家看下一講。

第二十講

同是人，類不齊；流俗眾，仁者稀。
果仁者，人多畏；言不諱，色不媚。
能親仁，無限好；德日進，過日少。
不親仁，無限害；小人進，百事壞。

仁愛，是儒家思想的核心內容。孔子認爲，仁愛是做人的根本。而《弟子規》作爲儒家啓蒙教育讀本，更是將這一思想貫穿其中，把「親仁」作爲一個獨立的單元來進行編排。親仁，顧名思義，就是親近仁者。也就是說，希望孩子們從小要選擇有仁愛之心的人來做朋友。那麼，什麼樣的人才能稱得上志士仁人？在現實生活中，要怎樣分辨好朋友壞朋友呢？

通常的劃分是把《弟子規》劃成八個大部分。那麼現在《弟子規》就進入了第七個部分，叫親仁——親近仁義道德，要親近講仁義的人。第七部分非常有意思，從篇幅上看，這一部分非常簡短，一共只有十六句，四十八個字，但是這絕不代表這個部分就不重要。恰恰相反，這個部分儘管簡短，但是非常重要。

仁是儒家傳統中一個核心的觀念，是最核心的價值。不過通常認為，《弟子規》在親仁的部分，講的這個仁字，並不是一個抽象的概念，而是指非常具體的人，有仁德的人。也就是說，在品德方面具備了仁這樣一個核心價值的人物。《弟子規》認為，我們應該親近這樣的人，特別要讓孩子從小有意識地親近有仁德的人，為他們提供這樣一個成長的環境。換句話說，**我們要注意孩子從小交朋友的情況，他們從小跟哪些長輩玩兒，和哪些同輩交往，這是非常重要的。當然，現實中這樣的仁人並不是很多。**

所以，《弟子規》在「親仁」部分，首先講「同是人，類不齊；流俗眾，仁者稀」。大家都是人，但是人和人之間差距太大了。我經常說，人和人之間的差距比人和豬還大。人和豬的共同點很少，但是好人和壞人之間的共同點，恐怕比人和豬還少。所以我說，人和人的差別有時候比人和豬還大，豬大不了就是比較懶惰，吃了睡，睡了吃，但是豬不會搞陰謀詭計。沒有聽說過一頭豬會去折騰另外一頭豬的，或者一頭豬挖個坑把另外一頭豬埋起來，但是有的人會這樣做。這就叫「同是人，類不齊；流俗眾，仁者稀」。流俗，即隨大溜的人，對自己沒有什麼要求的混日子的人。仁者稀，在孔子眼裡，仁者才三個。

在這個世界上，符合仁人標準的人很少，那麼，什麼樣的人才可以稱得上是志士仁人？至聖先師孔子眼中的三個仁人又會是誰呢？

一個是微子，一個是箕子，一個是比干。這三個人都是商代的人，他們在孔子眼裡都符合仁的標準。

微子是商朝貴族，他有個弟弟很有名，叫紂王。紂王是一個非常淫亂的人，很暴虐，到了紂王時，商朝已經露出滅亡相，要亡國了。所以微子就對他這個弟弟屢次進諫，但是紂王聽不進去。微子於是出走，離開了當時的國都。周武王後來發兵，把商朝攻滅了。這個時候，一般人就會逃跑，浪跡天涯，苟延性命於亂世。而微子不是，肉袒面縛乞降。古人投降不像咱們今天投降儀式那麼簡單，鞠個躬，哈個腰，拿個白毛巾揮揮，我投降。古人沒那麼簡單，上身脫光，赤膊，把自己綁起來。過去講究的，嘴裡還要含一把草，意思是你殺了我算了吧，把我當草一樣埋掉。微子脫光了上身，把自己綁起來主動前來投降。這裡就體現了他的品格。什麼品格呢？一個投降的人，第一，認罪，承認商朝，我這個弟弟的確暴虐，不講仁義，武王攻滅了我們，我們認為武王是代表比較善良的力量，代表了仁的力量，所以我心甘情願地來投降。第二，就是他這個舉動的後果。過去的規矩是什麼？一個朝代攻滅一個朝代，就算不是全部，但基本也要把前一個朝代的血脈給斬斷了。否則，新君王不會放心，讓你還有你的子孫在，那他們將來造反怎麼辦？但微子主動在亡國以後來投降，周朝開國的君王一看，就讓他繼承了殷室，把他這一支留下來，不趕盡殺絕。所以微子就被封在了商朝的發祥地商丘，這個國號就是宋，並且允許他用天子的禮樂來祭祀自己的祖先。這個在孔子看來當然是天大的事情了，你把祖宗的血脈保留下來了。

第二個仁人是箕子，比微子長一輩，是紂王的叔叔。當時有人看到他的侄子紂王那麼壞，就勸箕子說：你離開殷商吧，不要在你侄子的國家裡。而箕子卻說：如果我離開了，就變成了彰君之惡，把國君的惡暴露給大家。自己是國君的叔叔，如果連自己都不願意在自己家裡待了，別人就會想這個侄子是怎麼回事，所以我不能走。一來，會彰君之惡；二來，會自悅於民，那就好像顯得我去討好百姓，所以我不走。他的選擇是，獨自一個人隱居在箕山（他封地的山裡），並且假裝自己瘋了。紂王發現了以後，把他囚禁在今天河南的西華縣一帶。箕子就在這個地方構想出來一個偉大思想——洪範九疇。這是非常了不起的中國古代寶貴的思想資源，它包括對自然世界、人生、人的行為、治國安民、天文、曆數、氣候、禍福等的哲理思考。箕子是儒家的先驅之一，地位非常重要。他的思想上面繼承了大禹，下面開啓了周公的明德保民和孔子的仁。

第三個仁人是比干，他是中國古代忠臣第一人，有的時候被稱為「亙古第一忠臣」，有的時候被稱為「國神」——一個國家的神。他去勸諫紂王說，「主過不諫非忠也」，我看見自己的國王有過失，我不去進諫，那我就是不夠忠；「畏死不言非勇也」，我如果因為怕死不說話，那我就稱不上勇敢；「過則諫不用則死」，我發現國君有過，我就進諫，如果國王聽不見，我就死。這些都是非常了不起的話，所以被古人視作忠的最高典範。他曾經强諫三日不去，紂王聽不進去他的話，比干就在那兒嘮嘮叨叨地提了三天意見，紂王被他搞得煩死了，就問他：你這樣跟我囉唆，你憑的什麼啊？誰給你那麼大膽子啊？比干說：我靠的就是善行和仁義。紂王就發火了，說：「吾聞聖人之心有七竅，信有諸乎？」（《史記．殷本紀》），那你是把自己當聖人看，好，我聽說聖人的心有七竅，我還不知道是真的還是假的。我們一般人的心有四竅，心房心室各兩個。所以紂王就下令剖開比干的心看一看，實際上是把比干殺掉了，比干終年六十三歲。這一幕感動天地，亙古流傳。

洪範九疇

《尚書．洪範》提出的治理國家必須遵循的九條大法。據說是周武王十三年（前一一二二年）滅殷後，殷遺臣箕子向周武王陳述天人關係時提出的。九條大法是：一，五行，即木、火、土、金、水。二，敬用五事。三，「農用八政」，即管理民食，管理財貨，管理祭祀，管理建築，管理教育，管理司法，接待賓客，治理軍務。四，「協用五紀」，就是要和歲、月、日、星辰、曆數協調一致。五，「建用皇極」。六，「義用三德」。七，明用稽疑。八，念用庶徵，就是通過雨、晴、暖、寒、風等的氣候變化以判斷年景和收成。九，「饗用五福，威用六極」，就是通過壽、富、康寧、親近有德、善終等「五福」勸導人們向善；通過夭折、多病、憂愁、貧窮、醜弱、懦弱等「六極」警戒和阻止人們從惡。

微子、箕子、比干，這是孔子眼中的三個仁人，是真正品德高尚的人。當然我們也希望在生活中能與這樣的人交朋友，但是在與人交往的過程中，我們很難辨明哪些人可交，哪些人不可交，《弟子規》又會給我們什麼樣的啓示呢？

《弟子規》接著講：「果仁者，人多畏；言不諱，色不媚。」如果真正是仁者，那麼大家都會對他有敬畏之心。「言不諱，色不媚」。他說話的時候非常正直，不會花言巧語、口蜜腹劍，只會實事求是、非常直率地說話。「色不媚」，也就是他的舉止行為，不會獻媚。換句話說，仁者不會溜鬚拍馬。那麼，什麼樣的人才是有仁德的人呢？

第一，要有大公無私的精神，有博愛的情懷。仁者愛人也，首先要有愛心。

第二，這個人應該能夠克制自己的私欲，依照社會秩序和道德規範來要求和約束自己。克己復禮，你不能由著自己的喜好、個人的想法，根本不管社會的秩序和道德，這是不行的。

第三，應該具備崇高的境界和道德修養。

第四，應該智、勇、言兼備，並且遵循中庸之道。智，你要有智慧，要有知識。勇，你要有勇氣，要有擔當，要有責任感。言，你要會表述，會表達，按照聖人之言來表述，來弘揚這種仁義的思想，來推廣這種仁義的道德，必須智、勇、言兼備。這樣還不夠，同時你還要奉行中庸之道中的和諧、平穩、雍容這樣一種境界，不能走極端。

最後一點更重要——仁人，也就是說具備了仁的品德的人，要有具體的行動和行為，你不能關在門裡，自己大講仁義道德，或者就在課堂上講仁義道德，或者說就把它作為書面上的一些教條，不行，你要有行為，努力建立偉大的功業。這就是後來講的修齊治平，這是仁者的要求。

《晏子春秋》裡面有一個很有趣的故事，可以用來詮釋《弟子規》裡的這段話。晏子出使晉國，到了一個叫中牟的地方。他看見路邊有一個人戴著非常破舊的帽子，反穿著破舊的皮衣，背著一捆柴火在路邊休息。就這樣一個穿得很破爛的明顯是幹苦力活的人，晏子卻判斷這個人是個君子，就走過去問他，您是誰啊？您是幹什麼的呢？那個人回答說：我叫越石父。晏子問：那你怎麼打扮成這個樣子，穿得那麼破，還扛著一捆柴火在路邊呢？越石父說，我是中牟這個地方一戶人家的奴僕，我之所以在路邊蹲著，是為了見到齊國的使者，回齊國去。晏子不正好是齊國的使者出使晉國嗎？晏子說：真有意思，你算碰見我了。晏子又問他：你怎麼會給別人做奴僕呢？越石父說：因為我不能避免自己的饑寒。意思大概是說他不大會去照應自己的生活，也不大會在這個社會上混口飯吃，所以吃不飽、穿不暖，只能做了別人的奴僕。晏子又問：那你做奴僕做了多長時間了？越石父回答：三年。晏子接下來就問：我可以花錢把你贖回去嗎（過去的人口是可以買賣的）？越石父說可以，晏子就解下了自己馬車左邊這匹馬（古代的馬車

《晏子春秋》

主要是記敘春秋時代著名政治家、思想家晏嬰言行的一部書，是中國最古老的傳說故事集之一，大約成書於戰國末期，是後人假託晏嬰的名義所作。這部書詳細地記述了齊國靈公、莊公、景公三朝賢相晏嬰的生平軼事，以及各種傳說趣聞。書中二百一十五個小故事相互關聯和補充，塑造出了栩栩如生的晏子形象。《晏子春秋》由於其思想非儒非道也非法家，可以說是多元文化的融會。此書因不是秦人所作，在秦始皇看來，當然是離經叛道之作，所以在「焚書坑儒」中也在禁毀之列。

有兩匹馬拉的，有四匹馬拉的，也有一匹馬拉的，所以他原來這個馬車大概是兩匹馬拉的，算是中等轎車），贖回了越石父，請越石父上自己的只剩一匹馬的車，一路回到了齊國。

馬車到了齊國，來到了晏子的家裡，晏子自己跑到家裡面去了。他忘了車上還帶回來的一個人，忘了和越石父打招呼。我們一般會認為，你是個奴僕，剛剛被人家贖出來，主人不跟你打招呼很正常，你應該千恩萬謝才對。誰知道這個越石父非常生氣，在院子裡大叫，強烈要求和晏子斷交：我不理你了，你居然下車不跟我打招呼。晏子也很生氣：你這什麼人？我跟你素不相識，但把你贖回來了，你居然要跟我斷交？晏子就派人來問越石父：我跟你可沒什麼交往啊，你做了三年的奴僕，我前不久路邊見到你，好心好意把你贖了出來，我這麼對你還不行啊？我還要怎麼對你呢？你為什麼突然要和我絕交？你把道理說給我聽聽。越石父說：賢人說在不了解自己的人面前會蒙受委屈，在了解自己的人的面前會心情舒暢。因此，這就是君子奉行的一種原則——你不因為對別人有功就輕視人家，也不因為別人對自己有功就貶低自己。越石父的這個邏輯很有意思，認為真正賢明的人，在不了解自己的人的面前會感受到委屈，因為我被誤解了。在了解自己人面前會心情舒暢，士為知己者死，我心情就很舒暢。真正的君子不會因為對別人有功就輕視人家，假如你晏子是君子、是個仁者的話，就不能因為幫了我的忙就瞧不起我。同樣一個仁者，也不會因為我受了你的恩，我就瞧不起我自己，貶低自己。我做了三年奴僕，那個家裡沒有人了解我，所以我也無所謂；我穿得破破的，扛著一捆柴火在路邊蹲著，我也無所謂，因為他們不了解我。你把我贖出來了，你為什麼贖我？因為你是了解我的，你看出我和一般人不一樣，所以你才贖我。你贖了我以後，可是剛才下車的時候你不向我打招呼，請我上車的時候也沒有說請你先上車，我當時就有點不高興，但是我當時認為，你大概是一下子忘記了禮節了，馬虎了。現在到了你家了，你又不跟我說句告別的話，就直接進屋子去了，你沒有把我當作和你平等的人看嘛，你這不是還是把我當作奴僕看嗎？這樣吧，你也別煩了，我看我還是回去做奴僕為好，你還是把我給賣了吧。

派去的人跟晏子轉述了這個話以後，晏子就從裡屋跑出來，恭恭敬敬地和越石父相見：剛才我只見到了你的外貌，發現你氣宇軒昂，相貌堂堂，雖然穿得很破，但我認為你不是一般人。你的這番話讓我看到了你的內心。晏子就開始自我檢討：反省言行的人，不會再犯類似的錯誤；體察實情的人，不會在乎別人的言辭。晏子說：我不會覺得你冒犯了我，因為你講的是實際情況。他跟越石父說：我真心誠意地改正錯誤，請求你的原諒。說完，晏子派人把客廳打掃一遍，重新安排座位，請越石父上座，恭恭敬敬地向他敬酒，非常禮貌地對待越石父。越石父說：你對我這才是以禮相待，我真不敢當啊。

後來，這兩個人成為莫逆之交，在史籍上留下了這一段記載。所以，我們可以看到什麼叫「言不諱，色不媚」。這就是一個最好的例子，他們才是真正的仁者。

《弟子規》「親仁」篇，雖然篇幅短小，但卻始終告誡孩子們，內心一定要以仁義道德作為衡量標準，要明辨善惡，親近仁者，結交君子。接下來《弟子規》又用了二十四個字，為我們進一步指出與君子交會給我們帶來哪些好處，與小人交又會給我們帶來哪些壞處，我們在交朋友時又應該注意些什麼呢？

《弟子規》接著用正反兩方面的闡述來結束「親仁」這一部分：「能親仁，無限好；德日進，過日少。」因為你接近的都是仁者，那麼你參照他，就會每天都意識到自己哪個地方做得還不夠好，知道哪個地方要改正，所以你的過錯就會越來越少，而你的品德修養會一天比一天高，過錯會一天比一天少。這就是能親仁。反過來，你不親近仁會怎麼樣呢？

「不親仁，無限害；小人進，百事壞。」人是社會的動物，總歸是要和別人交往的，如果你在和別人交往的時候，接觸的不是仁者，而是小人，那麼小人就會乘虛而入，進到你的社交圈子裡。這樣的話，小人就會影響你。你就會被小人的種種不良言行給污染，你一百樣事情都會壞掉。為什麼《弟子規》講百事壞？我們現在寫信或寫賀年片給別人，都講恭祝您萬事如意。古人沒有這麼說的，現在如果給古人發個賀年片，說我祝您萬事如意，古人一定會一個跟頭翻下去，暈過去了。古人講的都是百事如意。現代人比較喜歡翻筋斗，一翻翻了一百倍，翻成萬事如意，《弟子規》講百事壞，這個百事壞等於咱們今天講的萬事壞。

我們只要牢牢記住古人講的一段話，拿它來解釋《弟子規》這個部分就夠了：「與君子交，如入芝蘭之室，久而不聞其香；與小人交，如入鮑魚之肆，久而不聞其臭。」跟君子交往，就好比進入了一個房間，這個房間裡邊全是芝、蘭等芳香的、非常聖潔高雅的植物，你在這樣一個房間待久了，就不會覺得這個房間特別香，你身上就會帶有非常自然的香味。古人的香都是薰香，薰香要花費比較長的時間，慢慢薰，所以古人身上的香味比較悠揚和自然，不像我們今天臨時出門要噴點香水，是一種很刺鼻的氣味。所以你跟君子交往，就好比進入了「芝蘭之室，久而不聞其香」，那麼你出去的言談舉止就會非常自然，不是很做作的，就像已經浸潤到自己的肌膚裡了。這是跟君子交，要交好朋友，要親仁就有這樣的效果。「與小人交，如入鮑魚之肆，久而不聞其臭。」我們今天看到的鮑魚都是乾鮑魚，沒有什麼味道。古人那個時候還沒有發明做乾鮑魚的辦法，鮑魚是特別容易發臭的，放到店裡面臭得不得了。跟小人交往，就好比你天天待在一家鮑魚店裡，臭得不得了，但是待久了，你也不覺得它臭，也覺得這個味道很正常啊。

再簡單點說，就是「近朱者赤，近墨者黑」。所以，《弟子規》在親仁的這個部分高度強調，**要爲孩子從小營造一個良好的交友環境，使他有機會親近仁者，親近道德高尚的人，使他盡量地避免與不良性格或者不良品德、品行的人交往，使孩子能夠在充滿芳香的環境中成長。**這個孩子長大以後，當然也是一個仁者，或者說，是一個一直喜歡和仁者交往的人。當然他的品德和學養也會與日俱進，他的過錯就會與日俱減，這就是《弟子規》的第七部分，非常簡短的親仁部分的要義。

我想這部分，對於我們今天教育孩子、引導孩子、培養孩子來講，都有至關重要的意義。《弟子規》在第七部分結束以後，就進入了它最後的一個部分，講的是餘力學文。為什麼《弟子規》講有餘力才學文呢？這裡邊到底蘊含著什麼精義呢？請大家看下一講。

第二十一講

不力行[1]，但學文；長浮華，成何人！
但力行，不學文；任己見，昧理眞。
讀書法，有三到：心眼口，信[2]皆要。

[1]力行：努力做。這裡指身體力行前面所說的孝、悌、謹、信、愛、仁。
[2]信：確實。

現代社會飛速發展，可以說是一個知識爆炸的時代，幾乎從幼稚園開始，我們的家長對孩子的要求，就是要努力學習文化知識，對孩子的思想品德、實踐動手能力的培養，反倒不那麼重視了，可是《弟子規》卻告訴我們要有餘力再學文，那麼爲什麼《弟子規》會這樣要求孩子呢？難道對孩子來說，還有比學習更加重要的事情嗎？而對於有餘力學文的孩子，該怎麼學？《弟子規》又給我們提出了哪些具體的方法呢？

為什麼我們要高度重視「餘力學文」這一部分？這是因為它非常有針對性地提醒我們注意，在我們教育孩子的過程當中，經常進入一個非常嚴重的盲點。現在的家長，無論是父母、爺爺、奶奶、外公、外婆，還是孩子們的老師，眾口一詞，都要求孩子集中精力，好好讀書、好好學習。然後我們經常看到，孩子被非常沉重的作業、各種各類大大小小的考試壓得喘不過氣來，幾乎失去了童年的快樂。我們由衷地為之擔憂。

我也反思自己的童年有沒有過快樂，仔細一想，並沒有。現在的成年人為什麼會覺得童年快樂呢？因為是回憶讓一切變得美好。實際上，在我讀書的時候，已經是今天這樣的狀態，甚至我當初所面臨的各種考試與競爭，比今天的孩子還要激烈。二十多年前，我們高考的時候，錄取比例遠遠低於今天。所以，中國孩子所面臨的這種讓人擔憂的現狀，並不是這兩三年的，也不是這七八年的，而是幾十年，甚至更長時間，中國的孩子都被一頂要好好讀書、努力學習的帽子給壓著。

之所以會出現這種情況，我們要看一下中國的傳統，歷來都非常看重教育和學習。「萬般皆下品，惟有讀書高」，古人把十年寒窗視作成功的第一步，期待有朝一日金榜題名，還可能被皇帝招去做駙馬。所謂「朝為田舍郎，暮登天子堂」，正是這一現象的寫照。如此說來，今天的孩子所面臨的狀況不是理所當然的嗎？那麼為什麼《弟子規》要講餘力學文呢？我們既然強調孩子應該把一切的精力都用在讀書學習上，又怎麼會說有多餘的力氣才去讀書呢？這裡面不是明顯有矛盾嗎？其實，學習這兩個字在古代是有特別含義的，和我們今天講的學習並不完全相同。

關於儒家的學習觀，孔子明確地認為，人生應該以道德修養、品格完善為首要任務，學習書本知識是次要任務。這是中國傳統關於學習的最精確的一個意思。我們今天所說的讀書，學習書本知識，也就是《弟子規》裡講的學文，無非是學習的一個組成部分而已。在生活實踐中，修養自己的品格，培養自己的德行，才是最最重要的事情。正因為如此，《弟子規》才講「力有餘，則學文」。當然，這絕對不等於說書本學習是不重要的，孔子和儒家歷來也很重視書本知識的學習，書本畢竟是人類知識傳承最重要的載體。

古人講得非常好，《論語集注》曰：「未有餘力而學文，則文滅其質；有餘力而不學文，則質勝而野。」如果你根本沒有多餘的精力，自己的人格沒有培養好，品格沒有培養好，還要不顧一切去讀書，那麼也許

《論語集注》

南宋朱熹編注《四書集注》中的一部分。《四書集注》全稱《四書章句集注》，包括《大學章句》一卷，《中庸章句》一卷，《論語集注》十卷，《孟子集注》七卷。「四書」之名從此定。注釋中頗多發揮理學家的論點。明清統治者提倡理學，將其定位爲必讀注本。

你的知識很豐富，學問很淵博，但是你的本質有問題，所學來的知識反而埋沒了自己的本質。如果你的確有餘力，但不讀書，那麼你就會顯得略微有點野蠻，不夠文明。換句話說，這個人品格很好，道德也很高尚，但是他沒有讀過書，他就不會具備知識，沒有一定的審美能力。比如他去看一場演出，別人都能欣賞，他在那裡打呼嚕；或者去看一場芭蕾舞：這怎麼能看？要命，趕快跑掉。這就是有餘力，但是沒有學文，也會導致這種情況。

朱熹說得更加直截了當：「愚謂力行而不學文，則無以考聖賢之成法，識事理之當然，而所行或出於私意，非但失之於野而已。」如果你一味去實踐，只顧培養自己的品格，鍛鍊自己的行為，但是卻不去讀書的話，那麼你就不會知道歷來的聖賢有哪些經驗，就不會認識到事情的規律，你的行為有時候就難免出於私義。因為你沒有讀過書，所以不知道歷代的聖賢怎麼講的，也不會知道同時代的人有哪些這方面的意見，就只能憑個人的經驗去做，那麼就不會博採眾長。我們一定要搞清楚這些，才能準確理解《弟子規》的真正意思。

朱熹

朱熹（一一三〇年—一二〇〇年），南宋哲學家。字元晦，號晦庵，徽州婺源（今屬江西）人。朱熹一生，從事教育工作約四十年，做官不過十來年。朱熹在從事教育期間，對於經學、史學、文學、佛學、道教以及自然科學，都有所涉及或有著述，著作廣博宏富。他的學術思想，在中國元明清三代，一直是統治階級的官方哲學，標誌著封建社會意識形態的更趨完備。朱熹的學術思想在世界文化史上，也有重要影響。在朝鮮、日本稱朱子學，曾一度十分盛行。在東南亞和歐美，朱學亦受到重視。

《弟子規》告訴了我們學文的重要性，但是它也給我們確立了一個前提，那就是如果你不注重培養自己的品格、德行，不懂得在實踐中歷練自己，而一味地只顧埋頭讀死書是沒有用的，紙上談兵的故事就告訴我們讀死書會有多麼嚴重的後果。

《弟子規》講：「不力行，但學文；長浮華，成何人！」如果你只管悶頭讀書，而不去親近仁者、追求道德的完善、品格的培養的話，結果只能使自己浮華不實。擁有書本知識只是一個人成為仁人的某一些條件而已，不是全部條件，這是儒家的要義。**讀死書、死讀書的人，或者說紙上談兵的人，往往是成事不足、敗事有餘的人。**

戰國時期，趙國有個大將叫趙奢，以少勝多，大敗秦軍，被趙惠文王提拔為上卿——這是非常高的一個官位。作為一代名將，趙奢書本知識了得，精通兵法，同時又非常擅長實踐，很會練兵和打仗。趙奢有個兒子叫趙括，就跟他爸有點不一樣，趙括也是熟讀兵書，張口洋洋灑灑，非常善於談論兵事，沒有人說得過他，因此他很驕傲，認為天下無敵。實際上他沒有當過一天兵，也沒有打過一場仗，只是學文學得很好。趙奢對自己的兒子很了解，知道兒子不過是紙上談兵，因此很是為他擔憂。趙奢還說，希望將來趙國不要用我的兒子為將，否則他一定會讓趙國的軍隊遭受失敗。不幸的是，後來趙國就是用了趙括做將軍。公元前二五九年，秦軍又來進攻趙國，趙軍在長平（今山西高平縣一帶）堅持抗敵。這時趙奢已經去世了，趙軍由廉頗指揮。儘管廉頗年事已高，但打仗很有辦法，使得秦軍根本沒有辦法速戰速決，不一定打得過趙軍，秦國知道這樣拖下去對自己不利，於是就用了反間計。秦國派了很多人悄悄地溜進趙國，到處散布謠言說，秦軍其實最害怕的一個人是趙括，這個人了不起，打不過他。結果趙王聽信謠言，任命趙括為大將，代替了廉頗。結果是，趙括只會紙上談兵，只會學文，不會力行，造成了趙國的慘敗，四十多萬趙軍被秦國坑殺殆盡，趙括本人也被秦軍的弩箭射死。這是非常慘重的教訓。天底下的父母，有誰會希望自己的孩子成為趙括這樣只會紙上談兵的人呢？

還有一個關於鄭板橋的故事，也很有意思。鄭板橋是「揚州八怪」裡最有名的一個，他老來得子，難免很喜愛這個兒子，但他對自己的孩子絕不溺愛，一貫要求孩子不要只顧埋頭讀死書，而要在讀書、學文以外，掌握一些基本的生活技能，不要五穀不分、四體不勤。可是這個兒子不理解父親的一番苦心，鄭板橋非常著急，他擔心自己將來走了，這個孩子還沒有完全成年，無法自立。所以鄭板橋在臨終前，把兒子叫到病牀旁邊，說：「我快不行了，現在我只有一個願望，你做兒子的要滿足我，那就是我想吃你親手做的饅頭。」這個孩子還是個孝子，當然要滿足自己父親的最後一個願望。但是鄭板橋做過知縣，他的兒子在過去也算是官宦子弟，什麼時候下廚房做過饅頭啊？於是這個孩子費了九牛二虎之力，去請教廚師怎麼和麵，怎麼蒸

鄭板橋

鄭燮（一六九三年—一七六六年），字克柔，號理庵，又號板橋，江蘇興化人，祖籍蘇州。他是歷史上「揚州八怪」的主要代表，以「詩書畫」三絕聞名於世。他所擅長的不在八股文，而是寫詩作詞。前人稱讚其詩文特點爲「眞氣、眞意、眞趣」。鄭板橋的書法取各家之長，融會貫通，以隸書與篆、草、行、楷相雜，特別是融入了作畫的方法以寫字，終於形成了奇正相諧、雅俗共賞的「六分半書」，也就是人們常說的「亂石鋪街體」。畫作方面，世人都知道鄭板橋的竹子、蘭花畫得好，卻不知他畫的梅花也是一絕。他的名作《題竹石》被作爲勵志經典，廣爲傳誦：「咬定青山不放鬆，立根原在破岩中。千磨萬擊還堅勁，任爾東西南北風。」

饅頭，等把饅頭做好了，端上來的時候，鄭板橋已經去世了。鄭板橋的兒子當然非常悲痛，但發現自己的父親在臨終前還硬撐著留下了幾個字：「淌自己汗，吃自己飯，自己事情自己幹。不靠老天，不靠祖宗，才算真正好漢。」這個孩子一下子才明白，父親為什麼那麼久以來一直對自己有這樣的要求，不要只顧學問，還是要努力掌握一些生活方面的知識和技能。

實際上，《弟子規》說的這種只會讀死書的人，今天也有一個詞來形容，就是「高分低能」，家長現在也越來越注意到了這一點，因為一個只懂得書本知識而沒有實踐能力的人，走進社會也是很難有所作為的。既然《弟子規》告訴我們不要讀死書，那麼反過來，如果只顧在實踐中培養鍛鍊自己，而不讀書又會怎樣呢？對於這個問題，《弟子規》也給出了它的意見。

《弟子規》也是反對這種情況的：「但力行，不學文；任己見，昧理真。」只顧去實踐，但是你不讀書，那麼你就只有自己的私見，而不知道別人怎麼看，不知道別人有哪些經驗教訓，你就會連最根本的道理都不知道了。通俗地說，就是只顧低頭拉車，不顧抬頭看路。

漢代有個名臣霍光，他一生的故事就最能說明《弟子規》在這方面的要求。霍光是追隨了漢武帝近三十年的重要大臣，漢武帝死後，他還受命為漢昭帝的輔政大臣，接著執掌漢室最高權力二十年，為漢朝的中興和安定建立了卓越的功勳，成為西漢歷史上的重要人物，所以他在麒麟閣十一功臣排名第一。霍光雖然是個非常能幹的人，在實踐當中非常了得的一個人，但是霍光的結局是被滅族，就是因為霍光不重視讀書，對於自己的家裡人也不要求學文，釀成了最終的苦果。

霍光的妻子是一個很貪圖富貴的人，因為昭帝之後的漢宣帝是霍光扶立的，所以自己還想做皇帝的丈母娘，她打算把自己的小女兒嫁給漢宣帝。漢宣帝當時有皇后，霍光的妻子想利用霍家的權勢勾結宮廷的醫生，下毒謀害漢宣帝的許皇后，然後把自己的小女兒嫁給皇帝。這件事情敗露了，並沒有成功，而霍光本來對這個事情是一無所知，是他的妻子瞞著他這麼做的，作為漢室重臣，霍光應該趕快去把這個情況說明白，把這個天大的事情趕緊處理好。但是霍光沒有，他認為只要我不說就沒有人會知道，而且我現在權勢這麼大，我把它壓下來。這個事情沒有馬上引起後果。但霍光死了以後，霍家的子孫還是不讀書的，家訓向來如此，長輩也沒有叫他們讀書，所以非常驕橫跋扈。大家對他們的意見當然很多，紛紛彈劾，連皇帝也看不慣，終於有一天，霍光的妻子謀害許皇后的事情被揭發了，這一下導致整個霍家子孫被殺光了，這當然是非常慘的。

為什麼霍光會有這樣的結局？中國古代的大史學家班固就有這樣的評價：「然光不學無術，暗於大理」，意思是說，因為霍光不讀書，對這種最根本的道理他不懂，他只懂得一些從個人的經驗出發能夠理解的道理。

霍光不讀書、不學文的教訓，後來的人也都非常重視。宋朝有名的大臣寇準要當宰相了，他的朋友張詠在成都聽說後，就對自己旁邊的人說：寇公是奇才，可惜學問不夠，讀書不多。等到寇準出使陝州（今三門峽陝縣），張詠正好從成都罷職回來，兩個人碰到了。寇準非常尊敬地給他提供了帳幕，就等於給他蓋了一個臨時房子，熱情地款待，大家度過了幾天很開心的日子。要告別的時候，寇準把張詠送到郊外就問他：你有什麼可以教導我的嗎？張詠很慢地說：你要去讀讀《霍光傳》。當時寇準沒有明白張詠的意思，等到回家以後，把《霍光傳》拿來一讀，讀到「不學無術」這四個字的時候，馬上明白了，說這是張公在說我，是對我的一種教訓啊！從此就提醒自己，要認真對待書本知識，認真汲取前人的經驗教訓。寇準後來成為一代名相。

既然《弟子規》告訴了我們讀書的重要性，那麼關於學習的方法，怎樣才能讀好書，又會給我們提出哪些可行的建議呢？

明白了學文和讀書的重要性，這還不夠。還要懂讀書的方法，怎麼樣讀書，這也是現在的父母和老師往往容易忽略的。

特別要指出的是，《弟子規》所傳授的學文的方法，是今天的父母甚至是很多老師未必了解的。這種讀書方法非常有效，是一千多年、乃至更長時期以來積累的寶貴的讀書經驗，非常有助於孩子培養良好的讀書習慣和提高學習能力。而且更重要的是，這些方法不僅僅是讀書的方法，同時也是修身養性，從小培養孩子良好舉止習慣的辦法，一定要特別重視。今天，我們全民族、全社會都在尋找這樣的辦法，既要能夠有效地提高孩子讀書、掌握知識的學習效率，同時又要有益於孩子的人格、品格的養成，有助於形成孩子終生受益的良好生活習慣和行為規範。可惜的是，從這幾年的情況來看，成效不大，我們並沒有找到。我們其實是忘記了在悠久的傳統文化當中，就有相關的資源和經驗，《弟子規》就是其中之一。

關於讀書的方法，《弟子規》告訴我們，有三到：心到，眼到，口到。可是我們會覺得，讀書嘛，只要認真不就行了嗎？這三到又究竟是什麼意思呢？

《弟子規》所傳授的讀書方法，首先，「讀書法，有三到：心眼口，信皆要。」這就是非常著名的「讀書三到」。幾十年前，讀書人都知道讀書三到，讀書的時候，心、眼、口都要到。朱熹的《訓學齋規》裡面講過：「讀書有三到，謂心到、眼到、口到。心不在此，則眼不看仔細，心眼既不專一，卻只漫浪誦讀，絕不能記，記亦不能久也。三到之中，心到最急，心既到矣，眼口豈不到乎？」《弟子規》經過總結，就是「有三到：心眼口，信皆要」。

這「三到」當中，最要緊的是心到，但是首先我要強調，這是古人的一個誤解。古人認為，心是思維器官，這是錯誤的，心沒有這個功能。我們說，這個人很有心計、這個人心思很密、這個人心眼好、這個人心眼壞，其實跟心都沒關係。中國人大概是到明朝李時珍開始，才明白人的思維器官是腦。所以說應該是腦到、眼到、口到，强調心思要集中，腦力要集中。歸根結蒂，是說讀書要全神貫注。我們經常可以看到現在很多孩子，讀書的時候一心數用，耳朵裡塞著耳機不知道在聽什麼歌，眼睛看著電視，沒準腦子裡還想著遊戲。這樣的話，怎麼能讀好書呢？有些孩子，雖然高聲朗讀，但是心不在焉，這就是我們過去講的小和尚念經，有口無心，什麼也記不住，怎麼會提高讀書的效率呢？實際上，古人講的讀書：

第一，要集中精力。讀書時就是要排除雜念，把心思或者把腦力用在讀書上。

第二，眼要到。古人讀書是眼睛盯著書的，我們現在很多人讀書是眼睛看著書的，這個是不大一樣，要眼睛牢牢地盯住文字。

第三，口要到。口到是要出聲，古人的讀書是要讀出聲來的，要朗讀，而現在的孩子朗讀習慣主要保留在學外語方面，英語天天朗讀，其他的從不出聲。對於孩子來講，現在特別要强調的是要習慣於高聲誦讀。你不讀出聲音來，就調動不了全身的注意力，便不能感受到文字之美，也不能諳熟音律，比如要讀古代詩歌，你不讀出聲音來，怎麼能感受到它的押韻呢？怎麼感受到它的平仄呢？讀古文，如果不讀出聲來，怎麼能知道它的跌宕起伏、抑揚頓挫，怎麼能知道為什麼在這裡要用這個字，為什麼在那裡要用那個字呢？我們現在很多孩子讀的語文課文，其中有老舍先生的作品，老舍先生就很講究音韻，他寫散文，如果前一句話是用平聲結尾，即第一、第二聲，那麼接下來的一句話就要用仄聲起頭。講究到這個地步的。如果你不讀，你怎麼知道老舍先生的文章好？所以一定要讀出來。

實際上，讀書三到這個方法不僅對讀書有益，而且能藉讀書培養孩子良好的生活習慣和處事習慣。人生有哪一件事情是不需要用心的？**讀書如果能夠用心，就會形成比較好的處世習慣，今後遇到事情，就不會掉以輕心，而會專心致志，聚精會神。有這樣習慣的孩子，往往是比較容易做出成績、取得成功的孩子。這一點我們要高度重視。**

那麼《弟子規》還傳授了哪些讀書的方法？還有哪些讀書的方法是被我們忘卻了的，或者忽視了的呢？請大家看下一講。

第二十二講

方讀此，勿慕彼；此未終，彼勿起。

寬為限，緊用功；工夫到，滯塞通。

心有疑，隨札記；就人問，求確義。

房室清，牆壁淨；几案潔，筆硯正。

墨磨偏，心不端；字不敬，心先病。

列典籍，有定處；讀看畢，還原處。

雖有急，卷束齊；有缺損，就補之。

非聖書，屏勿視；蔽聰明，壞心志。勿自暴，勿自棄；聖與賢，可馴致。

現在的家長常常會對那些非常用功、起早貪黑努力學習的孩子贊許有加，認爲這樣才算努力、刻苦，可是《弟子規》卻不認爲這樣就是會讀書了，那麼怎樣做才是正確的讀書方法呢？而且《弟子規》對讀書這件事還有更加嚴格的要求，甚至對讀書的環境、字的寫法、筆墨的擺放等，都提出了要求，那麼這些看起來並不會影響讀書的事情，爲什麼《弟子規》卻認爲是非常重要的呢？

讀書方法的根本，就是上一講我們講到的心、眼、口要三到。關於讀書，《弟子規》還有很多其他的行之有效的方法要傳授給我們。《弟子規》要求：「方讀此，勿慕彼；此未終，彼勿起。」這也是事關讀書習慣的要求，意思就是你還沒讀完這一本書，不要惦記著另外一本；這本書沒有全部讀完，那本書就不要開始讀。

現在經常看見很多孩子一本書還沒看完，只讀個頭，就把它放到一邊，掉頭去看另外一本書；那本書沒讀完，又給擱一邊，掉頭去看另外一本書。我們不要以為這是小事，也許很多父母或者老師會想，反正孩子橫豎都是在看書，還貌似多讀了好幾本書，別的孩子一本還沒讀完，我的孩子已經一堆書扔一邊了，這不是好事嗎？難道這還需要去管嗎？這恐怕還真不是可以不管的小事。過去有很多學者，基本上是所有的學者，都非常反對這種讀書方法。章太炎先生的大弟子，後來和章太炎先生齊名的黃侃黃季剛先生，就非常强調「方讀此，勿慕彼；此未終，彼勿起」，他將這種讀書方法非常形象地叫做「殺書頭」，一本書剛開個頭你就不讀了，好比是把這本書的頭給殺掉了。

我的理解是，殺書頭這種讀書方法會對孩子產生很不好的影響，使孩子從小在不知不覺中養成淺嘗輒止的壞習慣，不利於孩子養成持之以恒的毅力，而對於人的一生來講，我們都知道持之以恒的毅力有多麼重要。有的人也許會有疑問，不是經常講讀書應該分為泛讀和精讀嗎？「殺書頭」這三個字雖然不怎麼好聽，難道這不也是泛讀嗎？其實，這是一種似是而非的理解，是一種誤解。且不說泛讀絕對不是「殺書頭」，泛讀也是要對整本書進行快速的瀏覽，而且這種能力是後面要培養的能力，在孩子剛開始讀書的時候應該提倡精讀，從頭到尾讀完一本書，隨著孩子讀書能力的增加和自我管理掌控能力的提高，他慢慢地就會形成泛讀的習慣。所以千萬不要在孩子剛開始讀書的時候，就容忍這種「殺書頭」行為的出現，這

黃侃

黃侃（一八八六年—一九三五年），字季剛，湖北蘄春青石嶺大梓樹人。原名喬馨，字梅君，後改名侃，又字季子，號量守居士。一九〇五年留學日本，在東京師從章太炎，爲章氏門下大弟子。黃侃在經學、文學、哲學各個方面都有很深的造詣，尤其在傳統「小學」的音韻、文字、訓詁方面成就卓越，後人將他與章太炎、劉師培視爲「國學大師」，稱他與章太炎爲「乾嘉以來小學的集大成者」、「傳統語言文字學的承前啓後人」。

對孩子的一生都是有害的。就目前的教育界、讀書界的情況來看，我們應該特別提倡精讀，只**有通過精讀，才能培育起一種沉潛涵泳、堅忍不拔的學風**。從《弟子規》我們可以看到，古人更看重精讀，非常强調精讀。

明朝時，江西有一個著名學者叫胡居仁，雖然他只活了五十歲，卻是一位了不起的理學家。他從小就非常聰明，興趣廣泛，博覽群書，被稱作神童。他的「紮硬寨打死仗」的讀書法和讀書精神，對後代影響很大，就是一旦我要讀這本書，我就像紮下一個寨子一樣盯著這本書，不管這本書裡面有多少困難，我都要把它搞通，這是一種一心鑽研的精神。他一再告誡他的弟子，讀書多而不精不熟，不如讀書少而精熟。你讀一本書就要真正了解一本書、掌握一本書，不要氾濫無歸，貌似讀書很多，但實際上哪一本書都沒讀懂，哪一本書都沒讀透。他特別强調讀書要持之以恒，要排好功課。他的一副對聯非常有名：「苟有恒，何必三更眠五更起；最無益，莫過一日曝十日寒。」你如果有恒心，沒必要起早貪黑；最沒有好處的，就是你一天拚命用功，通宵不睡，開夜車，接下來的十天天天睡懶覺。我們可以看到現在很多孩子的習慣恰恰是這樣的，考試前埋頭苦幹，用一種大躍進的精神，幾乎要拚命了，用功三天，考試結束後，到早上九、十點鐘還不起牀，這種習慣是很不好的。

其實《弟子規》對讀書的要求和做人的要求一樣，就是要持之以恒、貴在堅持，只要做到這一點，那麼不僅僅是讀書，所有的事情都會有所收穫。接下來，《弟子規》說的「寬為限，緊用功；工夫到，滞塞通」，就是講如何制定學習計劃的，這個我們從小就會被老師要求做的事情，《弟子規》又是怎麼告訴我們的呢？

「寬為限，緊用功；工夫到，滞塞通」，是指定學習計劃的時候，不妨定得寬鬆一點，執行計劃的時候卻應該抓緊。工夫到了，茅塞自開。現在很多老師都希望孩子從小形成一個良好的習慣，要小學生開始自己定讀書計劃。我看過我兒子的讀書計劃：這簡直是天下第一大讀書人的計劃，精確到幾點幾分讀什麼，排得非常好。我當時看了這個表就暈了，我說：「兒子，照你這麼定，那不出三年，你是天底下最有學問的人」。問題是，定完第二天他就不這麼做了。是不是很多孩子都有這個習慣？實際上，定計劃的時候不妨寬一點，但執行計劃的時候一點也不能耽誤。你寧可提前超量完成計劃，而不要趕不上、做不到，否則你定這個計劃就等於是假的了。我們最最要警惕的，是千萬不能讓孩子形成今天推明天、明天推後天的習慣，這是最要不得的。應該培養孩子今天要讀的書今天讀完，今天要做的作業今天做完，今天要做的事情今天了結，今日事今日畢，這是非常重要的生活習慣。

對那些定完計劃不執行，老拖、老賴的人，古人寫了一首打油詩：「春天不是讀書天，夏日炎炎正好眠。秋有蚊蟲冬有雪，收拾書籍待來年。」這是說一個人定了一個計劃，說大好春光不要辜負，我要好好讀書。可是一到春天發現，春眠不覺曉，春天的覺好睡，所以他就找了個藉口，說春天不是讀書天，春天要睡覺，要出去春遊，春光明媚，不讀書不讀書。那麼，夏天來了，你該讀書了吧？他又開始定計劃，想在夏天把春天的事情補回來。但是一到夏天發現天很熱，一到下午就打瞌睡，所以他又說夏日炎炎正好眠，夏天熱，我要睡午覺，放到秋天再讀。到了秋天了，他又有道理，秋有蚊蟲要咬人，那麼秋天也不是讀書的時候。最後到冬天終於可以讀了吧，但冬天下雪了，我要去賞雪，也沒空讀書，所以把書理理好，等來年吧——這種計劃就沒有意義了。而在過去，對於勤奮用功、發憤苦讀的人，我們往往都贊許有加。

像大史學家司馬光，原本也是個貪玩、貪睡的孩子，所以他經常受到先生的責罵和同伴的嘲笑：你看你多懶，古人恐怕天沒亮就起牀讀書了，你看你還睡著。所以司馬光下決心抓緊用功，改掉自己的壞毛病。他為了能夠早早地起牀，睡覺前拚命喝水，讓自己被尿憋醒而起來上廁所，那麼就可以讀書了。誰知道，這一計無效，他太愛睡了，結果喝了一肚子水，尿了一大牀，還沒起來，司馬光又被別人嘲笑。於是他就做了一個警枕，拿一個圓的木柱子做枕頭，這樣只要他稍微翻翻身，改換一下睡姿，木頭就滾掉了，撲通一聲能把他給驚醒，或者他的頭一下砸在牀板上給砸醒了。從此以後，他天天按照計劃抓緊讀書，

司馬光

司馬光（一〇一九年—一〇八六年），字君實，北宋陝州夏縣（今山西夏縣）涑水鄉人，人稱「涑水先生」。其家世代貴胄。司馬光從二十歲入仕做官直到六十八歲病死，其間除有十五年時間從事《資治資鑑》編修工作外，其餘三十餘年擔任官職。在這三十多年的政治活動中，最突出的表現，就是他以一個忠君憂國、直言敢諫的賢臣形象表現了他的政治見解，並以此顯揚於當世。特別是在他五年的諫官任上，認眞履行了一個言官的職責，關心政事，對朝廷竭盡忠誠，五年之中，前後共上奏章一百七十七道，其中對有些重大事件一奏再奏，他爲北宋政權的鞏固出謀劃策，嘔心瀝血，貢獻了畢生精力。

最後成為中國歷史上一位有名的學識淵博的人，成為《資治通鑑》的一個主要編纂者。

心中有疑問，如果不能及時得到正確的答案，一定要記下來，然後找機會問別人，求得正確的解釋，這個再簡單不過的事情，我們不妨問問自己，做到了嗎？而這樣的學習習慣對於孩子的成長，又會有哪些好處呢？

接著，《弟子規》要求孩子們在讀書的時候：「心有疑，隨札記；就人問，求確義。」古人讀書沒有今天這麼好的條件，我們是按部就班的九年制義務教育，然後讀高中，再讀大學，都有老師可以請教。而且，現在又有電腦，如果自己有不懂的地方，到處可以請教。而古人讀書有的時候是沒有老師的，所以一旦讀到不懂的地方，就要隨時趕快記在小本子上，然後見人就問，希望能夠得到準確的答案。這個札記是一種工夫，現在基本上沒有人做了。過去的讀書人，都隨身有個小本子，碰到自己不懂的事情，或者自己想到一些東西怕忘記的，都要隨時記下來。也許很多人會問：怎麼記啊？古人又沒有鉛筆、鋼筆。他們是用毛筆記。那有人會問：難道他隨身還帶個硯台嗎？古人想了這麼一個辦法，拿一塊墨隨身帶在身邊，要記的時候，隨便找塊石頭一磨就出墨了，或者拿吃飯的碗倒過來，後面有個碗托，在凹下去的地方磨墨，隨時札記。很多大學者都是這麼做的。現在我們的孩子都沒有這個習慣了，實際上這個習慣特別特別要緊。

日記也是札記的一種，現在大概很多人都沒有記日記的習慣。最好讓孩子形成這個習慣，每天記一些東西，不一定要長篇大論，比如說，今天我晚起了，是一句話；或者今天考試我忘了一道題，也是一句話；比如今天上課，我忘了帶手絹，也是一句話，就是要培養他這種習慣。我發現很多孩子都沒有這個習慣，其實應該從小養成。積累知識最怕的就是篩子法。一個篩子，上面都是米，你一篩，如果篩子眼小的話，那麼你篩掉的是碎米，篩掉的是小石頭，那麼篩子眼怎麼才能小呢？這個就要從小培養細緻的習慣。**從小特別細緻，筆頭勤，知識的篩子這個眼就會越紮越小，這樣的話你的知識才會積累起來。**不然的話，你讀五本書，漏掉四本，沒準剩下那一本還是讀錯了的，這完全無益於知識的積累。

房室、牆壁、几案、筆硯這些看起來和讀書有關，卻又不是有絕對必然關係的事情，為什麼《弟子規》會把它們專門作為四句話來要求孩子呢？難道這些看起來微不足道的小事，真的會對一個人產生很大的影響嗎？

接下來《弟子規》還要求孩子，從小對自己的讀書環境要有一種關切，要養成良好的打掃自己讀書環境的習慣，「房室清，牆壁淨；几案潔，筆硯正」。即要保證自己讀書的房子非常清爽，牆壁要保持乾淨；几案也要保持非常的整潔；筆要放在放筆的地方，硯台要放在放硯台的地方。這是要求孩子自小從整理書房文具做起，養成有條不紊、井井有條的良好習慣，長大以後再處理事情，就不會手忙腳亂、進退失據。我注意到我的朋友或者鄰居家，孩子的書包很多是父母理的，孩子寫作業已經寫得很晚了，比如到晚上九十點鐘，父母不捨得，長輩不捨得，說寶貝，趕快睡覺吧，然後替孩子把書包理好。第二天早晨出門的時候，往往爺爺奶奶替著背，背到學校門口。其實，這喪失了一個非常重要的培養孩子良好習慣的機會。孩子理一理書包，最多五分鐘、十分鐘，而且他會越理越快，越理越熟練，如果孩子從小不養成整理自己書包的習慣，那麼長大以後在處理問題時往往會雜亂無章。現在的家長，只要孩子讀書用功，很少注意孩子的小書桌是不是井井有條。很多孩子的書桌都很亂，這兒一堆，那兒一堆，這是一個非常不好的習慣。

東漢有一個非常有名的人叫陳蕃，這個人是舉孝廉當的官，後來還當過太守，甚至尚書，在歷史上很有名，不僅僅是因為《後漢書》對他的評價：「漢世亂而不亡，百餘年間，數公之力也！」意思說漢朝很亂，但是亂了沒有亡，是有好幾位大臣的功勞，其中有一位就是陳蕃，這個評價很高。他之所以有名，其實是因為一句話：「一屋不掃，何以掃天下。」

陳蕃的祖父曾經擔任過河東太守，但是到了陳蕃這一代，家道中落，不是那種顯宦之家。十五歲時，陳蕃曾在一個庭院裡面讀書。一天，他爸爸的一個老朋友薛琴來看他，看到陳蕃讀書的院子裡雜草叢生，污穢滿地，根本不打掃。他就對陳蕃說：孺子何不灑掃以待賓客？說你這個小孩子，怎麼不把你的庭院整理乾淨，準備有賓客來訪啊？陳蕃當即回答：「大丈夫處世，當掃除天下，安事一室乎？」說大丈夫，應該掃除天下，應該關心國家大事，幹嘛要我去掃一個小房間啊？有什麼用啊？這個回答讓薛琴很吃驚。一方面他知道，自己這個故人之子胸懷天下，是一個有大志的人。但是，又發現故人之子不拘小節，沒有養成重視小事、小節的習慣。所以他就勸了一句，說：「一屋不掃，何以掃天下？」天下的事情比你這個庭院的事情複雜多了，你連這個院子都弄不好，還說什麼要掃除天下？陳蕃聽了這個話以後恍然大悟。從此以後，他把自己的庭院打掃得乾乾淨淨，自己讀書的几案也擦拭得乾乾淨淨，養成了有條不紊的好習慣，後來才得以成就大事。

「一屋不掃，何以掃天下」，這一句過去教育孩子非常有名的話，這幾年是聽不到了，因為沒有家長再指望自己的孩子打掃屋子了，都指望自己的孩子去打掃天下。恨不得自己的兒子將來能夠建立豐功偉業，家裡亂點，被子不疊，書包不理都不要緊，這是一種很要命的誤解，還是應該讓孩子從小形成好習慣。

古人說見字如見人，可見一個人字寫得怎麼樣是多麼的重要，可是我們今天的孩子已經不需要磨墨了，而且因為電腦的快速發展，我們寫字似乎都很少了，那麼《弟子規》的這四句話對今天的我們還有什麼指導意義嗎？

《弟子規》非常注意細節，「墨磨偏，心不端；字不敬，心先病。」墨，現在的孩子都不用了，都用墨汁了。我們小時候寫字還是用墨的，我祖母經常把我的墨倒過來看，我經常會把墨磨得一道斜。我祖母就跟我說，你不能這樣磨墨。我那時候不懂，就說奶奶：這有什麼，磨出來不都是黑的？祖母就教我：磨墨的時候你要端正，一定要肘端平，三指到四指捏磨，非常端正地磨，而且一般來講，正磨六圈，反磨六圈，不能一直像推磨一樣地磨，要這樣磨幾圈，那樣磨幾圈。古人或者過去老傳統非常講究，這樣磨出來的磨永遠是平的，也就是磨墨的時候，你也不能掉以輕心，心要端正，這樣磨出來的墨不會偏。說到「字不敬，心先病」，這一點在今天是太重要了，我們不說小學生、中學生，就是現在的大學生、碩士生、博士生，這一筆字啊，能拿得出來的是太少了，字寫得不端正，不像樣。不是說你的字要寫得多好，要寫到書法家的水平，而是要一筆不苟，端端正正。我現在經常說，我們很多人的字就像飛過一隻蚊子，我啪一下手把蚊子拍死在這牆壁上，這牆壁上的蚊子就是字啊，不知道他寫的是什麼。有很多朋友講，我現在時間忙，我寫草書。草書也得認得啊！草書是有規矩的，法度森嚴呢。你去看真正的書法家，寫草書很慢，真正會寫草書的人都知道，草書不像楷書，一筆都不能錯，楷書你少一筆，這個字我還認得，草書有時候要差一筆可能就是別的字啊！所以，寫字一定要恭敬，要端正。尤其在當今電腦時代，很多孩子寫字是打出來的，用筆的時間很少，這個千萬要注意。我是非常贊成小學裡要有書法課的，而且書法課的課程要增加，這不僅是要培養一個孩子寫好字，而且是要培養他的一種端正、恭敬的人生態度。古人講，字是見面寶，比如過去你去推薦自己，或者你去求職，是先要寫封信去的，人家一看你一筆好字，你就先得分了，而且古人是要從你的字裡面看你的修養的。

現在很多家長都不太關注這件事，只關注孩子快點寫完作業，這就很有問題。《舊唐書》記載，唐穆宗非常懶，怠於朝政，不大願意管事，但是他對書法很有興趣。他就問著名的書法家柳公權：怎麼能夠把字寫到盡善盡美呢？怎麼能夠把字寫到你那麼好呢？柳公權說：寫字先要把筆握端正，用筆的要訣記在心裡，只有心正，筆才能正；只有筆正了，字才能正。唐穆宗馬上就知道，這是柳公權在勸諫自己。所以古人的讀書方法也好，寫字方法也好，歸根到柢是修身養性的方法。為什麼我們發現一般書法家往往都很長壽，顯得很年輕呢？因為寫字本身是一個修身養性的過程，我們千萬不要忽略。

除了讀書的方法，《弟子規》對怎樣愛護書籍，也給孩子提出了要求，因為這些看起來很小的細節，對孩子今後的人生都會有益，那麼關於如何愛惜書籍，司馬光是怎麼做的呢？

《弟子規》還要求我們的孩子，「列典籍，有定處；讀看畢，還原處。雖有急，卷束齊；有缺損，就補之。」這是指對書籍的態度，我們應該尊敬、愛惜。你放書時，應該放在固定的地方，看完了以後你要放回原處。哪怕你碰到急事情，你要離開，也應該把書捲好、紮好，這是古書，現在的書沒有這個，古代的書如果是卷軸的就要捲好，如果是有函套的就要把函套插好，有缺損就修補它。古代的讀書人都會補書，古代的一本書可能傳一兩百年，幾代人讀，如果有缺損要把它補好。今天的孩子有這樣習慣的也不多，因為大家經濟條件好了，買書也買得起，書店裡什麼書都有得買，得到書籍太容易了。但是回想我們那個年代，我們小時候要買到一本書都是很寶貝的，不捨得讓書有一點捲角，破了，我們都會把書包上一個皮，非常好地把它保護起來。像我孩子就讀的學校，每個學期發完書，都要求孩子自己包書皮，我非常贊成，就是要培養孩子愛惜書籍的習慣。實際上，現在這個包書紙紙店裡就有賣的，不像我們小時候沒有賣的，我們要把牛皮紙裁好，要把它疊好角，還設計書是插進去的，不捨得用膠水把書面膠住。現在的孩子用現成的包書紙，你讓孩子包一次，傷不了孩子什麼，但很多家長都把這個事情替孩子做了。這實際上也是失去了一次教育孩子的機會。好多培養孩子良好生活習慣、良好人生態度的機會，都是在家長的寵愛中悄悄地溜走了，等我們發現孩子長大了，怎麼這個習慣也不好，那個習慣也不好，別忘了，都是我們家長自己造成的，所以應該從小節注意。

司馬光一生好書，他讀書的時候，就非常注意愛惜自己的書。司馬光的讀書堂藏書萬卷，他天天都在讀書，晨夕披閱，讀了很多年，但是他的書依然跟新的一樣。記載說：「皆新落，手未觸者。」新得像手都沒碰過一樣，可見司馬光非常愛惜書。司馬光讀書之前，先要把几案擦乾淨，在桌子上鋪上一塊布，然後端坐著看。他坐累了，想起來活動活動的時候，就把書放在事先準備好的一塊方木板上面讀。他絕對不會拿手直接去碰書，怕手上的汗把書給浸壞了。過去都是線裝書，如果線鬆動了，全書就散了，所以司馬光就經常親手補書。司馬光讀書時還有個規矩，「側右手大指面襯其沿而覆，以次指面撚而挾過，故得不致揉熟其紙」。讀線裝書的一頁，要大指面撚起，不是像我們現在一頁一頁地翻書，線裝書這麼翻會把紙給弄熟了，弄爛了，這個角就會捲起來。古人讀書都是很有講究的，所以司馬光讀完書以後書還能像新的一樣。這是培養孩子愛惜書籍，乃至愛惜一切事物，對書籍，對前人的知識，有一種尊敬，有一種恭敬。如果對待書籍是這樣，那麼長大以後對待自己的衣服、電腦、自行車或者小車，他都會很愛惜。這也是一個習慣。

《弟子規》是以「非聖書，屏勿視；蔽聰明，壞心志。勿自暴，勿自棄；聖與賢，可馴致」這八句話作為結束的，告訴孩子應該讀什麼樣的書，正確的選擇對孩子的成長會起到至關重要的作用。那麼接下來《弟子規》說的「聖與賢，可馴致」是真的嗎？我們真的可以成為我們心目中的聖賢那樣的人嗎？

《弟子規》在最後要求孩子們「非聖書，屏勿視；蔽聰明，壞心志」。不是聖賢的書不要看，如果你看了以後會遮蔽你的聰明，損壞你的心志。我們經常講，讀書無禁區，什麼書都應該讀，這是對已經有了判斷能力、判別能力的成年人講的。但是對於孩子，他的智力還沒有完全成熟，在他的判斷力還沒有形成的時候，應該讓他在指導之下讀經典，讀好書。有些有爭議的書，甚至有些不好的書，是應該盡量避免讓孩子去讀的。等他形成了自己的人生觀和價值觀，自己有了判別能力之後，再讓他自己決定也不遲。

「勿自暴，勿自棄；聖與賢，可馴致。」這是《弟子規》的最後四句話。最緊要的是「勿自暴，勿自棄」，也就是說人不要自暴自棄，應該永遠向上，對自己應該永遠有一種要求，不能因爲碰到一些挫折和困難，遭遇到一些險阻，就自暴自棄，說我不行了，我做不成了，我不幹了，我就這樣了，千萬不要這樣。這是《弟子規》最後的要求，要求每個人都要有一種不自暴自棄的決心和毅力。

「自暴自棄」的出典是儒家重要典籍《孟子》，《弟子規》也正是用《孟子》的話來結束全書的。《孟子》中講道，「自暴者，不可與有言也；自棄者，不可與有為也。言非禮義，謂之自暴也；吾身不能居仁由義，謂之自棄也。」孟子講，一個自暴的人，我都沒什麼話跟你講，你自己都放棄了，我還跟你講什麼？一個自棄的人，自己都不追求上進，就不會對自己有所要求，你就不可能有什麼作為。你的言行不是按照禮、按照義的要求來做的，這就叫自暴。一生如果不能朝著仁義的目標去要求自己，去奮進，這就叫自棄。

孟子引用顏淵的話發問：「舜何人也？予何人也？」舜是什麼人啊？我是什麼人啊？提出這麼一個問題。孟子的答案是：人皆可以為堯舜。而堯舜是古代的聖賢、聖王。換句話說，只要我們從小形成良好的人生態度和習慣，只要我們不自暴、不自棄，每一個人都會接近於自己心目中的聖賢，每一個人都會實現自己的理想，都不會虛度自己的一生。

顏淵

顏淵（前五二一年—前四九〇年），春秋末魯國人。名回，字子淵，孔子的學生。貧居陋巷，簞食瓢飲，而不改其樂。孔子稱讚他的德行：「吾見其進也，未見其止也。」但也說：「回也非助我者也，於吾言無所不說（悅）。」英年早逝，孔子極悲慟。後被統治者尊爲「復聖」。

《弟子規》全文

◎總敘

弟子規，聖人訓。首孝悌，次謹信。

泛愛眾，而親仁。有餘力，則學文。

◎入則孝

父母呼，應勿緩；父母命，行勿懶。

父母教，須敬聽；父母責，須順承。

冬則溫，夏則清；晨則省，昏則定。

出必告，反必面；居有常，業無變。

事雖小，勿擅為；苟擅為，子道虧。

物雖小，勿私藏；苟私藏，親心傷。

親所好，力為具；親所惡，謹為去。

身有傷，貽親憂；德有傷，貽親羞。

親愛我，孝何難？親惡我，孝方賢。

親有過，諫使更；怡吾色，柔吾聲。

諫不入，悅復諫；號泣隨，撻無怨。

親有疾，藥先嘗；晝夜侍，不離牀。

喪三年，常悲咽；居處變，酒肉絕。

喪盡禮，祭盡誠；事死者，如事生。

◎出則弟

兄道友，弟道恭；兄弟睦，孝在中。

財物輕，怨何生？言語忍，忿自泯。

或飲食，或坐走；長者先，幼者後。

長呼人，即代叫；人不在，己即到。

稱尊長，勿呼名；對尊長，勿見能。

路遇長，疾趨揖；長無言，退恭立。

騎下馬，乘下車；過猶待，百步餘。

長者立，幼勿坐；長者坐，命乃坐。

尊長前，聲要低；低不聞，卻非宜。

進必趨，退必遲；問起對，視勿移。

事諸父，如事父；事諸兄，如事兄。

◎謹

朝起早，夜眠遲；老易至，惜此時。

晨必盥，兼漱口；便溺回，輒淨手。

冠必正，紐必結；襪與履，俱緊切。

置冠服，有定位；勿亂頓，致污穢。

衣貴潔，不貴華；上循分，下稱家。

對飲食，勿揀擇；食適可，勿過則。

年方少，勿飲酒；飲酒醉，最為醜。

步從容，立端正；揖深圓，拜恭敬。

勿踐閾，勿跛倚；勿箕踞，勿搖髀。

緩揭簾，勿有聲；寬轉彎，勿觸稜。

執虛器，如執盈；入虛室，如有人。

事勿忙，忙多錯；勿畏難，勿輕略。

鬥鬧場，絕勿近；邪僻事，絕勿問。

將入門，問孰存；將上堂，聲必揚。

人問誰？對以名；吾與我，不分明。

用人物，須明求；倘不問，即為偷。

借人物，及時還；人借物，有勿慳。

◎信

凡出言，信為先；詐與妄，奚可焉！

話說多，不如少；惟其是，勿佞巧。

奸巧語，穢污詞，市井氣，切戒之。

見未真，勿輕言；知未的，勿輕傳。

事非宜，勿輕諾；苟輕諾，進退錯。
凡道字，重且舒；勿急疾，勿模糊。
彼說長，此說短；不關己，莫閒管。
見人善，即思齊；縱去遠，以漸躋。
見人惡，即內省；有則改，無加警。
惟德學，惟才藝；不如人，當自礪。
若衣服，若飲食；不如人，勿生戚。
聞過怒，聞譽樂；損友來，益友卻。
聞譽恐，聞過欣；直諒士，漸相親。
無心非，名為錯；有心非，名為惡。
過能改，歸於無；倘掩飾，增一辜。

◎汎愛眾

凡是人，皆須愛；天同覆，地同載。
行高者，名自高；人所重，非貌高。
才大者，望自大；人所服，非言大。
己有能，勿自私；人有能，勿輕訾。
勿諂富，勿驕貧；勿厭故，勿喜新。
人不閒，勿事攪；人不安，勿話擾。
人有短，切莫揭；人有私，切莫說。

道人善，即是善；人知之，愈思勉。

揚人惡，即是惡；疾之甚，禍且作。

善相勸，德皆建；過不規，道兩虧。

凡取與，貴分曉；與宜多，取宜少。

將加人，先問己；己不欲，即速已。

恩欲報，怨欲忘；報怨短，報恩長。

待婢僕，身貴端；雖貴端，慈而寬。

勢服人，心不然；理服人，方無言。

◎親仁

同是人，類不齊；流俗眾，仁者稀。

果仁者，人多畏；言不諱，色不媚。

能親仁，無限好；德日進，過日少。

不親仁，無限害；小人進，百事壞。

◎餘力學文

不力行，但學文；長浮華，成何人！

但力行，不學文；任己見，昧理真。

讀書法，有三到：心眼口，信皆要。

方讀此，勿慕彼；此未終，彼勿起。
寬為限，緊用功；工夫到，滯塞通。
心有疑，隨札記；就人問，求確義。
房室清，牆壁淨；几案潔，筆硯正。
墨磨偏，心不端；字不敬，心先病。
列典籍，有定處；讀看畢，還原處。
雖有急，卷束齊；有缺損，就補之。
非聖書，屏勿視；蔽聰明，壞心志。
勿自暴，勿自棄；聖與賢，可馴致。

FOR2 016

錢文忠解讀《弟子規》

作者：錢文忠
責任編輯：冼懿穎
美術設計：張士勇
插圖：羅小華
校對：呂佳真
法律顧問：全理法律事務所董安丹律師
出版者：英屬蓋曼群島商網路與書股份有限公司台灣分公司
台北市10550南京東路四段25號11樓
TEL：886-2-25467799 FAX：886-2-25452951
Email：help@netandbooks.com
http://www.netandbooks.com

發行：大塊文化出版股份有限公司
台北市10550南京東路四段25號11樓
TEL：886-2-87123898 FAX：886-2-87123897
讀者服務專線：0800-006689
Email：locus@locuspublishing.com
http://www.locuspublishing.com
郵撥帳號：18955675
戶名：大塊文化出版股份有限公司

總經銷：大和書報圖書股份有限公司
地址：新北市新莊區五工五路2號
TEL：886-2-89902588 FAX：886-2-22901658
製版：瑞豐實業股份有限公司

初版一刷：2011年7月
定價：新台幣320元
ISBN：978-986-82711-5-9

國家圖書館出版品預行編目資料

錢文忠解讀《弟子規》／錢文忠作－－初版.
－－臺北市：網路與書出版：大塊文化發行
，2011.07
面； 公分.－－（For2；16）

ISBN 978-986-82711-5-9（平裝）

1. 弟子規 2. 注釋 3. 蒙求書 4. 漢語 5. 讀本

802.81　　100009541